비 오는 밤하늘은

맑은 날보다 밝다

비 오는 밤하늘은 맑은 날보다 밝다

김정진·황의권·변영서·김범수
변애진·박민이·변애령·이교준
성찬희·김민세·권성호

북치는마을

서문

다양한 단편 창작집을 출간하며

오늘날 영상매체와 멀티미디어의 확산 그리고 그에 따른 출판활자 매체의 축소와 변형은 문학계에 커다란 위기를 몰고 왔다. 그런데 그 위기는 외부에서 들어온 것이었지만 이제는 내부의 문제가 되어 버렸다. 외부 변혁과 문학내부의 허약한 현실이 위기를 배가시켰다. 그로 말미암아 최근 문학 도서의 판매량은 이전에 비해 상당량 위축되었다. 그러나 소설은 아직 건재하다. 그 방식이 웹소설이나 웹툰의 시나리오 혹은 영화 대본 등으로 바뀌어도 서사장르인 소설이 계속 읽히고 있다. 그러한 사실은 독자들이 소설을 쾌락적으로 즐기고 있으며 사회를 드러내고 간접 체험하는 중요한 예술 장르로 소설을 인정하고 있고 또 상상력의 훈련을 자기 경험구조의 중요한 부분으로 간주하고 있다는 증거이다.

이번에 펴내는 단편소설들은 작가, 장르, 형식 등이 다양한 작품들로 구성되어 있다. 하지만 단편의 서정성이 녹아 있다는 공통점이 있다. 서정성의 측면에서 바라보면 단편소설은 서정시와 장편서사의 사이에 있는 문락작품이라 할 수 있다. 서정의 문학세계는 통상 작품의 내적자아와 세계만으로 이루어져 있으며 자아와 세계의 대립이 자아 쪽으로 귀착된 자아화이다. 즉, 작품외적 세계의 개입이 없는 세계의 자아화이다. 이 때 자아는 서정적 자아이고 내적 자아와 외적 자아는 구분이 없다. 서정적 자아는 인식과 행위의 주체이고 세계는 서정적 자아가 대상화하는 수동적인 일체의 시공이다. 서정장르에서는 자아가 일방적으로 세계를 대상화하고, 세계의 고유한 의미를 자아화된 의미로 바꾸어놓는다. 결과적으로 자아화 세계는 미분리 상태이며 거리가 없다는 뜻이다. 자아와 세계가 개별적 표현과 자극 속에서 융합하고 변화한다. 다시 말해 감정 순간적 고조가 대상의 내면화로 작용하는 것이 서정장르의 본질인 것이다. 서정장르에서 대상은 이미 대상자체가 아니라 자아에 귀속된 상태의 대상인 것이다, 이번 창작집 속에 들어 있는 몇몇 단편들에서 그런 분위기가 상당량 느껴진다.

그런데 단편소설은 서사성이 강한 서사장르이기 때문에 서술하는 자아가 사건을 서술하는 것이 서사장르의 근본 상황이므로 이야기하는 자아와 이야기되어지는 자아가 분리된다. 이들은 동시에 이야기의 주체이며 대상일 수 있다. 또한 내적 자아와 외적 자아 그리고 내적 세계가 서로 이야기되고 느껴진 갈등으로 대립된다. 서사장르의 자아와 세계는 서로 주체와 대상이 되어 서로를 대상화한다. 그러므로 자아와 세계는 한쪽으로 귀착되지 않고 대결양상을 보인다. 서술의 입장에서 외적 자아는 내적 자아와 세계 간의 갈등을 대상화하는데 이 대결의 양상은 서술되는 과정을 가지며 이 순차적 대립은 서사장르를 시간적인 과거시제의 문제를 필요로하게 한다. 말하자면 인물 간의 갈이 상당량 노정되는 것이다.

필자는 독자들에게 이 창작집의 다양한 서사를 통해 작중 인물들 간의 다양한 갈등을 지켜보면서 그 갈등의 에너지가 소설을 어떻게 이끌어가는가를 주목하면서 일독하라고 권하고 싶다. 이 소설집에 등장하는 많은 인물들이 보여주는 갈등과 대립 그리고 화해와 단합 등이 소설세계의 에너지가 움직이는 생동력으로 파악이 된다면 그것은 독자의 흥미를 넘어서서 하나의 낙(樂), 즉 즐거움이 될 것이다.

마지막으로 이 창작집에 글을 실은 작가들에게 앞으로 각고정려하여 더 좋은 소설창작과 자신을 기쁘게 하는 글을 쓰기위해 매진하라는 충언을 전하고 싶다. 글을 고치다 보면 좀체로 자신을 만족시키거나 기쁘게 하기란 매우 어렵기 때문이다. 그렇기 때문에 더 많은 노력과 더 많은 고민이 필요할 것이다. 모쪼록 이번 창작집 출간으로 발판으로 좋은 작가로 성장해나가길 기원한다.

신월동에서 김정진 씀

차
례

어둠과 그늘

김정진

나는 늘 하던대로 어두운 저녁 거리를 바라보며 컴퓨터 작업을 하려 했지만 길이 너무 어둡다는 생각에 골몰하다가 띵한 머리통을 거퍼 쥐어 박을 뿐 낮술의 숙취일까 갱신을 못하겠다. 전화벨이 무겁다 싶어 수화기를 잡자 프로덕션 사장의 볼멘 소리가 어깻숨을 몰아쉬며 원고독촉의 채근으로 이어졌고 인터넷에서 알량한 중국어 실력으로 동영상 자막과 음담패설이며 성인물품 기구들이나 소개하는 짓이 고 성질머리 강파리한 사장에게 못마땅하게 보이는 건 당연한 노릇이었다. 사장은 어두운 거 말고 기왕 하는 거 밝고 뚜렷한 장면은 어떻겠냐고 운을 뗐고 나는 침침하고 은은한 게 훨씬 섹스 어필하지 않느냐고 말했지만 사장은 성에 차는 말눈치는 아니었다. 파트타임으로 음란물이나 번역하는 놈팽이가 별수 있겠냐는 옹색한 변명으로 겨우 전화기를 놓자마자 이번엔 너리먹은 잇몸이 쑤셔왔다. 후배 선숙이가 시작한 출판사에 정식 직원자리를 한 번 더 다질러보았지만 그녀는 다시금 말미를 원했다. 하긴 제이의 아이엠에프라는 이 경제난국에 자리 하나 내기란 쉬운 노릇이 아니었다.

정신을 가다듬는 동안 담을 맞댄 여명이라는 이름의 교회에서 종소리가 차임벨처럼 울렸다. 요즈막엔 교회 종소리를 금지시키자는 민원 때문에 교회마당에만 겨우 들렸지만 방으로 곧장 들어오는 종소리는 유에프오 혹은 농밀한 고속 물체처럼 여겨졌다. 교회이름이 여명인데 각종 플래카드에는 부정선거 구호가 난무했다. 그 강한 구호에 대한 거부감은 유투브나 티비에도 자주 등장하는 목사 때문인데, 그 밥풀눈을 한 목사가 고향은 어디냐, 왜 명절인데도 고향에 가지 않았느냐, 부정선거를 어떻게 생각하느냐, 혹시 구원받을 마음의 준비를 해보지 않겠느냐 하는 권고가 내 가슴을 옥죄는 것 같았다.

지난달에는 급기야 그 목사가 내 친구 최인봉이 왜 교회에 안 나오는지 아느냐, 그리고 만일 한 사람의 죽음으로 이 세상 모든 부정부패가 없어진다면 그를 죽일 수 있겠느냐와 같은 황당하고 무서운 질문을 했기 때문에 나는 늘 목사를 피해다녔다.

교회 앞 인파가 늘어선 가운데 집을 나서기가 왠지 켕겼다. 신의 사업을 인간집단 민원으로 무언가가 행해지고 있다는 상황을 나는 어떻게 해서든 벗어나고 싶었다. 결국 난 도주로에 섰다. 길 위에 빼곡이 늘어선 과거의 이야기들과 사건의 연속으로 채워진 시간과 공간의 종잡을 수 없는 어떤 물상들은 분명 어떤 무게를 지닌듯싶었고, 그런 걸 느낄 때 난 날카로운 긴장감을 느끼곤 했다. 난 그것들에게 특별한 느낌을 품게 되었을까. 누군가를 죽일 정도의 분노는 그것을 책임질 만큼의 아량을 갖고 있는 건 아닐까?

교회담장을 돌아 나설 때 내가 처음으로 최와 같이 갔던 예배가 떠오르자 다시 속이 메슥거렸다. 최는 목사의 기도 도중에 주여, 주여, 아버지, 아버지, 하면서 큭큭거리더니 급기야 대성통곡을 하지 않았던가. 예배 후 홀가분해졌다는 그에게 무슨 죄를 그리 많이 지었냐며 웃고 말았지만, 그가 다시 교회 어쩌고 하면 난 넌덜머리를 내어버렸다. 교회에서 시선을 돌리자마자 희한한 일이 늘 하나 생겼는데 그건 금세 배가 고파진다는 사실이었다. 요즘은 주려서 동냥하는 거지들도 없고 엔간하면 시내 역 근처에서 노숙생활을 마치 캠핑하듯 지내는 치들이 있었지만 코로나 이후 급식소가 줄어들면서 그들도 뜸해졌다.

개다리소반에라도 어엿이 밥상 받아 본 지가 몇 년인가 싶다. 방바닥에 신문지를 깔아 놓고 라면에 밥말아 먹기가 오히려 편하기는 하더라도 코딱지 만한 방이 귀살머리스럽기 짝이 없었다. 창문에서는 늘 모기 우는 소리가 났고, 난 하수구 냄새에 이미 익숙해졌는데 역함보다 그 냄새에 익숙해 있다는 게 더욱 신세를 처량하게 만들뿐이었다. 그래도 전세 독채인데 나는 왜 이리 청승맞는 꼴을 하고있는 걸까. 그게 죄다 최인봉 때문일까, 그가 부정선거 운동판에 나를 이끌었고 고교 방과후 교사나 번역일거리도 물어다 준 덕에 나는 다소 호의호식을 하며 여유롭게 살기도 했다. 그런데 그는 요사이 왜 그리 술을 퍼먹는지 알 수가 없었다. 게다가 걸핏하면 울기는 왜 우는지 모를 일이었다. 그래도 고교 교사인데 삶을 포기할 작자는 아니었다.

그 친구를 만나러 길을 나서면 그의 이미지가 길을 제법 군자에 걸맞은 대로로 만들어 주는 기분이 들었다. 군자대로행이라는 기분을 다 잡쳤다. 집 앞 슈퍼의 박씨가 호박씨를 까고 있었다. 그것도 뗏놈의 그걸. 길목을 막은 산적의 꼴이 아닌가. 개 같은 인간이다. 소주를 병당 칠십 원씩 더 받아 처먹고도 그렇게 시치미를 뗄 수는 없었다. 더욱이 이번 새로 나온 라면에 무슨 정력제가 들었다고 누구에게나 선전을 하면서도 나에게만은 비밀로 했다는 게 무엇보다도 괘씸했다. 인사를 하건 말건 쳐다보지 않으리라.

길을 걸으면 길 위에서 나는 역사를 느낄 수 있다. 역사에 꽉 찬 내용물들은 인류의 업적이고 그 업적이란 것은 남녀의 몸부림으로 보이고 그 몸부림은 사람과 사람이 부대껴야만 하는 것이지 않은가. 그리고는 길 위에서 심장이 빨리 뛰는 이야기를 생각해 내기 일쑤가 되었다. 막상 대상을 그려보면 여자 몸의 구석구석에 불과하지만 머리 속에서 자세히 꾸밀 양이면 가슴이 답답해져 오는 것이었다. 혹 길에서 여중생이라도 마주치면 죄의식이 골수를 찌르듯 나는 마음이 종종 쫄렸다.

복개천 위의 길을 따라가노라면 최인봉의 전세집이 나온다. 그와는 대학부터 기막힌 운명이다. 싸우고 헤어지기를 수십 차례 했건만 또 다시 술친구로 서로를 목마르게 찾는 게 참 아이러니했다. 최인봉의 집으로 가는 길은 철로처럼 분명했다. 길이란 이곳과 저곳을 이어주는 전화선처럼 놓여 있다. 그러나 실제 걸어가 보면 갈수록 목적지가 멀어지는 기나긴 다리와도 같은 것이다. 마치 섬과 섬을 연결하고 있는 다리, 한 섬에는 수많은 다리가 외부의 다른 섬들에 뻗쳐 있고, 정확한 다리를 선택하지 않으면 우린 여지없이 목적한 곳을 갈 수 없게 될 터였다. 가고 싶은 곳이 사라져 버리는 우리의 길은 요사이 점점 낭떠러지가 되고 마는 느낌이라고나 할까.

개천가의 포장마차는 음식을 내어놓느라 몹시 부산한 듯 보였는데 대합을 얼음 사이에 박고 오징어며 전어, 꽁치와 돼지고기 다진 부스러기들을 얼음 위에 도배하듯이 발라대던 황씨는 날더러 포장 뒤의 끈을 잡으라고 큰소리를 쳤다. 시답지 않은 그였지만 텐트를 치는 모습에서는 어느 때보다도 강렬한 무슨 의지가 연기처럼 모락거렸다. 그는 툭툭거리기는 해도 깝신거리지 않는 편이어서 노가다나 날품팔이를 해도 건깡깽이로 하지는 않았다. 황씨는 꼼장어를 석쇠에 몇 마리 올려놓으며 금세 배시시 웃었다.

"최선생은 오늘 안 올지도 몰라요"
"예?"
"오늘 소풍간다구 했으니까 아무래도 딴데 가서 한잔 하시겠지 뭐"
"예에, 그랬어요? 나에겐 그런 말 통 안 하던데……"
"오늘 꼼장어 물이 되게 좋네! 최선생님 디게 좋아하시는 건데"

포장마차 매상의 오분의 일은 최인봉이가 내고 있어서 그런지 그는 최의 스케줄을 꿰고 있었다. 소주 한 병을 마셔도 취하질 않는다. 가만있자. 오늘이 누구의 생일이던가. 아니면 초상이던가. 무슨 특별한 날이 아니면 이렇게 술에 세게 나올 수가 없는 건데. 가스버너의 불꽃이 물렁하게 느껴졌다. 그 색은 흰색과 노란색이 번갈아 나오는 것처럼 보였다. 그 황금 빛 금속성의 칼라는 나의 운명을 위협하는 것 같았다. 정말이지 난 희한한 사주를 타고났는 지도 모르는 일이었다. 길 건너 무꾸리집에서는 오늘 공치는지 여자 둘이 길에 나와 앉아 담배를 피고 있다. 계면떡이나, 고수레한다며 버리는 떡을 주워먹을 거지 하나 지나가지 않는 최첨단 도시인 서울이 어쩌면 국가정책대로 안정되어 가는지도 모르겠다.

차가 헤드라이트를 바싹 쫓아 거퍼 세대가 지나갔다. 먼지가 아롱거리는 불빛 사이사이 기둥으로 일렁거렸다. 무슨 조화인지 그게 여자로 보였다. 벌거벗은 여자......

매일 되풀이되는 일이지만 어제도 나와 최는 티격태격 재미를 보지 않았던가. 최와의 논쟁은 쓸데없는 짓거리였지만 재미는 그만이었다. 황씨의 처삼촌이 중풍으로 뇌수술을 받았는데 대학종합병원의 그 훌륭하신 의사선생이 한다는 말씀이 어디 가서 침이나 한번 맞아 보라고 했다는 소리에 최의 미소는 유난히 눈부셨다. 그의 말에는 나를 겨냥한 조준이 숨어 있었다. 서양의 사상은 무절제하고 지나치게 확인하려는 가짜 합리주의 정신에 물들어 있다며 모르는 것이 나오면 쉽게 포기해 버리는 불가지론으로 흐르게 마련이라고 했다.

나는 그게 아니라고 말하고 싶었지만 최는 여유 있게 웃음으로 공백을 잠깐 채우더니 수술의 맹목적성에 대해 조목조목 늘어놓기 시작했고 결국 병들면 모조리 잘라 버리는 그러한 방식은 절대로 의술이 될 수 없으며 병든 부분을 고치는 것이 참된 인술이고 그러므로 십이장부의 조절을 통해서 몸의 모든 부분을 정상으로 운영하는 동양의술이야말로 동양정신의 고갱이가 아니냐고 기세를 몰아 으쓱했고 난 너무도 쉽게 그가 맞다고 했다.

솔직히 어제 진 거 때문에 오늘 일찍 나온 거는 아니지만 이상스레 최에게 무슨 빚진 기분이 들면 난 견딜 수 없는 심정이 되곤 했지만 잠시 후엔 그런 그가 귀엽게 느껴지면서 그는 내 상대가 되기에는 아직 애송이라는 느낌 때문에 그럭저럭 지낼 수는 있었다. 그는 고교 교사이면서도 코인투자나 주식투자로 돈을 제법 벌기도 했고 나에게 여러 알바자리를 소개해서 은인 같기도 했지만 자주 이데올로기를 바꾸는 통에 내가 상당히 무시하는 측면도 있었다. 겨끔내기로 술을 사는데 오늘 최의 차례지만 못보리라는 체념에 자리를 뜨려하자 황씨는 이내 눈치를 챘다.

"그만 일어나시게요?"

"예"

"그래두 기다려 보시지. 늦더라도 오시는 적이 있잖아요 왜!"

"글쎄요, 얼마죠?"

"진짜루 가시게? 저어, 이게 오늘 석간인데 신문이나 좀 더 보시다가...
그리구, 닭발도 좀..."

"그럴까요, 그럼"

"아무렴요, 단골양반 마수가 시원찮아서야 되나요? 히히"

"이거 뭐 오스피스텔에서 여중생과 오십대가 놀아나고, 초등학교 애
가 교장 따귀를 후리고, 선관위 아들들은 특혜채용에 부정선거...개새
끼들! 이거 뭐 이런 기사만 잔뜩...에이! 드러워서..."

"아유 보통일이 아니라니깐요. 경제가 어려워서 그런지 술집이나 여
자장사는 안되는데, 뒷구멍으로 어린애를 건드리는 일이 왜 그리 많은
지 에이, 쳐죽일 놈들! 지 딸 같은 걸 어떻게 ....에이! 그런 것들은 가위
루다가 그걸 당장에!"

신문지가 울렁이며 화성 고향집, 지평선의 논밭, 그 환하디환한 하늘
그리고 부모님의 얼굴이 오버랩되었다. 어릴적 고향은 퍽이나 포근했었
다. 아버진 당시 새마을 운동 지도자였다. 큰형의 아이를 봐주면서 베이
비 시터하러 온 윗동네의 순이를 육순의 선친이 간제로 상관하는 장면을

목도한 난 그길로 서울로 내뺐었고 임종도 지키지 못한 아들이 되어 버렸지만 뭐가 뭔지 마음의 정리가 아직 되질 않았다. 그때 주막집에 처음 전기가 들어오고 노란색 한지를 백열등에 덮어씌워서 밤에는 황금빛을 발하는 외양간 앞 주막 건너의 봉놋방에서 아버지를 툇마루 바깥 길바닥에 낙장거리로 밀어젖혔을 때, 난 정의로운 쾌감뿐이었다. 흔들리던 백열등 아래 스러진 아버지의 등을 뒤로하고 난 마구 벌판을 달음질쳤다. 그 노란 불빛은 말하고 싶지 않은 서로 다른 두가지 감정을 만들었다. 그리고 불효의 앙금은 아직까지도 쌓여만 가고 있었다. 큰형이 부쳐준 돈으로 하숙과 등록금을 냈으면서도 그때 이후 나는 화성에 돌아가지 않았다. 중국어와 영어 번역과 편집 일을 하며 시간은 잘도 흘러 아릿한 기억은 머리통 어딘가에 아무렇지도 않게 그냥저냥 굴러가고 있었다.

"아저씨 여기 얼마에요?"

"아이고, 진짜 가시게? 곰장어하구 굴에다가 쇠주 두병에, 아차! 꽁치 하나 드셨지. 헤헤, 불닭발은 서비스예요"

"예...."

"전부 이만 이천원인데요"

"예"

"고맙습니다, 그럼, 아이구! 아니, 이거, 최선생님 오시네?"

가리마 사이가 반짝이는 최인봉이 송장처럼 털썩 주저앉았다. 다짜고짜 족발을 시킨 그는 더없이 우울해 보였다. 오늘이 화자의 생일이라는 것이었다. 제기랄. 그럴 줄 알았다. 어쩐지 술이 몹시도 당긴다 했다. 어쩌면 그는 나보다 전작이 많아 보였다. 치통으로 말미암아 관자놀이 뻐근하던 증세가 사라졌다. 귓볼에 열이 오르는 걸 보면 술은 얼마든지 좋았다. 최인봉은 나의 금니가 번득인다고 쏘아붙였다. 돼지뼈가 하얗다. 그녀의 살결이 떠올랐다.

폐병으로 고로롱하던 화자는 전체적으로 파스텔 화풍의 분위기였지만 그 가마말숙한 자태는 한편 고혹적이었다. 그러나 하숙집 오씨는 자기의 딸을 아무리 명문대학이라해도 가난뱅이들에게는 줄 수 없다고 늘상 주문을 외듯 했다는 게 우리 모두의 비극이었다. 그 가난뱅이들이라는 복수 호칭 때문에 우린 죽자하고 그녀에게 매달렸는지도 모르겠다. 결국 그녀가 껑더리된 몸을 이끌고 크리스마스의 탄일종 소리와 함께, 성당 종탑 위에서 몸을 날린 그날에도 우린 그녀를 놓고 대결을 벌이지 않았던가. 화자의 죽음에 최인봉은 심각했지만 난 당시 왜 그랬는지 모르겠지만 아무렇지도 않았다.

오씨 아저씨와 최인봉과 나 조한평, 우리의 관계는 실로 묘했다. 화자의 아버지 하숙집 오씨는 재벌같은 부유층을 원했고, 국어교육과를 다니던 최인봉에게 늘 중문과의 내가, 학교의 서열로 앞선다는 우선순위를 강조했다. 최는 재벌의 어리석음에 대해 그리고 순수한 젊음의 중요성에 대해 장광설을 늘어놓다가 그에게 발길로 차였다. 또 나는 사랑의 논리초월을 설명하다가 오씨에게 물벼락이나 쓰레기통 세례를 받기도 했다. 그러면서도 장난 아닌 장난은 계속되었던 것이다. 그런데 오씨는 우리둘을 두고 저울질을 하고 있다는 사실을 나중에야 알게 되었다.

한편 화자는 강단이 있는 편이어서 약골이면서도 정치문제에 특히 민감해서 경찰서나 관공서에서도 정부비리를 떠벌릴 정도였다. 하지만 포근한 모성애가 온몸에 무르녹아 있는 여자였다. 그녀는 무엇이나 그것이 진실하고 정의롭다면 이해하려 했고 사랑했다. 그래서 우리의 관계는 포기자 없이 계속 이어질 수 있었다.

오화자의 살과 돼지족발의 뼈와 파스텔 색조의 추억은 최가 토하면서 화면이 바뀌어 버렸다. 최가 하수구 내음의 입을 열었을 때 나는 손님 둘에게 사과를 했고, 그들은 자리를 떴다. 황씨가 섭섭해했지만 어쩔 수 없었다. 그는 돈을 받을 위인은 아니었다. 그는 간사위 있는 택은 아니지만 의리 아니면 깡패들의 단결력을 가진, 뭐 그런 부류의 인간이었다. 그래서 언젠가 그가 나를 검덕귀신 같이 여겼다고 했을 때에도 그의 호의적 언사를 받아주어야만 했던 것이다.

건달들은 집요하리만큼 호의를 가슴 속에 새겨두거나 의리로 착각하여 목숨을 거는 수가 종종 있었다. 나는 솔직하게 말해서 선친께 물려받은 거라곤 건달끼 뿐이었다.

최는 자기가 개잡놈이라면서 울기 시작했다. 각다귀 같은 창녀에게 돈을 빼앗긴 이야기에서 난 뭐가 뭔지 알 수가 없었다. 소풍을 갔다던 학교 선생들이란 작자들이 오피스텔 창녀촌에서 돈을 빼앗겼다는 장면이 얼른 상상이 가질 않았던 것이다. 그가 말하는 갈보와 개불쌍놈은 어쩐지 어울리는 것 같았다. 가스버너 불빛을 보면서 최는 그 너울거리는 불꽃에서 살덩어리들이 뒤엉켜 몸부림치는 남녀가 보인다고 했다. 그는 어떤 충격 어린 소리를 지껄였다. 그가 오피스텔에서 자신의 제자라는 여자를 손님과 몸파는 여자로 만나 뒹굴면서 화자를 생각한 것은 오늘이 그녀의 생일이었기 때문이라는 것이었다. 불안 초조의 이 느낌은 무엇인가. 난 결국 죽은 그녀를 빼앗겨 버리는 것일까. 그녀가 죽기 이전의 전체를, 이제

와서, 그럴 수도 있는 걸까. 그래 그는 어쩌면 나보다 조리 있고, 착하고, 감정에 밝고, 곧은 창자를 지닌 인간일지도 모른다. 하지만 살아 있던 화자는 분명히 내게 관심이 많았다. 나야말로 속빈 강정 아니면 실속 없는 굴통이였을까.

그가 더 이상 학교지기는 못하겠다며 차라리 구두굽갈이나 구두닦이가 낫겠다고 했다. 왜 난데없는 구두이야기를 하는 지 알 것 같았다. 그는 아직까지 화자가 준 단 하나의 유물, 아니 선물을 곱게 신고 다니면서 팔 년째 굽을 갈고 밑창을 갈고 광을 내고 하는 이상스런 짓거리를 하고 있기 때문일 것이다. 그가 지껄이는 의식의 편린들은 모두가 갈기갈기 찢어져 있다 해도 화자의 존재를 가설로 세우고 그 주위를 회오리바람처럼 맴돌고 있는 것이 분명했다.

무슨 일이라서 가탈 없이 술술 풀리기만 하랴만은 나는 직장 때려치우고, 쌀 영상 비디오 번역 편집일이나 중국어 만화 번역질이나 하고 먹고 사는 주제에 고상하고 쉽게 돈버는 자릴 원하지는 않았지만 자학한다는 소리를 들어가면서 이 짓을 고집하는 건 나름대로 최인봉에게 구실을 주기 위해서일까. 그렇다면 내가 아는 현실은 나를 속이고 있다는 이야기가 되는 건가. 어지러웠다. 열 한시가 되었다는 황씨의 대답은 분명히 누가 물어서 나온 소리일텐데 우린 둘 다 아무 반응이 없었다. 다른 사람도 없는데, 귀신이 함께 있다면 겁나는 일이기는 했지만 최는 화자가 귀신으로 왔더라도 겁내지 않을 그럴 분위기였다.

최가 오랜만에 입을 열었다. 그는 끝내기에 들어섰다. 우린 늘 그랬다. 포석에서는 철학 비슷한 이야기를 씨불이다가 끝내기에서는 서로 약점을 잡아 험담과 잘난 체를 하며 핏대를 올리는 게 순서였다. 이사가지 않는다는 우리의 약속은 언제까지나 변함없는 일이지만 그가 함께 살면 어떻겠냐는 제의를 했다. 그의 친구 하나가 독일로 유학을 가는데 처자식을 데리고 가기 때문에 정든 빈집을 기왕이면 아는 사람에게 전세 주고 가겠다는 것이었다. 더욱이 가격이 파격적이어서 괜찮은 조건이고, 그 제안을 받았을 때 그는 나를 떠올렸다고 했다. 말하자면 동거의 대상에서 옛 애인의 어떤 관계를 생각해내고 그 죽은 여자 대신 함께 다투었던 남자가 동거인의 물망이 되었다는 게 석연치는 않았지만 소위 구천만 원대의 독채전세를 잡고 보니 이젠 움직이는 게 싫었다. 그는 화를 내지는 않았지만 자신의 이사를 허락해 달라는 표정의 웃음을 지어 보인다. 나는 같이 웃어주지 않으리라.

우리가 오년만에 다시 만난 이 미아리 뒷골목의 미로에서 그가 빠져나가면 난 또다시 방황으로 돌아갈 것 같은 불안감에 휩싸여 버렸다. 내가 대학 건너편의 이 어두침침한 복개천변으로 다시 기어들었던 것은 화성의 드넓은 벌판의 믿을 수 없을 정도의 밝음을 피하기 위해서였는지도 몰랐다. 그런 점에서 충청도 제천의 청풍호수 주변에서 자라난 최가 밝은 곳보다는 이 어두운 구석으로 스며든 자학적 삶은 나와 흡사한 것이었다.

하숙집을 떠난 그가 학교선생이 되었다는 소식을 듣고 더러운 놈이라고 이를 갈았던 내가 그를 보자 그렇게 반가웠던 것은 아마도 화자를 내가 더 사랑했던 이유라고 자위했지만 그렇지가 않았다. 그가 이젠 나를 이겨버렸다.

패배를 인정한 나는 그에게 어느 정도의 개평을 바라는 마음이었을까. 말하자면 화자의 추억 중에서 옷이나 머리 스타일의 부분 같은 걸 내게 기억하도록 하는 그런 그 무엇이지만 그가 어림없는 일인양 치부하면 그

뿐인 나는 무엇이고 바라기만 할 뿐 힘이 나질 않았다. 사실 나는 장가를 갈 수 있다고 여겼다. 가지는 않겠지만 나는 그럴 수는 있다라는 요량은 있었다.

"좀 걸읍시다. 조한평씨!"

"까짓거 뭐 그러지 뭐, 걷지 뭐, 까짓꺼!"

"아깐 미안했어, 여자 아니면 죽는다는 내 말이 너에게 아무렇지도 않게 들리는 날이 이제 서서히 다가오는 거 같아서 난 이 밤 기분이 좋아졌어, 일종의 예감이지만 그렇게 되어 가고 있다는 실마리를 잡았지. 바로 조한평의 눈동자에서 말이야!"

"나는 여자뿐만이 아니라, 결혼과 죽음을 나누어 생각했을 뿐이야, 우리에게 결혼이라는 인식을 매개해주는 것이 우리와 완전히 별개인 죽은 여자라면 그건 적어도 우리 밖의 객관적인 판단들에 대한 어떤 흉내내는 짓거리가 될 수 없을 거야, 말하자면 피해야 하는 미친 짓이지!"

"바로 그거야. 정성어린 나만의 미친 짓을 나에게 그냥 주면 될 거 아니요, 너는 빠지고 말이야!"

"결혼할 사람은 최인봉과 따로 있어서는 상당히 불편할 거야? 후후"

"퍽도 불편하겠지, 히히히히."

"아니...저어....그러니까...."

"흐흐흐흐"

최는 음흉하게 웃었다. 내일 난 그의 꼬투리를 어떻게 해서든지 잡아야 할텐데, 별을 보며 그는 혼자 걸었다. 별을 올려다보며 뒷목에 근육을 느끼고 힘을 쥐었다간 빼고 다시 쥐었다간 빼고 해도 손끝이 별빛처럼 떨리는 것을 어쩌지를 못하는 건 왜일까. 저렇게 별이 밝았던 날 나는 그녀의 피아노 소리를 들으면서 툇마루에서 담배를 피웠다. 어느 날에는 낯선 선율의 지루함을 달래려 한 갑을 다 피운 적도 있었다, 최의 눈물 때문에 아무래도 오늘밤에는 화자를 잊어버리고 걸어야겠다. 하수도 개천을 복개하고 난 뒤에는 물소리가 아스팔트 속에서 들린다는 미아리 뒷골목의 어두운 그림자가 흐늘거렸다. 길을 정면으로 응시하면 어둠만 있을 뿐 이어진 길은 없었다.

길이란 묘한 것이 아닌가. 골목을 돌아서면 또 다른 길 다른 모퉁이를 돌아가 보면 다시 비슷한 길, 이 길을 걸어야 하는 나는 길 위에서 모든 이야기를 다하고 싶다. 그래도 죽은 여자는 길 위에 없고 지나간 여자의 이야기만 길 위에서 그려질 뿐 답답하기만 했다.

하숙생 사이에서 화자가 아름답다는 이야기는 분명히 내가 먼저 꺼냈다. 그러자 최도 곧 하숙집에 공포를 하고 우리는 결투의 그날 무슨 수를 써서라도 상대를 죽이고 싶었다. 아이들이 말리는 의견 중 하나는 화자가 너무 병색이 짙다거나 약골이어서 애를 나을 수 없다는 것이었다. 그러나 최와 나는 그것 때문에 더욱 끌린다고 했었지. 더욱이 엄마없이 실제로 병든 오씨 아저씨를 도와 하숙집을 꾸려 나가는 모습에서 우리는 어떤 경건한 몸가짐을 하려고 까지 하였으니 아이들이 이상하다 할 수밖에 없었는지도 몰랐다. 더욱이 그녀가 여상을 나와서 은행에 다니면서 하숙집의 빨래와 밥을 하며 비지땀을 흘릴 때면 우린 가슴이 미어지는 수밖에 별도리가 없지 않았던가.

    화자는 대학생 행세를 하면서 소위 부정선거 고발인단 주역 중의 하나라고 소문이 날 정도로 광화문 가투 시위에 자주 참석을 했고, 최도 전교조출신답게 대통령과 국회의원 부정선거와 탄핵운동에 자주 참석했다. 어느날 시위 도중 몇번인가 스러진 화자를 집으로 업고 온 최를 보고 난 그저 머리를 도리질할 뿐이었다. 무모한 그들에게 난 몽니부리는 열등 경쟁자로 보였을 거라 치부하기도 했었다.

    나는 개개풀어진 눈동자가 거울을 통하여 빛을 느낀다는 것을 깨달았다. 면도할 때 보던 거울에는 창문의 창호지가 옅은 태양의 전조를 알게 했다. 밤을 새도록 급하거나 중요한 원고는 아니었지만 그놈의 만화영화 비디오가 재미있어서 그리고 여자아이의 사랑 이야기가 나를 재우려고 하지 않는다는 억지 핑게로 그렇게 밤을 샜다. 출판사에 전화하고 수화기를 놓는데 벨이 울렸다.

“오빠 저에요 선숙이”

“아, 그렇지 않아도 전화하려 했는데 말이야, 직장 구하는 거 그렇게 신경 쓸 거 없어 번역료도 좀 받았고, 또 다른 데도 알아보고 있으니까...”

“됐어요, 한 두 군데에서 아마 이력서 들고 오라고 할거에요, 어쩌면 당장 채용하겠다고 할지도 모르니까, 문자나 카톡을 늘 보고, 꼼짝말구 앉아서 연락이나 기다려요”

“아 그,그래 고,고마워..그 근데 말이야 넌 결혼 안 하니? 뭐 마땅한 남자 없구?”

그녀는 바쁘다며 전화를 끊었다. 창문을 열고 활개짓을 하고 교회를 바라보고 담배를 한모금 뿜어내자 이내 배가 고팠다. 마른 빵을 씹으면서 최와의 간밤 일을 떠올렸다. 내가 거꾸러졌다니 잊고 싶었다. 때 빼고 광 내고 녀석은 나타나리라. 우리는 전과자들이었다. 죄과가 엄청난 굴레를 쓰고 괴로워하던 사년이 지나서야 서로 조우한 이상한 운명이었다. 그도 나처럼 결혼이나 소위 행복한 세월을 거부한 채 자학적인 생활을 하고 있음을 알았을 때, 우린 이상하게도 술과 이야기의 밤을 계속하게 되었다. 우린 말하자면 방범등도 없는 어두운 길을 일부러 골라 가고 있는 쪼다들이었다.

죽은 화자의 귀빠진 날을 챙기면서 왜 그는 산 화자에게는 변변히 다가가질 못했을까. 언젠가 내가 화자에게 '마스타베이션에 지쳐 이제는 가시버시하자'라고 편지를 부쳤을 때 그녀가 최인봉에게 뜻을 물었다고 했다. 그래서 그가 한 짓은 무엇이었나. '마스터베이션은 말하자면' 하면서 기껏 사전의 정의에는 어쩌구하는 뜻풀이를 해주지 않았던가. 담배가 썼다. 잠을 자고 싶지가 않았다.

옛날에야 혼례 전날 신랑이 죽으면 여자는 까막과부라 해서 속절없이 사는 수도 있었다지만 우리 둘은 어쩌면 그 짝이 되나서 까막홀애비가 된 신세일까. 무엇이 우리를 그냥 잡고 있는 걸까. 오씨의 고명딸 오화자는 내 꿈과 최의 꿈에서 얼마나 많은 환락을 가졌던가. 그것으로 우리는 그 꿈을 떠나지 못하는 일일테지만. 최인봉과 내가 동갑이면서 더욱이 하숙도 같이 했으면서 말을 트지 못한 건 나는 재수하고 군대를 갔다와서 복학한 하숙생이었고 그는 사수 끝에 늦게 입학한 학생이었기 때문이었다. 그가 직장생활하면서 사수를 할 정도로 불투명한 과거가 그를 약하게 했는지도 모르는 일이었지만 나는 언제나 이기고 있다고 자부했었고 그는 언제나 불리하다고 말을 했었다. 더욱이 그가 직접 풀어 본 사주와 궁합에서 내가 단연 좋다고 인정한 후에는 화자도 어느 정도 내게 관심을 보였건만 왜 나는 어제밤 그렇게 절망적이었을까.

저녁 무렵에 그의 집을 찾았다. 웬일인지 그러고 싶었다. 일년을 한 동네에 살면서 대문간에서만 헤어졌을 뿐 한번도 서로의 집에 간 적이 없었다. 어쩌면 그것이 잘못이었을지도 몰랐다. 손자의 병법대로라면 지금의 나의 작전은 그럴싸한 것이 아닌가. 정작 그의 방에 들어간 나의 감정은 놀라움 그 자체였다. 그도 나와 같이 신문지를 깔고 밥을 먹는 게 아닌가. 화자의 사진 중 가장 잘 나왔다는 소요산 등산 때 역광의 환상적인 장면에서 나를 가위로 오려 낸 짓거리까지 나와 꼭 같은 게 아닌가. 물론 내방에는 그가 잘린 채 걸려있었지만........

그가 웃었으므로 우리는 쉽게 화해 아닌 화해의 분위기를 되찾은 셈이었다. 그가 나의 잡지사에 대해서 이야기를 해 달라고 한 것까지는 이해할 수 있었다. 그러나 나의 포르노 번역작업이 대학을 나온 지성인으로서 충분히 할 짓이라고 생각한다는 그의 빈정거림에서는 다시 오래된 앙금의 모래알들이 이빨 사이에서 씹히는 느낌이었다. 그의 학교생활은 순탄했다며 자신의 안정된 모습을 보여주려고 애쓰는 모습에서 우린 서로를 연민해야 하는 괴상한 관계라는 것을 다시 깨닫게 해주었다.

그에게나 나에게나 살아갈 의지를 찾는다는 것은 막다른 길에서 뒤를 돌아보는 일뿐이라는 결론을 내릴 수 있었다. 하지만 그 길은 너무나 좁아서 둘이 함께 서 있기에는 아니 그래서는 안될 이유 때문에 그것은 거의 불가능했다. 죽은 화자의 그 모습을 돌아보면서 나는 언제까지나 힘을 낼 수 있는 원동력을 가질 수 있다고 했지만 그는 지금도 죽은 화자의 불쌍하고 초췌한 모습을 자신이 지켜줌으로써 완성된 부부의 의미와 같은 그런 힘을 찾는다는 것이었다.

황당해하는 황씨를 보기 좋게 따돌리고 안주만 먹은 채 그가 계산을 했다. 포장마차에서 돌아오는 길에 교회의 차임 소리를 어렴풋이 듣고서는 그는 우는지 가래를 끌어 올리는지 흐느끼는 소리를 내기 시작했고 코를 풀면서 걷던 우리는 개천변의 나무 그늘 아래에서 별을 쳐다보았다. 그가 잠시 뭐라고 지껄이더니 천변 둑에서 개천 아래로 다급히 내려가더니만 엉덩이를 까내렸다. 소리가 들렸고 냄새가 났다. 개천에서 나는 냄새가 아직 서울은 자연에 속한다고 말하는 것 같았다. 아버지에 대한 증오로 형등과 친척에게까지 화해를 못하고 있는 나는 최가 갈긴 저 똥보다도 솔직하지 못한 위인이었다. 기억이 엉망이 된 것은 왜일까. 독백으로 나에게 한 욕을 들었는지 그는 영문 모를 심한 욕을 해댔다. 솔직하려고 해도 솔직해질 수 없는 상황을 저주한다는 소리를 지르고는 최는 믿을 수 없을 정도의 속도로 빨리 달아나버렸다. 난 그를 잡지 않고 터벅터벅 걸어왔다.

불현듯 진동에 열어본 핸드폰에는 뜻밖의 소식이 나를 기다리고 있었다. 문학비전이라는 잡지에서 편집기자 취업의 낭보가 활짝 웃고 있었다. 동영상 번역하는 프로덕션 사장에게 나는 곧바로 사의를 표했다. 내심 비대발괄로 빌어봐라! 아주 얄짤없으리라 했지만 사장은 알았다면서 무심히 전화를 끊었다. 다시금 정당하고 부지런한 샐러리맨이 되리라. 이젠 아침에 일어나고 밤에 자야할텐데......흥분은 아니었지만 뒤척이는 밤은 길었다. 피곤했다. 그리고 그 새벽 오랜만에 팬티가 팽팽해져 있었다.

일주일을 고민하다가 다시 최의 집을 찾았다. 전직을 발설할까하다 그만 두었다. 또 지난번 욕설과 똥 이야기를 묻는 것도 그만 두었다. 소주 두병을 내어놓자 그는 말이 빨라졌다. 죽은 여자에 대해 그 추억을 지키고 싶어하는 나는 당연한 인간이지만 그는 귀신에 절절매는 병신이 아닌가. 내가 이런 소리를 해대도 최는 시러베장단 어쩌고 하던 말대답을 하지 않았다. 그는 할말이 많다면서 생떼를 쓰듯이 장소를 옮기자고 종용을 했다. 거리를 걸으며 그는 진짜로 산다는 것에 대해서 동양학적으로 충고를 해달라고 했고 나는 주역을 들먹거리며 음할 때 음하고 양할 때 양한 자연을 본받는 게 바로 선이고 선하게 산다는 건 정말 자연스러운 거라고 말하고 나자 스스로 뒤가 켕겼다. 그는 음할 때나 양할 때나 다 음하면 어떻게 되느냐고 물었고 나는 그게 바로 사는 거 답지 않게 사는 거라고 하자 그는 코웃음을 치더니 우리 앞의 건물에 손가락질을 했다.

　묘하게도 이름이 황혼 호텔이었다. 서울 한복판에 온천욕이라는 이상스런 간판이 황금색으로 번쩍였다. 호텔까지의 어두운 길은 오히려 선명하게 온천여행의 이미지를 떠올려 주었다. 건물의 색은 붉거나 자주 혹은 진한 노란 계통의 타일에 둘러싸여 있었다. 자정이 넘어 종업원이 졸고 있는 뒷문 지하 계단으로 사우나 특유의 냄새가 올라왔다. 실내에 들어서자 곱게 미니스커트의 여종업원의 미끈한 다리를 보고 난 정욕을 느꼈다. 나는 웃었다. 개미굴 같은 미로를 통과하는 동안 한 사람도 마주치지를 않았다. 더욱이 무슨 운명을 떠올리도록 하는 건, 탕 안에 들어가도록 우릴 실제로 본 사람이 없다는 사실이었다. 다만 숙면실이라는 육중한 문안에 시체 같은 구두의 주인 너댓이 자빠져 뒹굴 뿐, 쥐죽은 듯한 고요에 물 흐르는 소리뿐.

기괴한 것은 지하의 물로 찾아든 우리의 여정이 하나의 작은 지도처럼 여겨진다는 것에 난 어떤 자신감을 가질 수 있었다. 언젠가 꿈꿔보았던 어떤 여자와 나의 온천여행이라는 가상공간이 이루어졌다고 여기는 순간 실제 길은 없어진 것이 아닌가. 미로에 들어섰을 때 여행은 다시 시작되었고 통로를 지나가는 우리의 알 수 없는 걸음 속으로 길은 순식간에 끝나고 말았나.

수증기가 그의 모습을 어느 정도 가리고 있었다. 물소리 위로 그는 시원하다는 소리와 따뜻하다는 소리를 동시에 존댓말로 질러댔다.

"난..난 말이지...찌그러진 영혼을 회복하고 싶었다....교회도 가보았고, 쥐약도 사두었는데 그게...후우우"

그의 한숨 소리는 점점 끓는 목소리로 변하더니 별안간 대성통곡이 되어버렸다. 난 영문을 몰랐다. 무슨 뚱딴지 같은 소리를....

"으으 흐흐흑 흐엉엉 앙앙앙 흑흑!"
"그만 뚝!"
"조한평! 나 지난주에 국민정의당 가입했다!"
"뭐? 너 전교조에서 민주명백당 가입하는 거 아니었어? 부정선거 투쟁운동을 하면서....어떻게 여당으로 가냐?"
"에이 씨발! 으으어어어어엉!"

인간이 저토록 열심히 울 수 있다는 게 신기할 정도였다. 그는 거의 사오 분간을 울어제꼈다. 안개 사우나로 자리를 옮긴 우린 잠시 침묵을 지켰다. 그는 화자가 죽고 나서 술담배는 물론 코카인 같은 마약에까지 손을 댔다면서 과거를 반추하는 진지함을 끝까지 밀어붙이는 듯 보였다. 과음 버릇 때문에 일부러 직장도 실업계 고등학교로 옮긴 것이 화근이었다. 거기서 졸업반 여자 아이와 잠자리를 하고는 그 후로 그 아이가 화자로 보였다는 것이었다. 그런데 그 아이가 화류계로 풀려서는 계속 연락을 하고 후배와의 끈을 달고 다니더니 재작년부터는 노골적으로 자기에게 아이 공급을 부탁하더라는 것이었다. 그는 벌써 이 년째 오피스텔 전속 창녀촌 포주에게 아이를 소개하는 갈보 공급책이라면서 다시 흐느끼기 시작했다.

"그것도 제자들을....흐흑"

그런데 화자의 생일날 작년에 자기가 소개했던 자퇴한 계집애가 찾아와서는 다짜고짜 술을 사달라고 해서 술을 사고, 고기를 먹고 나이트를 갔다가 이틀날 아침 이름 모를 호텔의 침대 위에서 정육점 갈고리에 걸린 고기덩이처럼 눈을 떴을 때, 그 여자아이는 가고 메모만 남았더라는 것이었다. 거기에는 「선생님 덕분에 에이즈에 걸렸어요, 선생님도 함께 걸려야 한다고 생각했어요. 그뿐이에요」라고 적혀있었다는 것이다. 나는 순간 아차 싶어서 아랫도리를 내려다보았다. 그는 전염에 대해서 걱정하지 말라고는 더욱 심각하게 입을 열었다.

그는 예전에 화자에게 술을 먹이고 렌트카에서 그녀를 범했다는 사실을 너무나도 진지하게 쏟아 냈다. 최가 자신과 결혼을 하자는데 그녀가 왜 자살을 했는지 모르겠다고 했다. 나는 그가 오화자의 성대모사를 하면서 조한평씨 어쩌고 하는 내 이름을 부르는 소리에 내가 내 이름을 알아들을 수 있었고 동시에 나는 대단히 둔감한 사람이라는 생각을 했다. 그리고는 다시 몇 분 정도가 생각이 나지 않지만 난 무슨 짓인가를 저지른 터였다. 그리고 나는 이렇게 그에게 물었다.

"그럼 화자가 나 때문에 널 찼다는 거야?"
"……"
"다시 한번 묻겠다. 정말인가?"

최인봉이가 고개를 끄덕였을 때 난 또 무슨 짓인가를 했다. 기억이 없었다. 혹 난 무언가를 기억하지 않으려 했을까? 나는 그게 경찰에 가서 고백해야 할 일이라고 생각했다. 그런데 폭력의 정당함을 증명하는 쾌감은 없었다. 오히려 불쾌감이 정수리를 찔렀다. 벌거벗은 채 쓰러져 우는 최의 뒷통수는 나의 선친을 지독히 닮아 있었다.

여지껏 나는 그가 진정한 어둠이라고 생각했다. 나는 겨우 어둠을 흉내내는 그림자 혹은 그늘이라고 여겼지만 그토록 당연시했던 그 어둠은 실체가 없었다.

길을 걸어가면서 나는 내일의 계획을 삼십 년 만에 처음 해보기로 했다. 부정선거 투쟁운동을 한 나를 뽑아준 잡지사에 사업 계획서를 갖다주고 선숙이에게 전화를 하고 또 화성의 큰 형님께도 전화를 해야지 어딘가를 찾아보면 허접쓰레기들 속에 전화번호가 적힌 옛날 노트가 있으리라. 바람이 찼지만 가슴은 시원했다. 언제부터 이 길을 걸어왔을까? 걸을수록 어두워지는 이 길은 내가 그 끝 가까이에 있다는 착각을 넌지시 내밀고 있는 듯했다. 다만 길 건너 편에는 아스라하고도 분명한 노오란 불빛이 내비치고 있었다. 그리고 그 노란 불꽃 뒤의 어둠 속에 그늘이 되고자 했던 나의 생각은 분명한 착각이었다.

사람은 하늘을 보며 땅을 걷는다

황의권

사람은 하늘을 보며 땅을 걷는다.

머리는 높은 곳을 좇아가는데 발바닥은 땅에만 묶여있다. 나는 더 이상 그렇게 있기 싫었다. 불안정하게 끼익 거리는 의자를 밟으며 간신히 서있다. 나는 더이상 땅에 묶여있지 않을 것이다. 심장이 느려지고 다리에 경련이 일어난다. 눈앞이 흐려지고 차가운 방이 나를 감싸온다.

쾅

창문을 내리치는 큰 소리에 그만 바닥으로 떨어져 나뒹굴었다. 느려지던 심장이 미치듯이 뛰어오르고 냉기만이 나를 감싸안아 왔다. 제 기능을 못하는 밧줄을 원망스럽게 집어 던지고 외투 하나 걸친 채 문밖으로 나갔다.

복도는 고요하다. 방은 시끄럽다. 앞집의 부부싸움이 복도를 때리고 있고 옆집의 남자는 항상 고함이 복도를 흔들고 있다. 윗집 아이들의 쿵쿵거림에 천장이 무너질라 밖으로 빠르게 나왔다.

네모난 이삿짐들이 분주하게 트럭에 던져졌다. 서투른 직원들 때문에 몇몇 가구들이 떨어졌지만, 다시 들어 몇 번 둘러보곤 다시 짐차에 던져

놓는다. 따뜻함과는 아직 어색한 봄이었다. 하나둘 켜지는 방 불에 맞춰 라이터를 눌러 본다.

"이사를 왜 지금 가냐! 상도덕도 없어?!"

앞 동에 살고 있는 배불뚝이 대머리 아저씨가 소리쳤다. 괴팍한 인상에 비해 중저음의 목소리, 한 때는 잘 나가는 사업가였을 거다.

"아니, 갈 꺼면 좀 조용히 가던가 애들 다 깨겠어요!"

머리에 롤을 잔뜩 깔고 담배를 피는 아줌마는 날카로운 목소리로 전에는 상담원이었을 거고. 한참 생각에 잠긴 사이 태양이 이 우스운 광경을 훔쳐보려고 슬그머니 기어 나왔다. 불붙은 담배를 꼬나물고 외투에 손을 넣고 내 일자리로 걸어간다.

편의점은 내 전 타임에 일하는 여자애 하나가 있다. 전에는 별말 없었지만 최근 들어 남자 친구랑 안 좋은지 나만 보면 시비를 건다.

"교대면 적어도 5분 전엔 와야되는 거 아니에요?"

문을 여는 와중에 나랑 눈이 마주치고 쌀쌀맞게 지나간다. 화장실 좀 갔다가 외투를 벗고 시퍼런 조끼를 입고 계산대 앞에 서자 7시가 되었다.

딸랑

"소주 하나에 말보로 화이트 두 개"

언제나 헤벌레 웃으며 나에게 말을 거는 할아버지다. 왜 웃는진 궁금하지만 딱히 건넬 말은 없어 지나치기만 하는 그런 사람이다.

"많이 팔아, 학생~"

들려오는 종소리와 함께 사라지는 할아버지. 모든 사람이 저러면 얼마나 좋을까.

행복은 정해져 있는데 불행은 제각각이다.

가지각색의 불행들을 치우다 보면 남들은 도대체 무슨 일을 당한 걸까.

여동생이 죽기라도 했을까? 아니면 부모님과 사이가 멀어진 채 이런 촌 동네로 왔을까.

아니면 도박 때문에 재산을 날린 삼촌이 보증서를 들이밀고 집으로 찾아 왔나?

갖가지 불행을 파묻혀 갈 때쯤 발을 한번 굴러 그 불행들을 한 곳에 밀어 버린다. 그러면 내일의 불행이 다시 채워져 있겠지.

이게 내 일상이다. 아무도 신경 쓰지 않고, 쳐다보지 않고, 듣지 않는 것들을 들여다보고 듣고 버리는 게 내 일이다.

딸랑

"어서 오세요."

문이 열리는 알람에 반사적으로 말이 나왔다. 하지만 입구엔 아무도 없었다. 일을 너무해서 그런가 이젠 환청마저 들리나보다. 머쓱하게 빗자루를 다시 만지려는 그때 맑은 종소리가 한 번 더 울렸다. 이번엔 웬 검은 게 소리 없이 바닥으로 떨어졌다.

떨어진 검은 털 뭉치는 카운터로 올라가 뒤를 돌아 나를 보았다. 긴 꼬리를 살랑살랑 흔들며 카운터를 쓸고 있는 멋진 턱시도 신사였다.

"우애옹"

신사는 아니었다. 신사는 저런 소리를 낼 리가 없으니까. 외모와 정반대의 끔찍한 소리를 내는 고양이 한 마리가 나를 바라보고 있었다. 고양이의 관심은 나로 바뀐 모양이다. 카운터에 앉아 나를 바라보고 있었다. 빗자루를 두고 손을 슥슥 닦으며 카운터로 걸어갔다.

앞에 서니 고양이는 생각보다 더 컸다. 내가 알던 길고양이들은 작고 왜소했는데 이놈은 애가 우락부락한 게 말티즈만하거나 더 컸다.

"우애옹"

녀석을 쓰다듬자 좋은지 눈을 감고 내 손에 더 비벼댔다. 사람의 손길을 거부하진 않았다.

"미안하지만 집으로 돌아가렴."

고양이에겐 미안하지만 그대로 들어 문밖에 옮겨다 놨다. 밖은 춥지만
내 맘대로 편의점 안에 두면 점장님한테 혼날 수도 있다. 나는 다시 빗자
루를 들어 매장을 마저 쓸고 있었다. 하지만 커다란 먼지 하나가 걸어와
쓸고 있는 바닥에 누워 굴러다녔다. 검고 흰털들이 흩날렸다.

"비켜 임마."

어떻게 들어온 지 모르겠지만 치우기도 귀찮아 빗자루로 같이 쓸어버
렸다. 이걸 놀이로 느꼈는지 빗자루 여기저기를 물며 발버둥쳤다. 빗자루
심과 같이 털이 흩날려 청소가 아니라 더 더럽힌다는 느낌에 고양이를 들
었다. 쭈욱 늘어나는 하찮음으로 문밖에 내놓으려는 그때.
　딸랑

"여기 혹시... 어머?"

아침에 소리를 고래고래 지르던 아줌마다. 평소엔 굵은 목소리를 내는
사람인데 내가 들고 있는 고양이를 보곤 평소와 다른 부드러운 목소리로
바뀌었다.

"편의점에서 키우는 고양이야? 어제까지만 해도 못 봤는데?"
"아뇨, 영업방해 중인 길고양이입니다."

고양이는 반항이라도 하듯 대답했다.

"웨옹"

"어머나 세상에, 참치 좀 줘야겠네."

평소엔 나한테 가져오라 시키더니 이번엔 참치 두 캔을 직접 가지러 갔다. 고민도 없이 가는 걸 보면 어디 있는지 아는구만 자꾸 물어봤던 거였다. 암튼 계산을 마치자 바닥에 뒹굴고 있는 고양이에게 주곤 웃으며 밖으로 나갔다. 아줌마가 소름 끼치는 웃음을 짓곤 밖으로 나갔다. 아마 행복하다는 표현이겠지만 차마 아름답다곤 할 수 없는 얼굴이었다. 하지만 앞으로 일어날 일들에 비하면 매우 사소한 일이었다.

"저기 츄르 있나요?"

어제까지만 해도 다크서클에 짓눌려 에너지 드링크를 사가던 여학생이 초롱초롱한 눈빛으로 물었다.

"어휴, 불쌍한 거."

자기 술사기도 바빴던 노가다 아저씨는 고양이를 술친구 삼아 밖에서 과자를 나눠 먹었다. 오늘은 짓눌린 손을 떨지 않았다.

"이거 줘도 될까요?"

과묵하던 인도인 아저씨도 고양이랑 닭고기를 나눠 먹었다. 외롭던 옆

자리엔 통통한 털 뭉치가 함께 있었다.

고양이와 묘한 동행은 퇴근해도 끝나지 않았다. 녀석은 나를 따라오며 발걸음마다 세상 끔찍하게 쇠를 긁는 소리로 냥냥 소리를 냈다. 폐기된 삼각김밥을 뜯어 쓰레기통 옆에 두었다. 계속 얻어먹었는데 아직도 먹을 수 있는 모습에 감탄하고 다음 알바로 향했다. 언제봐도 오르기 힘든 계단을 올랐다. 커다란 인도였지만 나 말고 이 길을 걷는 사람은 못 봤다. 다들 차를 타고 다니며 사다리를 타는 광대를 보며 웃을 뿐이었다. 계단을 오른다고 삶이 바뀌는 것도 아니었다. 술에 취한 취객들의 상처를 닦아내고 내가 하지도 않은 실수에 사과를 했다. 손도 대지 않은 고기들에 물 한 잔으로 굽혀진 허리를 폈다. 계단을 오를 땐 빛이 날 보았지만 집으로 돌아갈 땐 아무것도 내 곁에 남아 있지 않았다. 그때 콘크리트 위에 밤보다 더 짙은 무언가 내 앞에 다가왔다.

"우애옹"

소리 내진 말지. 쓰레기통 옆에서 내가 싸온 고기 몇 점을 냥냥 대며 먹었다. 아침엔 보이지 않았던 참치캔들이 수북히 쌓여 있었지만 고기도 먹는 거 보면 팔자도 좋다. 정신없이 먹는 고양이를 두고 발을 옮겼다.

"그럼 나 간다?"

복도는 터벅거리는 소리만 들려왔다. 보금자리로 돌아와 소음도 들리지 않는 어둠 속에 홀린 듯이 침대 위로 쓰러졌다. 포근하고 차가운 어둠이 날 감싸 안았다.

하지만 꿈은 날 받아줄 마음이 없었다.

"미안해"

동생은 그 말만 남기고 사라졌다. 날 바라보던 눈빛도, 나에게 건넨 말도, 흩날리는 머리카락 하나까지 잊을 수 없었다. 하지만 나는 동생의 마지막을 무덤덤하게 바라보았다. 지나간 상처는 딱딱하게 굳어있었다.

'상범아, 채린이가 일 생겼다고 하고 편의점 비웠댄다. 혹시 지금 일어나 있니?'

특별한 알람도 아니고 띵 소리 한 번에 잠에서 깼다. 어떤 꿈이었는지 기억은 나지 않는다. 중요한 꿈은 아니었겠지.

'네, 지금 바로 갈게요.'

틀어진 가스를 잠그고 나갈 채비를 했다. 잘라진 호스는 다시 교체하면 된다. 창문을 활짝 열어 환기를 하자 누런 가스가 창문을 기어 바닥으로 꺼지는 모습이 보였다.

편의점 앞에 도착하니 할아버지 한 명이 서있었다. 공허한 눈빛으로 아무도 있지않는 카운터만을 바라보고 있었다. 문을 열고 들어가 주섬주섬 준비를 했다.

"죄송합니다, 전 타임 알바가 자리를 비워서"

할아버지는 날 보고 빵긋 웃었다. 그러곤 내 앞으로 소주 두 병을 슬며시 밀었다.

"괜찮아, 얼마 안 기다렸어."

할아버지는 친구라도 만난 기분으로 내게 이런저런 말들을 건넸다. '밥은 먹었냐', '사는 건 괜찮냐' 같은 시시콜콜한 질문들이었다. 그때마다 대충 맞장구치다보니 슬슬 해가 떠오르고 있었다. 할아버지는 떠오르는 해를 보며 생기를 띠었다.

"학생 내 이름은 김덕배야."

떠오르는 해를 놓치고 싶지 않은지 이쪽을 보진 않았지만 어린 나에게 최대한 예의바르게 말했다.

"저는 박상범입니다."

전에는 아이 같은 웃음만이 남아 있었지만 지금은 오랜 친구를 만난 듯한 아련함만이 남아 있었다. 하지만 슬퍼 보이진 않았다.

"고마워, 학생. 좋은 하루 보내."

하지만 할아버지의 말처럼 되진 않았다. 좋은 하루를 보내기엔 사람들이 너무 많았다. 검은 정장에 흰 셔츠, 검은 후드에 흰 바지, 흰 셔츠에

사람은 하늘을 보며 땅을 걷는다_황의권 41

검은 바지. 무채색으로 바래버린 세상은 너무나도 지루했다. 그리고 뭘 흘렸는지 모르겠지만 구석에 있는 덩어리는 대체 뭐고 지울 순 있을까? 바닥에 달라붙은 덩어리로도 재밌어지는 퇴근 3분 전 즐기는 짧은 상상이었다.

가는 길도 똑같았다. 회색 도로에 회색 사람들이 줄을 지어 걸어가고, 옆으로는 검은 차들이 쉴 새 없이 지나가고 있었다. 내려앉는 태양과 그림자들은 아름답지만 시시했다. 보기만 해도 멋지지만 그게 끝이었다. 무채색에 싫증이 나고 있었다.

"우애옹"

그래 너도 검은색이었지. 날 어떻게 알아봤는지 저 멀리서부터 총총 달려와 내 앞에 쓰러졌다. 아무리 굴러봐야 바뀌지 않는 색이지만 얘는 적어도 귀엽기라도 했다. 골골대며 쓰러진 요놈의 입엔 참치가 가득했다.

"하, 밥은 신나게 얻어먹고"

석양과 반대되게 하늘색 옷에 청바지를 입고 흰 티로 포인트를 준 코디였다. 시원한 느낌을 주지만 저녁에 입기엔 좀 그런 패션. 그에 맞게 얼굴도 차갑게 식어있었다.

"키우던 애야?"

고양이를 쓰다듬던 나에게 다가와 물었다. 신경질적이긴 평소에도 저러는지 자연스럽게 말했다. 딱히 기분이 나쁘진 않았다.

"아뇨, 그냥 집 앞에 있는 애인데요."

여자는 빈 담배곽을 이리저리 살피며 인상을 찌푸리고 있었다. 담배 하나 쥐어주며 철창 옆에 기대어 불을 붙여줬다. 이사 간 옆집으로 들어온 민혜고 내가 다녔던 대학의 같은 과라고 한다. 대학은 생각이 없었지만, 가족의 강요로 나랑 같이 늦은 나이에 대학을 갔다고 한다. 담뱃불 옮겨 붙이며 나눈 대화는 빠르고 무미건조하게 지나갔다. 고양이 만지고 서로 담뱃재 털어내는 그런 대화였다. 피어나던 연기 꺼지고 서로가 다시 길을 걸을 때, 눈부신 하늘을 보았다. 어둠 속 홀로 깜빡거리는 불빛. 그 뒤론 무수히 많은 불빛들이 보였다. 우리의 불은 꺼졌지만, 하늘엔 남아있는 사람들이 불빛 이으며 떠들고 있었다.

매캐한 가스 연기가 눈앞을 가린다. 깨질 것 같은 머리와 빙글빙글 돌아가는 눈앞이 나의 정신을 혼미하게 만든다. 머리를 두드리는 물줄기가 눈을 가린다. 검고 둥그런 번개탄이 내 앞에서 고요히 타들어가고 있었다.

잠은 죽음을 위한 연습이다. 아무것도 보이지 않는 어둠을 위해 사람들은 눈을 감고 소리를 무시하고 느껴지는 감각을 꺼뜨린다.

'오빠'

대충 걸친 바람막이와 검은색 긴 바지. 내 볼을 부드럽게 쓰다듬는 바람과 흩날리는 머리카락. 그리고 물이 들이치고 옆으론 차들이 지나가는 소리가 희미하게 들려온다.

'일어날 시간이야.'

폐 끝까지 쥐어짜낸 마지막 한 숨과 기침이 터져 나왔다. 타들어가는 기관지 하나하나가 느껴진다. 가래와 피가 섞인 침이 흐느적거리며 입에서 흘러나온다. 튀기는 물에 꺼진 번개탄이 힘없이 부서진다. 부산물로 막힌 배수구에 물이 고인다. 비틀거리며 밖으로 나와 창밖을 본다. 검은색 털뭉치 하나가 바닥을 살랑살랑 쓸어대며 3층에 있는 날 쳐다보고 있었다.

"최근 길고양이들의 새들 사냥이 문제가 되고 있고 지자체에선...."

담배 하나 입에 물고 고양이를 쓰다듬는다. 지나가는 자전거 라디오는 얘네 때문에 골칫거리가 한창이다. 반면에 얘는 담배 냄새가 괜찮은지 아무렇지도 않게 내 다리에 몸을 문대며 꼬리를 살랑살랑 흔들고 있었다. 참새가 지나가도 내 얼굴 한 번 보고 야옹거리고 주변에 앉아도 내 얼굴 보고 다시 다리에 몸을 비빈다.

"넌 괜찮은 거냐"

다리에 있는 고양이를 들어올려 눈을 바라보았다. 동그랬던 눈이 나와 마주치더니 날카롭게 변하고 칵칵대며 발버둥 쳤다. 바닥에 떨어지자, 주변에 있던 참새들도 날아갔다.

'켁켁, 오빠 담배 좀 끊으라니까'

다시 한 번 스쳐지나가는 여동생의 목소리에 옆을 바라보았다. 코를 막고 인상 찡그린 여동생이 보였다.

"…"

나는 말없이 담배를 벽에 지져 껐다. 다시 돌아보니 그곳엔 한 아이가 나를 바라보고 있었다. 뚱한 표정에 얼굴이 나를 바라보았다. 그리고 시선은 천천히 내려가 내 다리를 향했다.

"야옹이, 아저씨 꺼에요?"

꼬마 아이가 천천히 다가와 내 앞에 섰다. 다른 또래 아이들과 다르게 어른 같은 발걸음과 아우라가 내게 비쳐왔다.

"이름이 뭐에요?"
"이름은 없어."
"그럼 아저씨 꺼 아녜요?"

얘는 내 소유물이 아니다. 반려묘도 아니고 그냥 집 앞에 버려진 고양이 한 마리일 뿐이다. 내가 선택한 것도 아니고, 나랑 관계도 없는 스쳐 지나가는 평범한 인생 중 하나다.

"아이고, 미루야. 한참 찾았잖니."

멀리서 푸근한 인상의 아저씨가 슬리퍼를 끌며 다가왔다.

"아이고, 죄송합니다. 애가 어려서."

아이가 고양이를 번쩍 들어 집으로 데려갔다. 생각보다 큰 고양이를 들어 옮기긴 힘든지 고양이가 끌려가는 모양이었지만 아저씨 눈엔 그 모습마저 웃으며 바라보았다.

"아이가 엄마를 여의고 웃지를 않았어요. 근데 저 고양이를 보더니 웃지는 않아도 말을 걸고 밖을 나가자 조르고 예전만큼은 아니지만 그래도 언젠간 저 고양이 덕에 나을 거라 믿어요."

아이 생일날 어머니가 교통사고에 죽었다. 생일날부터 아이는 엄마를 기다렸고 그 시간은 2년이 지났다고 한다. 상처가 커 살면서 다시 웃을 수 있을지 모르겠다는 말에 아저씨는 마흔일곱이라는 늦은 나이에 아이를 키우기 위해 전에 다니던 공장을 그만두고 회사에 신입으로 들어갔다고 한다.

"아이가 이른 나이에 너무 큰 상처를 가졌네요."

아이의 모습이 어른스러운 게 아니었다. 나와 같았다. 하지만 나의 상처가 아이의 상처보다 작아보였다. 부모를 잃은 아이는 앞으로 나아갈 수 없을 것이다.

"상범 학생과 같아요. 소중한 사람을 잃었고 큰 상처를 가졌죠"
"저와는 비교할 수 없죠. 어린 나이에 게다가 생일이니..."

두근두근했던 마음은 어느샌가 기다림으로 바뀌었고 끝나지 않는 기다림은 아이를 무뎌지게 만들었다.

"네, 하지만 극복해 나가고 있죠"

아이는 고양이를 보며 점점 나아지고 있다고 한다. 전에는 하지 않던 그림을 그리고 어린이집에 갔다 오면 하루의 마지막인 저녁 자리에서 아빠에게 말을 걸어왔다고 한다. 아이가 처음 말을 건 날, 아저씨는 잠도 자지 못한 채 숨죽여 울었다고 한다. 다시는 돌아올 것 같지 않던 미루가 작게나마 아빠를 불렀을 때. 밥을 먹으며 지나간 오늘을 이야기 했을 때. 그리고 돌아오지 않는 엄마를 보내줄 때.

"그럼 저는 뭘 해야 할까요"

큰 상처를 가진 아이도 저렇게 극복해 나가고 있는데 난 아무것도 하지 못하는 게 서러웠고 부끄러웠다. 고양이 한 마리에 어제를 잊고 내일을 생각하는 모습이 부러웠다. 밤마다 잠드는 게 두려워 마지막 잠에 들고 싶어 하는 내가 비참했다.

잠깐의 침묵이 오간 뒤 아저씨는 자세를 돌려 나를 보았다. 푸근했던 눈은 사라지고 강한 의지가 나를 바라보았다.

"뭐라도 하세요."

굳센 말이 나를 때렸다. 강압적이지도 않고 부드럽지도 않았다. 명령이자 부탁이었고 내가 기대했지만 듣고 싶지 않은 말이었다.

"미루의 상처가 크다고 상범 학생의 상처가 작은 게 아닙니다. 상처는 누구나 아프고 쓰라립니다. 하지만 우리는 상처가 났다고 죽는 게 아닙니다. 우리는 살아가면서 많은 상처에 눈물을 흘리지만, 그 상처는 결국 아물게 됩니다."

아저씨의 말이 끝나자 기다렸다는 듯이 알람이 울렸다. 아저씨는 핸드폰을 보더니 알람을 끄고 미루를 불러 목마를 태워주었다. 그리고 따라온 고양이를 몇 번 쓰다듬고 나를 바라보았다.

"상범 학생. 살아가세요. 무슨 일이 있어도."

아저씨가 내민 손을 잡았다. 굳은살과 상처들이 살아온 세월을 말해주고 있었고, 부드럽고 따뜻한 온기가 내 손을 감싸왔다. 고통 속에 살아온 삶이지만 그곳에서 사랑을 찾고 행복을 간직한 손이었다.

아저씨가 떠나고 민혜가 왔다. 지칠 대로 지친 몸을 이끌고 무릎과 팔뚝엔 멍이 들어 있었다. 서로 지친 우리들은 길거리에 앉아 말했다.

오늘 하루 어땠냐고

담뱃불 맞대며 이야기를 나누었다. 문득 터져 나오는 울음에 입술을 깨물었다. 민혜는 울지 말라며 나를 토닥였다. 하지만 초라해진 우리들은 서로를 안고 울었다. 오늘의 하루가 어제보다 낫길. 오늘의 하루나 내일보다 나쁘길 바라며 흩날리는 담뱃재들이 바람을 타고 사라졌다.

그날 밤, 민혜의 방에선 다른 남자의 고함과 물건이 깨지는 소리가 들려왔다.

"웨애애옹!"
"꺼져!"

여름이 물러가고 바람이 불어올 때, 고양이에 대해 안 사실이 있었다. 고양이는 암컷이었고 그런 녀석을 노리는 애들이 많다는 것이다.

"샤아아악!"

뚱땡이 치즈 녀석이 자세를 낮추고 털을 부풀린다. 못생긴 얼굴이 더 부각되고 뚱뚱한 살이 바닥에 닿는다. 돌을 던져 녀석 주변에 던지자 움찔하고 다시 다가오기를 반복한다. 울타리 뒤로는 다른 더러운 놈들이 우릴 노리고 있었다. 뚱땡이의 신호에 맞춰 하나둘 천천히 조용히 다가오고 있다. 내 앞에 잔뜩 겁먹은 고양이를 들어 주차장으로 돌아왔다. 아직도 뚱땡이 녀석이 있는 곳을 보고 두려워하고 있는 고양이를 안심시키고 돌을 던진다. 고양이의 몸엔 상처가 가득했다. 긁히고 물리고 벌어진 상처들에서 피가 흘러나왔다. 반대편을 보니 박스는 이미 발톱자국과 빗물로 무너졌다.

"아오 저 고양이 새끼들!"
"야! 고양이 조용히 안 시켜?"

조용했던 아침이 다시 시끄럽게 변하고 있다.
'제가 안그랬어요.'
내 앞에 떨고 있는 고양이를 안았다. 얘가 그러지 않았다. 하지만 사람들은 믿지 않았다. 걔나 쟤나 같은 앤데 알빠 아니라고. 내게 소중한 게 남들한테도 소중한 게 아니라고. 가족이 떠날 때도 책임지기 싫어 뒤로만 물러났다.
'내 알빠 아니라고.'
이번에도 물러나고 싶었다. 이름도 없는 길고양이 하나였다. 길거리에서 쓰레기나 주워 먹는 그런 고양이. 겉으론 무서운 척해도 시간 지나면 모르는 척 도망가는 족속. 같이 있어도 멀리 떨어져 있는 느낌.
하지만 내 앞에서 떨고 있었다. 피를 흘리고 무서워하고 있었다.
'내가 하지 않았는데. 날 믿어줘. 왜 내가 한 짓인 마냥 그러는 거야?'
죽어있는 참새들과 시끄러운 고양이 소리가 울려 퍼진다.
'왜그러는거야. 쟤가 그랬다니까. 너 동생이라고 감싸는 거야?'
피가 흐른다. 노란색 덩어리가 하늘을 뛰어 새를 죽인다. 삑삑거리는 소리가 울려 퍼지다 마지막 진혼곡을 길게 부르고 숨통이 끊어진다.

"그럴 거면 데려가서 키워! 그만 시끄럽게 굴고!"
"애초에 애지중지할 때부터 알아봤어!"

여기저기서 들려오는 밑바닥의 소리가 들려온다. 같이 사랑할 땐 언제고, 같이 돌봐줄 땐 언제고. 같이 웃어놓고.

"닥쳐! 이럴 때만 싫은 거야? 지금까지 그렇게 좋아해놓고 이젠 지겨워?!"

다가오는 고양이들과 창문에 고개 내민 밑바닥들에게 소리쳤다. 들끓던 피와 묵혀놨던 마음 속 응어리가 터져 나온다.

"필요할 때만 좋아하고 이젠 싫냐?! 지금까지 좋아해 놓고 얘가 도와달라는 데 그게 그렇게 싫어? 그럼 뭐 때문에 돌봤는데. 뭐 때문에 밖에다 둔 건데?! 예뻐하다가 싫증 나면 버리려고 아무도 안 데려간 거야?!"

매일 아침 고양이를 쓰다듬던 노인 하나가 고개를 내민다.

"어린노무새끼가! 니가 뭘 안다고 그렇게 지껄여! 들짐승 불쌍하다고 거둔 게 누군데!"

참치캔 하나 사놓고 다른 사람들 못 만지게 하는 뚱뚱한 아줌마가 주차장으로 내려왔다.

"야! 너가 뭘 아는데? 이렇게 해야 애들도 새끼치고 그러는 건데 자연의 법칙 몰라?"

하나둘 밖으로 나와 다시 한번 소란스러워진다. 뚱뚱한 치즈 고양이는 다른 사람들은 안중에도 없었다. 내 뒤에 숨은 고양이 하나만 노리고 천천히 다가왔다. 짐승들이 무리 지어 내게 다가온다.

"그럼 넌 뭘 아는데? 그냥 얘는 니 바닥같은 자존심들 채워주는 도구야?"

아줌마에게 소리친다. 하지만 노란색 뚱땡이가 열받았는지 몸을 던진다. 날카로운 발톱이 눈앞에서 멈춘다. 묵직한 소리와 함께 철푸덕 소리가 난다. 한쪽 눈에서 피가 나고 뒤집혀진 몸이 부르르 떨리다 금세 몸을 뒤집어 도망친다. 대장이 도망가자 다른 놈들도 재빠르게 사라진다.

"꺄아아악!"

자기 다리 밑으로 뛰어가는 고양이들을 벌레라도 본 듯 경멸에 찬 비명이다. 다 똑같은 놈들이라 해놓고 누구는 사랑받고 누구는 벌레 취급하는 역겨운 비명이었다. 비명이 사그라지고 다시 고요함이 찾아왔다.

피 묻은 돌을 바닥에 던진다. 바닥에는 지린내가 올라오고 검은 고양이는 축축한 몸으로 내 다리를 부여잡고 있었다. 피와 오물이 섞인 발로 나를 꼭 안고 있었다. 눈은 촉촉해져 나를 올려다보고 구슬 같은 눈물을 흘렸다.

후회하지 않는다. 진작에 이랬어야 됐다.

"아 좀 꺼지라고!"
"이 씨발년이 진짜!"

창문이 깨지는 소리와 함께 쿵 소리가 들린다. 책상 하나가 창문을 깨
고 있어야 할 곳에서 튕겨져 나왔다. 흩뿌려진 유리창과 찌그러진 책상이
위에서 일어나는 일을 말해주고 있었다. 나는 고양이를 빌라 안쪽에 데려
다 두었다. 그 뒤로는 기억나지 않는다.

계단을 오르고 한쪽 눈이 붓고 배를 움켜잡고 울고 있는 민혜를 보고
남자 얼굴에 주먹을 날린다. 갑자기 나는 바닥에 고꾸라진다. 그리고 날
카롭고 차가운 감촉과 함께 뜨거운 액체가 느껴진다. 더 깊숙이 들어오는
고통으로 눈앞에 빨갛게 물든다. 굳게 닫혀있던 문들이 하나둘 열리며 사
람들이 복도로 나온다. 깨진 병을 들고 있던 남자가 계단에서 고꾸라지고
민혜가 나에게 울면서 다가온다. 한 번도 다가오지 않았던 사람들이 나를
향해 다가왔다. 고통스러운 순간이었지만 아이러니하게 미소가 입가에
번진다.

단풍 낙엽 떨어질 때 내 눈꺼풀도 떨어졌다.

눈을 떠보니 소란이 끝났고 창밖으로 흰 세상이 펼쳐져 있었다. 밖과
내가 있는 병실은 별반 다를 바 없었지만, 내 쪽이 더 많은 색깔을 가지고
있었다. 옆에는 민혜가 침대에 기대어 자고 있었다. 아마 내가 잠에 든 동
안 계속 나를 간호해 준 것 같다.

댕그랑

그리고 2년 만에 얼굴을 보는 부모님이 서 계셨다. 부모님의 얼굴은 더 나이가 들어 계셨다. 꿈에도 자주 나오던 장면이다. 어떤 날은 내 뺨을 때리고, 또 다른 날은 나에게 욕설을 퍼부으셨다. 동생이 죽은 날부터 서로의 죄책감 때문인지 조용히 멀어진 우리의 거리는 더욱 무섭게 느껴졌다. 멈춰진 발걸음이 천천히 내 앞으로 다가온다. 나는 고개를 돌려 눈을 감았다. 꿈과 같은 말, 같은 행동들이 빠르게 지나쳐 간다. 질끈 감은 눈으로 땀이 떨어졌다.

하지만 그건 내 땀이 아니었다. 나를 껴안아 주시는 엄마의 슬픔이 가슴을 적셨고 아빠의 고통이 내 볼을 더듬었다. 나도 아무 말 하지 않았다. 하지 않고 싶어 입술을 깨물었지만 새어 나오는 소리는 지난날의 우리들의 대화가 되었다. 못 본 얼굴, 못 다 한 이야기, 못 전한 말들이 이어져 하루를 보냈다.

'데려가 주세요.'

하얀 스티로폼 박스 위에 검은 유성이 쓰여 있었다. 그 밑으론 더 까만 고양이 한 마리가 눈을 감고 식빵을 굽고 있었다. 가끔씩 떨어지는 눈이 고양이 머리에 쌓였다 떨어지기를 반복했다.

"누군가 데려가긴 할까?"

나를 부축해 주는 민혜가 말했다. 상처투성이에 떨고 있는 고양이라면 누군가 마음 아파서 데려갈 것이라 믿고 있지만, 다른 사람들에겐 이젠 더러운 길고양이일 뿐 그 이상 그 이하도 아니다.

"그냥 우리가 데려가자."

쌓인 눈을 털어내며 민혜가 말했다. 데려가서 키우고 싶지만 나는 더 이상 생명을 데리고 있을 자신이 없다. 소유하고 싶지 않았다. 내 것이라 생각하면 사랑이란 감정이 무뎌질까 더는 자신이 없었다. 그렇게 눈 내리는 어느 날, 나는 생명 하나를 두고 돌아갔다. 원래 있던 곳, 있어야 할 곳에.

봄이 왔다. 미루는 여전히 그 고양이를 좋아한다. 그리고 지난 시간을 같이한 언니, 오빠들을 좋아한다. 떠났다는 생각에 전처럼 다시 충격에 빠지지 않을까 걱정했지만 미루는 덤덤했다. 떠나는 사람이라고 느낀 걸까? 어디 갔냐 묻지도 않고 나중에 다시 만날 거란 말을 하곤 다신 묻지 않았다.

'그 아이는 아직 안 왔나 보네.'

고양이 안고 있는 미루를 보았다. 환하게 웃진 못하지만, 살며시 번지는 미소에 마음이 놓인다. 전에는 굳어있는 얼굴을 보며 불안함만이 있었지만, 그 학생을 만난 뒤 그 걱정은 사라졌다.

'웃지 않는다고 불안한 건 아니에요. 저 아이는 웃는 이유를 몰라요. 웃음이 나오는 이유를.'

그날 뒤로 웃음을 바라지 않았다. 기다렸다. 미루가 진정으로 느끼는 행복이 올 때까지. 나의 불안함이 미루에게 강요가 되지 않기를 기다렸고 이제 그 기다림이 천천히 꽃을 틔우고 있었다.

'그 학생은 뭘 하고 있을까?'

가을이 끝날 무렵 고양이를 보러 갔을 때 상범 학생은 보이지 않았다.

옆집 창문은 깨져있고 짐차가 이리저리 분주하게 움직이며 흔적을 지우고 있었다. 그리고 눈보라가 치는 날이 되자 주민들이 고양이 집을 더 좋게 바꿔주었다. 학생 둘이 돌보는 줄 알았지만 다 같이 키우는 공용 고양이인가 보다.

하나둘 새싹이 돋아나고 나무들 기지개 켤 때 통통한 참새들은 고양이 밥을 쪼아 먹고 있었다. 미루를 위해 3킬로를 다녀 오늘은 없겠을 것이란 마음을 먹은 적도 있지만 이내 얼굴을 보고 다시 정신 차렸다.

익숙한 강물 소리, 익숙한 가로수, 익숙한 빌라들이 줄을 지어 우리를 마주했다. 고양이를 내려놓고 미루에게 '조심히 놀다 와'라 말하곤 담뱃갑을 연다. 그 안엔 아무것도 없지만 이곳에 서면 그날의 기억들이 스쳐 지나간다. 나보다 어린 학생의 조언과 나와 같은 상처를 짊어진 사람. 이곳에 서면 다시 그 사람이 밖으로 나와서 나와 함께 빛을 낼 것 같았다.

"어?! 오빠!"

멀리서 다가오는 한 사람, 아니 그 옆엔 다른 사람도 같이 있었다. 그리고 그 뒤로는 다른 사람들이 더 오고 있었다. 아는 얼굴이지만 어둡지 않고 밝은 얼굴이 되어 걸어오고 있었다.

'허, 삼 년도 안 지났는데 이렇게 바뀌었네.'

그 학생을 만난다. 악수하고 다른 학생을 만난다. 그 둘은 얼굴 마주 보더니 볼 붉히고 다시 나를 쳐다본다. 그리고 콘크리트 위에 있던 검은 고양이가 어느샌가 학생의 다리에 몸을 비비고 있었다.

"감사합니다, 아저씨"

그게 마지막 말이었다.

그 뒤의 이야기는 나는 잘 모른다. 아마 전처럼 평범할 것이다. 여자 친구랑 오순도순 살다가 주말이 되면 집으로 돌아가 가족들과 함께 웃으며 휴일을 보낼 것이다.

고양이는 그 학생의 어깨에 올라갔다. 아마 그 학생과 같이 행복을 보낼 것이다.

소나무 하나

변영서

글을 읽기 전에 말씀드립니다. 저에게 바라는 말이 있다면 귀띔해 주세요. 단지 저를 향한 원망이던, 당신을 편하게 할 사과이든 무엇이든 온 진심으로 다해 편지 한 통 보내겠습니다. 결국 당신께서 구차한 이 편지를 받았고, 그 더러운 글들을 전부 읽으셨다면, 바라건대 더 이상 저를 찾지 마세요. 그 편지는 당신에게 보내는 마지막 편지일테니.

충주에 있는 작은마을 대소원면 큰 산마루 아래 다 무너져가는 집에 앉아 누군가에게 마지막 편지를 썼다. 아니 보내질 못할 편지는 그저 일기일뿐인가. 손가락이 굳어 연필 한 자루 쥐기 어렵지만 쓰레기같은 폐로 담배를 들이켰다. 삐그덕 소리나는 낡은 마룻마닥에 앉아 폐가같은 집을 둘러봤다. 저 대문앞에 보이는 반토막 잘려나간 나무가 눈에 들어왔다. 토막난 나무를 바라봤다. 분명 뿌리부터 썩어빠져 다시는 생기가 돋아나지 않을 것이 분명했다.

"글러 먹었네."

내가 말했다. 한때는 주먹만한 큰 감들이 주렁주렁 자라났던 맛 좋은 감나무였었다.

그리고 저 큰 나무에 작은 그네를 매달아 딸아이들을 태웠던 기억도 난다. 작고 예쁜아이의 웃음소리가 꺄르륵하며 귓가에 맴돈다. 맑은 목소리로 더 높이 올려달라던 아이는 이제 어디있나. 주머니를 뒤져 핸드폰을 찾았다. 딸에게 전화를 걸려던 것은 아니었다. 그저 지금 저 감나무 얘기를 들어줄 사람이면 누구든 상관없었다. 감각이 더딘 손가락 끝으로 더듬거렸다.아무리 뒤져도 핸드폰은 없었다.

"아…"

나에게 핸드폰이 있을리 없구나. 천원이 없어 라면도 못 먹는데. 잊고 있었다. 핸드폰을 찰아 넘긴지 꽤 오래 전 이야기였다. 나는 주머니에 손을 넣은채 다 잘려나간 나무를 바라봤다. 참 저 나무도 나와 같은 처지인 것 같다고 생각했다. 내가 저 감나무만 베지 않았다면 90살은 먹은 나무였을 것인데. 그러면 내 아내도 딸들도 지금 내 옆에 있었을까하는 그런 의미없는 후회를 했다. 나무를 베어버린것도 나였고, 아내와 딸을 버린것도 자신이었다. 나는 어떤 후회를 하는 것일까. 마룻바닥에 담배를 비벼 껐다. 애초에 나는 무엇을 위해 살아있던 것일까. 그래도 10년 전 아니 20년 전였던가 꽤 오래전에는 이 집에서 큰 감나무 아래 아내와 꽃송이 같은 세 딸과 함께 살았었는데. 그보다 더 오래전에는 내가 살았던 내 10대의 전부였다. 아버지와 엄마 그리고 누나들과 동생. 나는 이 집에서 장남으로 태어나면 안 되는 거였는데. 내가 가정을 가지고 싶어했으면 안되었는데.. 그때 나만 받을 수 있던 차별과 권리가 하나의 보잘 것 없는 인생을 만들었다. 사회에서 실격 처리되는 조건은 전부 몸에 지니고 다녔는데. 6남매 중 셋째 유일한 남자. 그 시절 그것이 얼마나 큰 권리인지 당시에는 몰랐다.

소학교 때 담배를 피웠고. 그보다 더한 나쁜짓도 했었다. 13살때 매일 연기에 둘러쌓인 아버지의 담배가 궁금했다. 거북선이라는 담배였는데, 네모난 흰 종이에 거북선이 그려져 있는 한 값에 200원이던 담배였다. 그날 저녁 먼지 묻은 아버지 점퍼 안주머니를 뒤져 두 개비를 꺼내 들었다. 반대편 주머니에 들어있던 라이터도 챙기고는방에서 나와 저녁 밥을 차리고 있는 엄마에게 물었다.

"아버지 어디 갔어?"

엄마는 머리를 질끈 묶고는 양푼이에 고춧가루를 잔뜩 뿌리며 말했다.

"아버지 저 아래. 태양슈퍼에서 아저씨들이랑 있어. 어디 가게?"

태양슈퍼. 아저씨들. 분명 오늘 아버지는 약주 한잔하시느라 집에 늦게 들어올 게 뻔했다. 나는 바지 주머니에 손을 넣고 집을 나서며 말했다.

"오늘 철두 집에서 잔다."

동생들 돌보라는 엄마의 소리침을 무시했다. 다 늘어난 반팔티를 입은

나는 담배와 라이터가 든 반바지 주머니를 꽉 쥐고 슬리퍼를 대충 신고
터벅터벅 앞마당으로 걸어갔다. 초록 대문을 열고 밖으로 나서자마자 나
는 뛰기 시작했다.

철두 집으로 가는 골목길은 두 갈래로 나눠져 있는데. 좁고 가로등이
없는 옛 골목길과 넓고 밝은 길이였다. 옛 골목길은 비좁고 밤이되면 잘
보이지 않았는데 나쁜일을 해도 아무도 모르기 때문에 뒷집 깡패삼촌도
양아치 형들도 밤이되면 전부 큰길로 다녔다.

큰길에는 가로등이 4개가 있는데. 철두의 집은 세번째 가로등 아래 큰
파란 대문이였다. 문을 열면 큰집 한 채가 나오는데. 철두는 그 집 아래
반지하에서 가족들과 살았다.

나는 파란 대문 앞에 서. 철두를 불렀다.

"철두야!"

해는 다 저물었고, 골목에 사람들은 많지 않았기 때문에, 내 목소리가
더 크게 들렸다.

철두가 나오지 않자 나는 문을 두드리며 소리쳤다.

"야 반지하!"

그제서야 대문 안 쪽에서 슬리퍼를 끄는 소리가 났다. 저벅저벅 느린
발걸음 소리가 멈추고철두가 무표정으로 대문을 열었다.

"왜"

나는 주머니에 든 담배를 꺼내 보이며 웃었다.

"내가 좋은거 가져왔다."

철두는 그날 밤 나와 인생 첫 담배를 피웠다. 다음날 학교에서 만난 철두얼굴에 멍이 들어있었다. 반에서 제일 지저분한 내 책상 옆에 앉은 철두의 얼굴을 가만히 바라봤다. 오른쪽 턱뼈 아래 멍이 하나 더 물들여있었고 빤히 쳐다보는 시선이 느껴졌는지 철두는 가방에서 만화책을 꺼내어 어제 집 들어가서 큰 누나에게 두들겨맞았다고 말했다. 여자한테 맞았다니. 사내놈이 어째 여자 하나를 못 이기지라는 생각이들었지만, 어제 우리 아버지도 반찬투정을하다 밥 그릇을 빼앗겼기 때문에 비아냥거리는 말은 하지 않았다.

철두의 멍이 점점 노랗게 바뀌던 어느날 저녁. 아버지가 시켜 나는 마당에 떨어진 낙엽을 쓸고 있었다. 쌓이기 시작하는 낙엽들을 보며, 이따 불에 태워 고구마를 구워 먹어볼까 하는 생각을하고 있었다.

"쾅쾅"

우리집 대문을 누군가 두드렸다.

"깜짝이야.."

나는 놀란 마음에 빗자루질을 멈추고 잠긴 문을 바라봤다.

"누구세요"

내가 물었다. 내 목소리가 작았는지 사람이 서 있는 그림자는 보이는데 대답이 없었다. 나는 더 큰 소리로 물었다.

"누구시냐구요."

아무대답이 없자 이상한 기시감이 들었다. 나는 가만히 대문을 바라봤다. 쥐고 있던 빗자루를 들어 천천히 대문으로 다가갔다. 문과 가까워지자 남자의 목소리가 작게 들렸다.

"나. 철두"
"아..뭐야."

작은 긴장감이 사라지며 꽉쥐고 있던 빗자루에 힘을 풀었다.

"너였냐"

허탈함에 터벅터벅 걸어 대문을 여니 철두가 문 앞에 멀뚱히 서있었다. 저녁은 꼭 가족들과 같이 밥을 먹는게 집안약속이라고 쫑알거리던 자식이. 한창 떠들썩하며 밥 먹을시간에 우리집에 찾아왔다.

의문스러운 마음으로 문을 열었는데 나는 한동안 아무말도 할 수 없었다. 대문 앞에 서있는 철두는 찢어진 입술과 얼굴 이곳저곳에 상처를 달고 나를 바라보고 있었다. 놀란 나는 그저 멍하니 철두를 바라봤다. 철두는 난와 눈이 마주치자 고개를 살짝 바닥으로 숙였다.

"담배있냐?"

철두가 자신의 짧은 머리를 만지며 물었다. 옷이 찢기고 입과 볼에 피딱지가 굳어 얼굴이 잘 움직이지 않아 보였다. 몹시 부자연스럽게 삐걱거렸다. 나는 그저 철두를 바라만 봤다.

나는 그저 철두를 바라만 봤다. 철두는 울고있었는데, 웃고도 있었다.

지금 내가 보고있는 모습을 아무리 잘 설명을 하려고 해봐도 저 얼굴을 실제로 보지 않으면 뭐라고 써야할지.. 어떤 설명이 필요한지 잘 모르겠다. 그저 살면서 처음보는 사람의 표정을 뜯어보는 것 뿐이었다.

나는 방으로 들어가 담배와 라이터를 챙기고 길을 나섰다. 좁고 어두운 골목길에 쭈그려 앉아 담배를 피는 철두에 얼굴이 유난히 어두웠다. 철두는 아무말없이 담배한개피를 피웠다. 그리고 담배를 하나 더 꺼내들며 입을 열었다. 한 번 열린 입은 닫히지 않았다. 마치 토하듯이 말을 내뱉었다. 아니 쏟아낸다는 표현이 맞을지도 모르겠다.

다소 충격적이었던 것은 철두에 아버지가 심각한 알코올 중독이라는 이야기였다. 나는 처음으로 알코올 중독자가 있다는 것을 알았다. 알코올 중독자. 철두에 아버지는 술만 마시면 다른 사람으로 변한다는 것이었다. 나는 그저 철두가 말하는 것을 끝까지 들었다. 철두는 오늘 아침 누나가 훈련을 가는 날이에 집에 없는 날이였다고 했다.

　그날 아버지가 술에 취해 집에 들이닥쳤다는 것이였다. 나는 자연스럽게 학교에 있던 일을 떠올렸다. 등교하던 철두에 얼굴에 시퍼런 멍이 들어있었다. 그것또한 아버지가 그런거였구나 생각했다. 오늘 학교가 끝나고 엄마 심부름으로 장을 보고 집으로 가는길에. 뒷집 아저씨가 저멀리 뛰어왔다고 했다.철두가 급하게 집으로 갔을때는 어머니가 정신을 잃어 바닥에 쓰러져 있었다고 했다.

　철두는 그림자 안에 숨어 담배 연기를 내 뱉으며 낮은 목소리로 천천히 말했다. 너무 어두워 철두의 모습이 보이지 않았다. 그가 어떤 표정인지 잘 보이지 않았다. 나는 철두가 물고있는 담배 불이 없었다면 철두가 있는지 조차 알수 없었을 것이다. 나는 대꾸없이 자리를 지켰다. 타들어가는 담배가 빛을 잃을때쯤 철두가 다시 입을 열었다.

　"어렸을 때 자주 맞았어."

　철두는 담배를 바닥에 던지며 말했다. 바닥에 버려진 담배꽁초가 시들어갔다.

"그때는 내가 힘이 없어서 그냥 맞기만했어. 그러다 생각했지."
"내가 나중에 크면."
"그사람보다 키도, 몸집도 커지면 내가 가족들을 지켜주겠다고.."
"그렇게 다짐했어."

다짐했다고 철두에 말하는 목소리는 단단하고 낮은울림이 있었다. 나는 그저 조용히 고백하는…독백과 비슷한 주인공의 서사를 듣고있었다.

"놀랐지?"

라고 철두가 말했다. 무언가를 지키려는 사람에 목소리는 돌덩이처럼 굳건하구나라는 생각을 했다. 나는 철두가 말하는 책임이 영화에 나오는 주인공답다고 생각했다. 저 대사와 표정은 분명 주인공이 틀림없었다. 가족에게서 가족을 지킨다는 다짐은 절대 쉽게할 수 있는게 아니라고 생각한다. 아버지를 혐오한다는 것 자체가 자식에게는 큰 공허함을 안긴다. 내가 알고있는것보다 철두의 마음은 난도질 당해있을 것이다. 그럼에도 지킨다고 말하는 사람이 하나뿐인 친구라는게 뿌듯했다. 철두가 그림자 밖으로 걸어나오며 말했다. 좀전과는 다른. 조금 힘이 빠진 목소리였다.

"근데 지킬 수 있는건 아무것도 없더라. 그냥 그사람을 보면."

철두에 눈빛이 날카로웠다.

"그 사람만 나타나면 죽여버리고 싶어."

그는 더 이상 철두의 아버지가 아니였다. 어쩌면 내 안에 자리잡은 아버지에 대한 혐오감과 비슷한 것이 아닐까하는 생각이 들었다.

"괜찮아."

내가 말했다. 철두에 가정사에 대해 괜찮다고 말하는 것이 아니었다. 그저 아버지라는 인간을 죽이고 싶다는 그 심정이 당연한것이니 괜찮다고 말하고 싶었다. 내 말을 이해했는지. 철두는 담담하게 이야기를 이어나갔다.

철두는 그날 아버지를 때렸다고했다. 제발 우리 좀 내버려두라고 소리쳤다고 말했다. 아버지가 술에 취해 비틀거리며 쓰러지는걸 보고도 주먹이 멈추지 않았다고 했다.

"나를 밀치고 일어나 소리치더라고"

철두는 그때의 장면을 다시 생각하는지. 비웃으며 말했다.

"자식새끼 키워봤자, 다 필요없다고 나한테 너무한거 아니냐고 소리치더라."

그의 아버지는 참으로 분수를 모르는 사람이라고 생각했다.

다시는 찾아오면 죽여버리겠다며 소주병을 집어던져 아버지 머리에 던졌다고 했다.

"너 얼굴은 어떻게 된거냐."

내가 물었다. 철두는 얼굴을 쓸어내리며 차분히 말했다.

얼굴은 아버지가 던진 소주병이 깨져 파편이 튀어 그런거라고 했다. 바닥에 쭈구려 앉아 줄담배만 피는 모습이 소년의 얼굴이 보이지 않았다. 여린 몸에 설늙은이였다.

그날이후 우리는 매번 잠들기 전 10시쯤 옛 골목길에서 담배를 피웠다. 철두와 담배를 피는 것이 나에게는 내 친구가 오늘도 살아남았구나 별일 없구나하는 확인 같은 절차가 되어있었다. 그렇게 중학생이 되었고, 온 몸에 담배냄새를 잔뜩 풍기며 검은교복을 입게되었다.

그 무렵 다른애들은 분유냄새나는 애새끼들처럼 보였다. 중학생이 되고서야 아버지 담배에 손을 댄 것을 엄마에게 들켜버렸다. 어젯밤 큰길에서 담배를 피웠던 게 문제였는데 그날 밤은 집에 들어가지 않았다. 이유는 단순하게 아버지에게 맞을게 뻔하니까. 그날 밤 철두집에서 하루를 신세졌다. 다행이도 아무도 없어 마음이 편했다.

다음 날 새벽 노란 장판 바닥에 누워 자고 있는데 누가 나를 마구 때리는 것이었다. 눈을 떠보니 철두의 첫째 누님이신 미자 누나였다. 한마디 하기도 전에 주먹이 얼굴로 꽂혔다.

눈 앞이 하얗게 보였다. 보통 아픈게 아니라 코가 깨지는 아픔이었다. 누님은 무척 화가 난 얼굴로 내 목을 잡아 일으켜 내쫓았다. 반항 한번 못하고 손에 이끌려 바닥으로 내팽겨졌다.

우리 아버지한테 맞았던 것보다 두 배는 아팠다. 여자라고는 엄마한테도 맞아본적 없었다.

나는 태어나서 여자 손이 이렇게 매운지 모르고 있었다.

엄마는 나를 때릴줄 모르는 것이 아니라, 때리지 않는 것일지도 모른다는 생각이 들었다. 코피를 닦으며 집으로 가 다시 잠들었다. 나중에 가서야 미자 누나가 복싱선수라는 사실을 알게되었다. 그것도 충청북도 도대표 선수였는데, 턱과 이마에 들었던 멍이 잘 안 빠지는 이유였나보다.

중학교에 가서 운동을 시작했다. 재능있는 미자누나가 멋있던 것은 맞지만, 누나 때문은 아니었다. 나는 운동에 재능이 있기보다는 키가 또래보다 조금 더 컸다.

지금 생각해 보면 그냥 좋은 집안에서 배 굶을 일 없이 잘 먹고 잘 잤기 때문일것이다.

키가 농구대만하고 머리가 다 흰 체육 선생이 공을 때리는 일을 시켰는데, 그 운동은 배구라고 그랬다. 처음부터 공을 손바닥으로 때리는 훈련을 받았다. 처음에는 코트에 서있는 내 모습을 상상하며 열심히 훈련했다. 운동복을 입은 내 모습이 꽤 멋있게 느껴졌다. 보통 애들과는 다른 특별한 사람이 된 기분이었는데, 지루하게 공 때리는것만 한 한기 넘게 연습했다. 지겹게 공을 때리다 나중에는 공이 아닌 사람을 때리고 다녔다. 지겨워서였다. 코트에 서 있는건 형들이고 나는 그냥 들러리 그정도였다. 애들을 패고 다닐때 운동하는 남자애들이 다 그렇지하고 선생님들은 폭력을 휘두르는 나를 무시했다. 교복을 입고, 똑같은 거북선 담배를 태우며 애들을 괴롭혔다. 내가 이래도 아무도 뭐라 하지 않으니까. 계속 이렇게 내 맘대로 살아도 되는 줄 알았다.

어느날 우리집이 꽤 잘 사는 집이라는 사실을 알게 되었다. 생각해 보니 한 값에 200원 하는 거북선이 아버지 방에 잔뜩 쌓여 있었고, 점심도시락에는 매일 고기 반찬에 가끔 처음 보는 외제음식들도 들어갔었다. 그리고 내가 신은 신발과 가방 모두 비싼 값을 한다는 여자애들의 말에 모두가 우르르 모여 나를 칭찬하고 부러워했다.

　나는 몰랐지만. 꽤 잘생긴 편에 속했던 것 같다. 집도 잘 살고 얼굴도 잘생긴 양아치 남자애 다들 뒤에서 그렇게 얘기한다고 철두가 알려주었다.

　어느날 모르는 누나들이 우리 반에 찾아왔다 파란 명찰이었다. 3학년들이었다.

　"관후라는 애가 누구야?"

　꽤 잘나간다고 들었던 예쁜 누나가 나를 찾았다. 명찰에는 이소은이라는고 적혀있었다.

　"전데요?"

　나는 철두랑 도시락을 먹으며 축구 얘기를 하던 중이었다. 그 누나는 웃으며 다가왔다.

　짧은 치마 아래에 다리가 무척 얇았다. 한 대 치면 부러질 것 같다는 생각을 했다.

　누나는 나에게 다가왔다. 가느다란 손가락으로 내 머리를 두어 번 쓰다듬으며 말했다.

　"담배 피우니?"

　나는 누나에 웃음에 홀린 듯 고개를 끄덕였던 것 같다. 풀 냄새가 났다.

가끔 소각장 뒤에서 담배를 피웠는데, 소각장 오른쪽에 울타리 안에 토끼가 있었다.

[토순이 집]

판자에 반듯한 글씨로 적혀있었었는데 그 아래에는 작은 반듯한 글씨로 적혀있었다.

[눈으로만 예뻐해 주세요.]

일주일 뒤 식후 땡을 하러 철두와 소각장으로 향했다. 철두는 나를 치며 물었다.

"그거 토끼새끼 주려고 들고있냐?"

나는 담배를 꺼내며 상추 두어개를 담은 비닐봉지를 들고 있었다. 철두는 히죽 비웃으며 말했다.

"너는 생긴거와 다르게 순박하냐. 징그럽게.."
"입 다물어."

나는 은근히 놀리는 철수를 밀쳐내고 비닐봉지를 바지주머니에 구겨 넣었다.

오늘 집에서 아침으로 쌈밥을 먹었다. 수북하게 쌓인 상추를 보고 문뜩 토끼가 생각났다.

"누나 토끼도 상추 먹나?"

밥을 입에 우겨 넣으며 중얼거렸다.

"그럼 콩밥 먹냐. 멍청한거 자랑하니."

옆에 있던 작은누나가 한심한 표정을 하고 말했다.

나는 작은누나를 째려보고는 고개를 숙여 밥을 먹었다. 나는 집을 나설때 아무 생각없이 가방에 상추를 챙겼다.

그날 점심시간 나는 담배를 꺼내 입에 물며 울타리로 걸어갔다.

"토순아. 오빠 왔다."

좀 더 다가가니 울타리 앞에 어떤 남자애가 쭈그려 앉아있었다. 남자애는 지긋이 철장 안을 바라보고 있었다. 나는 눈을 돌려 울타리 안에 토순이를 바라봤다. 순간 심장이 떨리는 기분이 들었다. 주머니에 바스라진 상추가 갈 곳을 잃었다.

나는 이소은 누나가 그 토순이를 닮았다고 생각했다. 유독 큰 앞니가 죽은 토순이 같았다. 이틀 뒤 누나와 나는 사귀는 사이가 되었다. 누나가 갑자기 입을 맞추고는 사귀자고 말했다.

철두는 잘나가는것들 끼리끼리 사귄다고 비아냥거렸다. 동네에서 소문이 자자하다고 철두가 말했다.

중학교 고등학교를 가려면 학생들은 전부 선교 다리를 지나가야했다. 나는 선교다리에서 마음에 안 드는 애들을 학교에 못 가게 막고 다녔다.

나름대로 이유가 있었는데, 교복을 똑바로 안 입었다든지. 머리가 길다는 이유가 대부분이였다. 나에게는 철칙이 있다고 자부했다.

어느날은 고등학교 형들에게 시비를 걸었는데. 말리는 철두를 뒤로하고 패싸움을 했었고 그렇게 나는 선교다리 불감자라는 별명을 가지게 되었는데 감자머리인 양아치 남자애로 유명했졌다. 나는 그게 나름 멋있다는 생각이 들었다. 그래서 집이 싫어졌다.

아버지는 내 이름을 부르지 않았는데. 매번 인상을 찌푸리시고 입을 꾹 닫고 살았다. 누나들한테는 사근하게 말만 잘 거는 것 같은데, 나한테만 엄했다. 동네에서도 소문이 났다. 산마루 기와집 아래. 송가네 장남이 깡패짓하고 다닌다고. 돈이 많아봐야 자식 농사 망치면 다 무슨 쓸모냐는 이야기들이 대부분이였다. 동네 사람들 모두가 집안에 하나뿐인 장손이 커서 깡패가 될거라고 수근거렸다. 그럼에도 나는 변함없었다. 아버지도 어머니도 누나들도 그런 나를 말리지 않았다.

몇 번 큰 싸움이 있었다. 윗 학년 선배들이 까부는 나를 혼내주겠다고 찾아왔다.

철두와 싸웠고 이겼는데 순경들이 나타나 잡혀갔다. 찌푸린 얼굴을 한 큰 누나가 서에 들어왔다.

"죄송합니다. 제가 관후 보호자 대신입니다."

인사하고는 나에게 다가왔다.

"아니.. 저 새.."

"짝-"

저 새끼들이 먼저 시비걸었다며 변명을 하려던 내 얼굴이 돌아갔다.

누나는 내 뺨을 한 대 더 때리고 순경 아저씨에게 사뿐히 걸어갔다.

누나에게 처음 맞았다. 넋이 나간 나를 뒤로하고 누나는 종이에 무언
갈 열심히 썼다.

"다시는 이런 일 없게 할게요"

누나는 꾸벅인사하며 나가 버렸다. 순경 아저씨가 나와 철두머리를 한
대씩 쥐어박고는 내 보냈다.

신기하게도 그 날 이후로 형들과 친해졌고 누나와는 더 멀어졌다.이제
는 아버지 담배를 몰래 훔쳐피지 않을 수 있었고, 형들에게 돈만주면 한
보루씩 사다주었다.

나는 그걸 다른 일학년 애들한테 값을 더 받고 팔았다. 꽤 수입이 짭짤
했었는데. 그 돈을 모아 오토바이를 사려고 했다. 그렇게 중학교 졸업장
을 받았고, 고등학생이 되었다. 입고있던 교복만 달라졌고, 나는 변함없
었다. 소은이 누나와도 잘 사귀었고, 담배도 잘 팔았다. 처음으로 여자친
구랑 바다로 여행도 가봤고, 그저 흔하고 지루한 연애를 했다.

어느날 밤 형들이 우리를 불렀다. 철두와 나는 숲속에 작은 공터로 향
했고 그곳에는 바닥에 소주가 깔려있었다. 그리고 여자애들도 같이 데리
고왔다. 17살 처음으로 소주를 마셔보았다. 나는 꽤 술을 잘 마시는편인
것 같았다. 철두는 소주 두잔에 쓰러져 자고있었다.

"그만 마셔"

내 옆에 자리잡은 여자애가 있었다. 우리 학교는 아닌 것 같았는데 술을 많이 마신 것 같았다.

"왜요 나 더 마실 수 있어요"

다 뭉개진 발음으로 웅얼거리듯 말했다. 그래 여기에 안 취한 사람은 없지만. 지금 그 여자애가 나한테 너무 엉겨붙어 있는게 거슬렸다.

"팔 좀 치워줄래."

자꾸 들러붙는 여자애를 밀어내며 말했다. 그 이름 모를 여자애는 취했는지 대꾸도 하지 않았다.

"야야 내비둬 이따 깨워서 데리고 가."

제가 애를 왜 데리고 가요라고 생각했다. 그래도 형이 하는 말에 고개를 끄덕이며 나에게 기대는 그 여자애를 내버려두었다.

해는 넘어간지 오래였고 널브러져 있는 소주병들도 늘어갔다. 나는 소주 2병을 마시고 머리가 빙빙 돌기시작했다. 나는 그곳에서 모르는 여자애와 입을 맞췄다. 피하려 고개를 돌렸는데 여자애는 뜨거운 손으로 내 얼굴을 잡아 돌렸다.

"오빠 잠깐 저 좀 봐주세요"

"…"

작고 조용했던 여자애였다. 여자친구가 있던 나는 거절했는데, 어쩔 수 없었다.

그 여자애는 술에 취했고. 나는 그 술기운에 눈을 감았다. 잘 기억은 안 나지만 좋지는 않았다. 소주맛이 나는 입맞춤이었을 뿐이었다.

나랑 입을 맞췄던 그 여자애가 이야기하고 다녔다. 여자애들 사이에서 키스를 좀 한다는 잘생긴 오빠라는 소문이 나고 있었다. 그 이야기는 3학년 5반까지 퍼졌다. 누나가 친구들한테 그 이야기를 듣자 마자 나를 찾아왔다. 나에게 그게 사실이냐며 진지하게 묻는 누나의 얼굴을 보니. 거짓말을 할 수가 없었다. 누나는 나를 믿고싶어 했지만. 부정하지 않는 내 행동에 배신감을 느꼈을 것이다.

"넌 개새끼야."

"누나… 그런거 아니였어"

"꺼져 나쁜 새끼야."

술 먹고 한 실수라고 변명을 했지만 누나는 울면서 꺼지라고 말했다. 그 날 밤 누나 집으로 찾아갔다. 부르지도 못하고 그저 문 앞에만 서 있었는데, 누나가 짧은치마를 입고 나왔다. 술을 마신 얼굴이였다.

"가라."

누나는 나를 차갑게 쳐다보고는 골목으로 걸어갔다. 비틀거리며 걷는 모습이 술에 취한 모습 같았다. 나는 위태로운 누나의 다리를 눈으로 쫓아갔다. 누나가 멈췄다.

"누나 추워요"

누구지하는 생각이 먼저 들었다. 검은 헬멧을 쓴 남자 뒤에 앉으며 얇은 팔로 남자의 허리를 감쌌다. 오토바이에 큰 소리가 들렸다.

"어디가요…"
"…"
"밖에 추워요"

나름 자존심은 있다고 가지말라는 말은 못했다. 누나는 나와 눈이 마주치자 고개를 돌렸다. 누나가 나를 피하자 나도 포기해버렸다. 누나와 그 남자는 내 눈앞에서 사라졌다.

순식간에 사라진 두 사람을 바라보다 담배 하나를 꺼냈다. 멀어져가는 배기음소리를 들으며 담배를 피웠다. 배기음이 완전히 사라진 후에도 한참을 그곳에 서 있었다. 담배를 하나 더 꺼내 물었다. 라이터에 불을 붙이려는데 비가 한방울씩 내렸다. 아스팔트가 금방 젖어들기 시작하자 나는 집으로 돌아섰다.

내 첫 연애는 그렇게 끝이났다.

끝이 난 줄 알았다. 그렇게 잘 마무리 될 줄 알았는데. 소은이 누나가 죽었다. 나와 마주친 그 날 밤 뺑소니를 당했다는 사실을 소문으로 들었다. 그것이 소문이 아니라 사실인 것을 나는 알고있었을지도 모른다. 장례식장에는 가지 않았다. 나는 교복을 다 차려입고 학교소각장으로 향했다. 울타리 앞 [토순이]라고 적혀있는 글을 한참을 바라봤다. 손에 쥐고 있던 꽃과 파란명찰을 울타리 안에 넣어두고 뒤돌아 집으로 걸어갔다. 11월 24일 맑은 겨울이었다.

학교에서 나는 진짜 양아치가되어 있었다.

"뭘 꼬라 시발."

노는 척하는 사춘기가 아닌. 그냥 동네 형들과 담배를 피고, 여자들이랑 술도 마시는 그런 양아치. 운동도 제대로 시작했고, 나를 건드리는 사람은 없었다. 아무도 말을 걸지 않았다 외롭지는 않았는데, 소은이 누나가 죽은게 나 때문이라는 소문은 슬펐다. 어느날 그 소문이 부풀리고 부풀려져 내 애를 임신한 착하고 예쁜 소은 누나를 내가 버렸다는 이야기가 되었고, 나는 그저 쓰레기가 되었다. 철두랑도 싸웠다. 내가 너무 막 나간다고 그랬다.

"너 작작 좀 해."
"내가 뭘"

철두가 질린다는 얼굴로 말하는게 마음에 들지 않았다. 친구라고 다 봐줘야하는건 아니라며 소리질렀다.

"너 이 씹새끼. 애들 패는거는 내 알빠 아닌데."

철두는 내가 쥐고 있는 봉지를 뺏으며 말했다.

" 개새끼야 그래도 하나 뿐인 친구가 본드를 처하는 걸 보고만 있냐!"
"…"
"쓰레게 새끼야.. 정신 좀 차려라.."

부정하지 않았다. 어떤 면에서는 쓰레기가 맞으니까 그냥 그게 내가
누나에게 할 수 있는 최선의 사과였다. 철두가 그런 말을 한 이후로 본드
는 하지 않았다. 그만하라는 말을 듣고 싶었던 사람처럼. 정신차리라는
한 마디에 본드를 하지 않았다.

이제 곧 고등학교를 졸업해야했다. 누나들은 하나 둘 취직을 했고 각
자 돈을 벌기 시작했다. 나와 내 여동생들은 열심히 각자 일을 했다. 나는
망나니 씨 집안의 장남. 누나들과 동생은 그런 내 뒷바라지를 하는 식구.
내가 사고를 치고 집에 들어가는 날에는 (여기서 말하는 사고는 술 먹고
쌈박질하거나, 오토바이를 훔쳐 타다 경찰서에 잡혀 있는 나를 누나와 동
생들이 번갈아 가면서 데리러 오는 것이다.)

이번주는 큰 누나. 다음주는 막내가 그렇게 고등학교를 다녔다. 변하
는 건 없었다. 운동도 그만됐다.

"저 운동 그만 두겠습니다."
"이유가 뭐니"

"그냥⋯ 다른걸 배우고 싶어서요."

"그래 알겠다."

아버지는 알겠다고 하시고는 밖으로 나가 담배를 태우셨다. 어머니가 제일 서운해하고 화내셨지만 훈련도 지겨웠고 때리는일도 맞는일도 다 지겨웠다. 아무것도 하지 않고 조용히 지내고 싶었다.

나는 대학교를 가고싶지 않았다. 부모님에게는 알리지 않았다. 그냥 내 돌대가리같은 머리로 대학가서 공부해봤자. 의사나 변호사는 될 수 없을게 분명하고, 여자만 만나 술만 퍼 마실게 뻔했다. 그러면 군이 대학교 졸업장을 받아야 하나 싶었다. 지금도 여자와 술은 있으니까. 군이 그 돈으로 대학을 가는게 아까웠다.

11월 24일 누나가 죽은지 1년이 되었다. 이제는 편한 옷을 입고 학교 소각장으로 향했다.

[눈으로만 예뻐해주세요] 팻말 아래 꽃들이 놓여져 있었다. "왠 꽃들이지"라는 생각을 하며 텅 비어있을 울타리 안을 들여다 보았다. 그 안에는 토끼 한 마리가 있었다. 작고 하얀 부드러운 토끼가. 소은이 누나를 닮았던 그 토끼의 새끼인것처럼 닮아 있었다. 울타리 앞에 꽃을 두고 가만히 토끼를 아니 누나를 생각하고 있었다.

저 멀리서 오토바이 소리가 들렸다.

나는 고개를 돌려 뒤를 돌아봤고, 검은헬멧을 쓴 남자였다. 그때 그 남자였다.

소은이 누나가 탔던 오토바이였다. 나는 자리에 일어나 그 남자를 쳐다봤다. 우리 학교 교복을 입은 남자애는 울타리로 걸어오며 헬멧을 벗었다. 익숙한 얼굴이였다.

　[토순이집]

　[눈으로만 예뻐해주세요]

　저 팻말을 쓰고 울타리를 만들어 토끼를 키우던, 토끼가 죽던 날 눈물만 흘리던 그 남자애였다.

"어? 어디서 우리 본 적있지 않아요?"

　그 남자애는 머리를 정리하며 나에게 물었다.

　나는 대답 없이 들고있는 헬멧만 바라봤다. 분명하다. 저 특이한 스크래치 난 헬멧을 잊은 적이 없었다. 남자는 나에게 다가왔고 바닥에 놓여져 있는 국화꽃을 보고 내 얼굴이 생각났는지 작은 한탄을 한 뒤 말을 이었다.

"아 혹시 소은이 누나 남친되셨던..?"

　나는 고개를 들어 남자에 명찰을 보았다. [김설훈] 김설훈은 살긋하게 웃으며 울타리 안으로 들어갔다.

"저 기억 안나세요? 소은이 누나랑 오토바이타고 간 날인데."

　내가 아무말도 하지않자 남자는 물 흐르듯 이야기를 계속했다.

"아니 그날 새벽에 갑자기 비가 오더라구요"

처음 듣는 이야기에 집중했다. 김설훈은 토끼를 쓰다듬으며 말했다.

"누나가 바다가자고 그래서 저는 그냥 같이 갔는데, 하필이면 비가
와서.."
"…"
"제가 초보바이크거든요."

중얼거리듯 말하며 실실 웃는 얼굴에 모래를 뿌리고 주먹을 날릴뻔 했다.
토끼에게 밥을 주며 남자는 다시 말했다.

"바이크가 빗길에 넘어졌어요."
"…"
"오토바이랑 저 멀리 쏠려갔는데 저는 헬멧 덕분에 크게 안 다쳤거든
요. 누나한테 뛰어갔는데, 피가 많이 났더라구요."

소은이 누나 이야기를 하며 얼굴이 점점 어두워지는 김설훈은 그날의
장면을 생각하고 있는지. 한동안 아무말이 없었다.

"그래서"

라고 내가 묻자. 김설훈은 나를 보며 다시 웃었다.

"휴대폰도 박살나고, 어쩔 수 없이 걸어서 갈 수 있는 곳까지 갔죠"

김설훈에 말에 울타리 안에 있는 그자식의 멱살을 잡고 끌고 나왔다. 바닥에 내던지며 소리쳤다.

"네가 죽인거잖아!"

김설훈은 고개를 저으며 소리쳤다.

"시발.. 아니야. 사람들 데리고 가려고 했어. 나도 그때는 정신이 없어서.. 경찰도 내 잘못 아니라고 했단 말이야..
"적어도!"
"..."
"네가 남자라면 끝까지 책임을 졌어야지"

내가 소리치자 김설훈 내게 소리쳤다.

"그러면 너는! 너도 누나 끝까지 안 잡았잖아.."

나는 그자식에 말에 더 이상 주먹을 쥘 수 없었다.

"네가 가지말라고 붙잡았으면 이런일도 없었을거 아니야!"

맞는 말이였다. 남자답게라는 말은 감히 내가 해서는 안되는 말이였던 것이다. 나는 바닥에 널브러진 자식을 뒤로하고 학교를 빠져 나왔다. 나는 그저 누나가 죽은 원인이 나라는 걸, 내가 보낸 그 날 밤이라는 걸 인정하고 싶지 않았던 것이였다.

시간은 덧없고 사람은 참 무서워. 몇 년만 아니 몇 개월만 지나면 죽도록 사랑했던 사람의 모양도 잊게된다고 한다. 그게 참 속상한 일인 것 같기는 하지만. 나는 첫사랑을 죽어도 잊지 못한다는 철두의 말을 비웃으며 믿지 않았다. 이미 죽어버린 첫사랑도 잊게되는데 살아있는 사람을 잊지 않겠다는건 개소리다. 나는 잊어버렸다. 이미 죽어버린 첫사랑 따위 추억해봤자 내 청춘이 아까울뿐이다.

나는 그렇게 23살이되었다. 아는 형이 오토바이를 탔다.

"형 이 오토바이 얼마에요?"

오토바이가 나열된 곳에서 빨간 오토바이 하나를 만지며 물었다.

"그거 네가 5년 알바비 모아두면 살 수 있다."

짧은 스포츠 머리를하고 몸에 문신을 한 태구형은 웃으며 말했다. 나는 비싼 오토바이를 소중하게 만지며 중얼거렸다.

"금방 사러 올게요"
"맞다 너희 집 돈 많다고 했지."

형은 나에 말에 잘해주겠다며 오토바이를 사라고 꼬셨다. 나는 아직 백수였기에 돈은 없었지만 집은 잘 살았다. 그래도 오토바이를 산다고하면 집에서 쫓겨날 것이 분명했다.

나는 이제 고등학생도 아니니. 집에서 쫓겨나면 얼마나 많은 돈이 드는지 안다.

그렇기에 집에서 착 붙어서 지내야하는걸 잘 알았다. 나도 그냥 오토바이나 타며 살고싶었다. 한때 첫사랑을 잡아먹은 오토바이를. 대학은 가지 않았다. 19살 수능날 시험을 보러가지 않았기 때문이다.

그날 아침 일어난 아버지에게 대학교를 가지 않겠다 통보했다. 아버지는 바로 옆에 있던 항아리를 나에게 던지셨고, 개 맞듯 맞았다.

"이 개놈의 새끼! 너는 어떻게 제대로 하는게 없어!"
"아버지 그만하세요!"

주변에 있는 모든 것을 나에게 던졌고. 막내 동생은 울며 아버지를 막았다. 그렇게 잠잠해졌고 나는 방 안에 조용히 박혀있었다.

"똑똑똑"

다 터진 얼굴로 누워있는데 누가 방문을 두들겼다. 엄마였다. 엄마가 조용히 가져다준 오라매디를 치덕치덕 바르고 다시 누워있었다. 그날 저녁 밥상이 엎어졌다.

"나 대학 안가기로 했어."

"뭐?"

내 말에 식탁을 엎은건 큰 누나였다. 누나는 공부에 열정이 있었고 우리중에 가장 똑부러지고 똑똑했다. 고등학교를 중퇴했음에도 은행에서 쩐을 만지는 일을 했다.

그런 누나에게 대학은 꿈과 더 나은 삶 그 자체였다. 그렇기에 내가 한심하고 멍청하다고 생각했을 것이다. 맞는 말이라 반박할 수 없었다. 다행이도 그 날 저녁자리에 아버지가 안 계셨다. 상놈의 새끼 보고싶지 않다며 밖으로 나가셨으니 누나가 밥상을 엎은것이였다.

"머저리 같은 새끼야!"

그리고 엄청 얻어맞았다.

"왜 다 네 마음대로야!"

네가 뭐라도 되냐고 시작해서 끝에는 설움이 가득 묻어있었다. 제대로 된 한끼도 못 먹고 담배를 가지고 밖으로 나갔다. 정처 없이 걸으며 담배만 피웠다. 그저 걷다보니 도착한 곳은 뒷산이였다. 어래산 아래 작은 마루까지 왔던 것이다. 마지막으로 한 대 피우고 돌아가려고 담배를 꺼내드는데 어디서 북적 거리는 소리가 들렸다. 나는 고개를 돌리며 소리가 나는 곧을 찾기 시작했다. 어래산 안 쪽에서 작은 불빛이 보였다. 그곳으로 가까이가니 사람들 목소리가 들렸다. 처음 보는 하우스가 그곳에 있었다. 나는 단번에 알아차렸다. 도박장이구나. 하고 참으로 웃겼다.

"이 작은 동네에서 도박장이 다 있네"

그래 이 말아먹을 동네. 폐륜아도 있는데 도박장이 없을까하고 대수롭지 않게 여기고 돌아가려고 했다. 그러다 어떤 장면을 보게 되었다. 저 반대편에서 성큼성큼 걸어오는 한 여성이 하우스 문을 열고 소리치는 것이였다. 나는 익숙한 목소리에 천천히 다가갔다.

"엄마..?"

나무 뒤에 숨어 바라본 엄마의 뒷모습은 쓸쓸하고 위태로워 보였다.

"관후 아버지 나오세요"

그 여자는 엄마가 맞았다. 엄마 앞으로 펼쳐진 장면은 땅문서가 바닥에 널브러져 있었고, 아버지는 술을 마시며 도박을 하고 있었다. 그곳에는 태영슈퍼 아재도 있었고, 뒷집 삼촌도, 염소탕 집 아저씨도 있었다. 하나같이 옆에는 아가씨를 끼고 있었다. 엄마의 얼굴은 보이지 않았지만, 보고 싶지도 않았다. 그냥 보면 안되는 알아서도 좋을게 없는 것들을 본 기분이였다.

나는 조용히 산을 빠져나왔다. 나오면서 아침에 있었던 일을 생각했다.

나에게 항아리를 내던지며 고함을 지르는 아버지를 생각하자 한심하다는 생각이 들었다.

　한 가정의 아버지라는 사람이 여자끼고 도박장이나 들락거리는 주제에 고작 대학 안 간다는 아들을 그런 것인가하며 우수워졌다.

　"미친새끼."
　"개새끼."
　"나쁜새끼."

　처음으로 아버지를 욕했다. 한심한 새끼라며 욕하고 또 욕했다. 그리고 마음으로 아버지를 팼다. 그 자리에서 내가 나타나 아버지를 팼으면 어머니는 더 주눅든 어깨로 볼게 분명했다.그래서 여러 번 패고 다시 일으키고 다시 팼다. 마음속에서 아버지를 난도질했다.

　결혼이란 무엇일까. 무엇을 위해 두 사람이 만나 평생을 함께한다고 감히 약속하는 것 일 까. 의미없는 이유라고 생각한다. 한 평생을 속이면서 살아간다는 것이 무슨 의미가 있을까. 스스로를 속이며, 자식에게 얽매여 헌신하는 삶. 이게 결혼이라는 이름에 정신병일지도 모른다. 나는 나름 우리 집이 행복한 가정이라 생각했다.

　보이는 것만 신경쓰다 썩어가는 곳을 보지 못했다. 나는 썩은 냄새도 맡지 못한 눈 가린 망아지였던것인가.

　우리 동네에서 이름 유명한 땅부자인 아버지는 도박꾼이다. 엄마도 모르고 있지는 않았던 거고. 그냥 자식들 때문에 참고 있었던 것일까. 그럼 도박꾼 남편과 양아치 아들과 사는 엄마는 남편 복이 없는걸까. 아들 복이 없는걸까. 무엇을 위해 엄마는… 집으로 가는 길에 폈던 담배는 너무 쓰고 떫었다.

나는 내 인생에 정신병은 없을거라 다짐했다. 저렇게 시들어갈바에 타 죽고자했다. 모든 것이 부질 없다고 느껴진다. 앞 날이 사라진다. 세상이 깨졌다.

시간은 또 덧 없이 흘러 몇 년을 금방 지나갔다. 오토바이도 타보고 사 고도 냈다.

아버지도 막 사는데 나도 그렇게 살자고 생각해 버렸다. 그렇게 군대 에 들어갔다.

사실 반강제로 들어갔는데 혼자 가기 싫어 철두를 꼬셨다. 둘이 같이 머리를 박박 밀고 입대했다. 그리고 제대했을때는 철두는 여자친구와 결 혼한다고 말했다.

"나 결혼할거야."
"뭐? 누구랑."
"미진이랑"

작은 중국집에서 알바하는 철두는 사장에게 예쁨받아 주방장을 시키 게 되었는데.

그 중국집 알바 이름이 미진이였던 것 같았다. 철두새끼가 수줍게 웃 으며 주방일을 잘해서 돈도 모아 결혼할거라고 말했다. 결혼을 뭐 너 혼 자하냐며 웃으며 얘기했던 나를 비웃기라고 한 듯 다음해 미진이랑 결혼 식을 올렸다. 기분이 참 묘했다.

"축하한다."

턱시도를 빼입은 철두가 옛날과는 다르게 남자다워 보였다.

"고맙다 짜식아"

환하게 웃던 철두의 모습이 밝아보였다. 내 주변에서도 하나 둘 장가
를 가거나 시집을 갔다.

그 당시 나도 만나던 여자가 있었다. 다방여자였지만 착하고 조용한
예쁜 여자였다. 순향이라는 이름이었는데. 내 말을 잘 들어주고 참한 순
향이랑 결혼하고 싶었다. 우리는 잘 통했다.

나는 부모님에게 소개를 시켰다.

"저 이 여자랑 진지하게 만나고 있습니다."
"안녕하세요 이순향이라고 합니다"

처음으로 보는 아버지의 미소였다. 어머니는 순향이의 직업이 마음에
안 들었는지 얼굴을 찌푸리고 아무 말도 하지 않았다. 그래도 처음 인사
온 아들의 여자친구를 내쫓는건 아니라고 생각해 밥은 주었다. 그렇게 우
리는 혼인신고를 했다. 결혼식을 올리고 난 후. 어머니가 우리를 불렀다.

"처음에 마음에 들지는 않았지만.."
"에이 엄마~"

마음에 들지 않았지만 이제는 식구이니 잘 지내보자하며 키하나를 주셨다.

"이게 뭐에요?"

키를 받아든 나는 엄마를 바라봤다.

"저기 사거리에 아파트 하나있는거 거기 좋은데에서 둘이 살아"

신축 아파트 공사가 진행된지 7년만에 완공된 아파트 집을 선물해 주셨다. 순향이는 깜짝 놀라며 엄마에게 인사했다.

"어머니! 정말 감사합니다."
"열심히 잘 살아"

주단 아파트 703호 그게 우리의 포근한 집이었다. 하지만 그 행복한 결혼은 1년도 안되서 깨지고 말았다. 순향이가 도망을 갔다. 이유는 모르겠다. 어느날 일을 끝내고 돌아왔는데 짐을 모두 싸서 편지 하나 남기고 사라져 버렸다. 편지에는 고향이 그립고 어머니가 그립다는 말이었다. 그리고 내가 지겨워 더는 같이 살고 싶지 않다고했다.

엄마는 화가 많이 났다. 처음으로 쌍욕을 하시며 전화를 돌렸다. 순향이를 찾으려 했지만 내가 그러지 말라고했다. 그냥 이혼 서류 받고 끝내자고 말렸다. 엄마는 답답하다며 주저 앉으셨지만 나는 해줄 수 있는게 없었다. 그렇게 내 첫 번째 결혼 생활이 끝났다.

이혼과정은 단조로웠다. 서류로 날라온 이혼서류에 도장을 찍고 법정에서 판사가 몇가지를 묻는 말에 대답하자 우리는 남남이 되었다. 끝 인사는 없었다. 그냥 각자 돌아서서 집으로 갔다. 나는 주단 아파트로 돌아가지 않았다. 그 아파트를 정리하고, 본가로 들어갔다.

엄마는 아파트 집을 세를 놓았다. 다시는 돌아가지 않을 집이였다. 그렇게 나는 37살이 되었고 그저 그런 직업에 가끔 여자를 만나는 그런 어른이 되었다.

철두는 벌써 애가 셋이였고 동창 애들은 이미 결혼을 다 했다. 도란도란 가정을 꾸리며 잘 살고들 있었다. 딱히 부럽지는 않았다. 그냥 가끔 고등학교 시절이 생각났지만 그저 소주 한잔에 고이 담아 넘겼다. 피고 있는 담배를 끄고 집으로 들어갔다.

이제는 부모님만 계시는 집에 들어섰다. 집 안에 있는 모든것들이 작아보였다. 침대 의자 부모님의 모든 것들이 아담해 보였다. 버지도 어머니도 얼굴에 주름이 많아졌고 막내 동생은 지금 만나는 남자와 결혼을 할 거라며 인사를 시키러 왔다.

큰 누나와 둘째 누나 그리고 동생들도 결혼을 다 했는데. 집안에 장남이라는 사람은 결혼한 아내가 도망가게 내버려두고 그저 술과 담배만 있으면 사는 사람처럼 살았다.

"결혼한지 10년이 다 되간다. 이제는 맘대로 술도 못 마시고, 담배도 못 핀다."
"그러냐?"

"그래 눈칫밥은 기본이고"

"아휴,.. 나도 그냥 도망이나 칠까 싶다"

철두와 한잔을 주고 받으며 생각을 했다. 술을 마실때마다. 이런 말을 자주했다.

도망간다느니 이혼해 자유롭게 살고 싶다느니. 참 농인지 진담인지.

도망간 아내와 이혼한 나를 놀리는 걸지도 모른다.

어느덧 나이가 서른을 넘었다. 한전 공장직에 취직해 월100만원은 벌었다. 90년대에 100만원은 꽤 잘 버는 직업이었다. 어릴적 운동을 하고 깡패 형님들이랑 어울렸던 탓에 건강한 신체와 말만 잘하면 취직은 어렵지 않았다. 취직을한지 3개월때 저녁을 먹고 담배를 태우러 밖을 나서는데, 어머니가 나를 불렀다.

"관후야."

"예"

손에 들려있는건 역권과 비행기표 한 장이었다.

"이게 뭔데요."

"비행기표"

중국 상하이로 가는 비행기표였다. 엄마는 굳건한 표정으로 말씀하셨다.

"중국에가서 이 아가씨 좀 만나봐."

엄마가 보여준 사진 안에는 개울가에 흰 원피스를 입고 서 있는 예쁜 여성이었다.

"이 사람은 누군데요."
"너도 다시 새출발 해야지."
"…"

나는 엄마의 말에 사진을 다시 바라봤다. 웃는게 화사한 여자였다. 한 번은 만나보고 싶었다.

짐을 하나 둘 싸면서 고민했다. 두 번째 결혼을 하게된다면 이번에는 자식도 낳고 돈도 많이 버는 일로 바꿔야겠다는 생각들이었다.

그날 아침 일찍 비행기를 타러갔다. 마중나온 엄마에게 다녀오겠다 인 사를 하고 문을 나섰다. 골목길을 걸으며 주머니 안에 있는 사진을 꺼냈 다. 작은 종이 안에 가만히 웃고 있는 그녀를 바라보았다.

"화유.."

사진 뒤에는 글이 적혀있었는데 이름은 화유 나이는 73년생 27살이었다.

나와 10살이나 차이나는 여성과 결혼을 할 수나 있을까. 너무 도둑새 끼는 아닌가하는 생각들이었다. 염치없다고 스스로 생각하면서 비행기 탑 승을 한 내가 웃겼다.

그냥 여행간다고 생각하자며 눈을 감았다.

도착한 중국 베이징에는 사람이 많았다. 한국을 뜨기 전날 만난 철두가 베이징을 간다는 나에 말에 사람이 개미때만큼 바글거릴거라며 웃던 말이 스쳤다. 말 그대로였다.

공항을 나가서부터 사람들이 꽉 찼고, 내가 모르는 외국말을 쓰는 사람들이 대다수였다.

촌구석에서 살았던 나는 눈이 바쁜 날이었다. 그날 베이징에서 그녀를 만났다. 작은 쪽지에 울퉁불퉁 그린 것 같은 한자를 보여주자 택시기사는 알겠다는 듯 고개를 끄덕였다.

나는 달리는 택시안 조용히 앉아 손가락만 뜯었다. 먼저 무슨 말을 해야할까. 밥은 먹었나? 사람이 참 많다. 이런 생각들을하다 택시가 멈췄다. 대충 돈을 지불하고 차에서 내렸다.

어느 공원 같은 곳이었다. 사람이 많고 더웠다. 차에서 내려 조금 걸었다. 저 앞에 가만히 서 있는 한 여성이 보였다. 눈에 띈 이유는 다른 사람들은 사진을 찍거나 이리저리 움직이는데 저 노란 가디건을 입은 여자만 가만히 서 있었다.

여자가 뒤를 돌아봤다. 그녀를 바라보자마자 든 생각은 아름다운 여인이라고 느꼈다.

다가가 인사를 했다.

"안녕ㅎ.. 아니"

"..."

"니하오"

"니하오"

중국어로 인사를 하자 그녀는 웃으며 인사를 받아주었다. 그렇게 우리는 조용히 걸었다.

너무 아름다운 여자 앞에서는 내 맘대로 움직일 수가 없었다. 고장난 것처럼 안하던 짓들을 하게 되었다. 그렇게 중국에서 만난 여인과 빠르게 결혼을 다짐했다. 흰색의 긴 원피스에 노란 가디건을 걸친 깔끔하게 머리를 묶은 아름다운 그녀의 이름은 박화유였다.

중간에 들어간 꽃[화]花자는 그녀를 정의하는 한자 자체였다. 나는 한국에 있는 부모님에게 전화를 했다. 통화음이 길어질때쯤 누군가 받았다.

"여보세요"
"어 그래 관후니?"
"예 어머니."

밝은 내 목소리를 듣고는 어머니가 물으셨다.

"어때?"

어때라고 물어보시는 것이 중국이 어떤지 물어보는게 아닌 화유가 어떤 여자인지에 대한 것임을 단번에 알았다.

"너무 예쁘고 착해요"

"…그래 다행이네"

엄마에 말에 나는 웃으며 말했다.

"이 여자랑 결혼하고 싶어요. 저 잘 해내고 싶어요."
"…"

엄마는 한동안 아무말이 없으셨다. 나는 초조한 마음으로 엄마의 대답을 기다리기만 했다.

"알겠다. 나중에 한국에 데려와서 인사하자."
"예 어머니. 한국에서 뵐게요"

나는 웃으며 화유에게 이 말을 전해주었다. 언어가 통하기에 시간이 많이 걸렸지만. 우리는 잘 살아보자는 이야기를 했다.

얼마 지나지 않아 나는 화유의 부모님을 뵈러 갔다. 작고 조용한 소도시에서도 작은 촌마을에서 지내고 계셨다. 한국에 우리집과 비슷한 동네였다. 도착한 화유 부모님 집은 작았다.

동네에는 이미 외국인 남편감을 데리고 왔다는 소문이 돌았다. 전부나를 보고는 싱그럽게 웃으며 눈을 때지 않았다.

화유의 집은 돈은 없지만 따뜻한 집안이라고 느꼈다. 가족 같은 냄새가 났다.

화유에게는 남동생 두명이 있었는데. 막내 동생은 나를 보고 아주 반가워 했다.

알 수 없는 언어로 쫑알거렸는데 뭐라고 하는지는 모르지만 일단 반갑다는 느낌이었다.

둘째 동생은 나를 아주 언짢게 생각하는 것 같았다. 인사를 해도 받아주지 않았고, 나를 자주 째려보고는 낮은 목소리로 중얼거렸다. 그럼에도 나는 이런 가정을 꾸리고 싶었다.

중국어도 할 줄 모르는 나에게 김치찌개를 끓여주는 모습을 보고는 마음을 굳혔다.

나는 화유와 결혼할 것이다. 그렇게 몇주간 화유에 집에서 생활을 함께 했다.

중국어를 할 줄 몰라 실수도 여러 번했다, 그럴때마다 어머니께서는 등짝을 한 번 때리시고는 다 해결해 주셨다. 화유와 한국으로 떠나기 이틀전날. 아버님과 그 남동생들이랑 술을 마셨다. 주종은 고량주였고 아버님과 둘째 동생이 술을 잘 마셨다.

나는 한때 놀았던 어릴적 때문인지 술 마시는데에는 도가 텄다. 그 경험인지 술을 쎄한다는 칭찬을 들었다. 나는 다행이라고 생각했다. 옛날에 술 마시고 사고치던 기억들이 다 지금을 위한 발판들이었다고 생각했다. 아버님과 하하 웃으며 술을 마시고 밖으로 나왔다.

담배에 불에 붙이고는 한 모금 빨았다. 집 문이 열리고 둘째 동생이 나왔다.

둘은 아무말도 하지 않고 담배만 피웠다.

"매형"

둘째 동생에게 처음 듣는 한국어였다. 아니 중국에서 온 이후로 처음 듣는 한국어였다.

 "어..? 한국어 할 줄 알았어요?"
 "조금요."

둘째 동생은 한국어를 할 줄 알았다. 외국어 학교를 다녀 언어를 많이 배웠다고 말했다.

나는 신기한 마음에 이것저것 물어보다 왜 지금까지 한국어를 할 줄 아는걸 숨겼냐고 물었다.

 "근데 왜 숨겼어요?"

둘째 동생은 개구쟁이같이 웃으며 말했다.

 "그냥 누나가 한국 가는거 싫어서. 말 안 했어요."

나는 웃으며 그랬냐고 말했다. 둘째 동생은 담배를 버리며 나에게 말했다.

 "누나 잘 부탁해요."

이건 가족으로서하는 말이라 낯선 외국 땅에서 외롭게하면 자기가 쫓아가서 매형 때릴거라고 말했다. 나도 이런 남동생이 있었으면 좋겠다는 생각을 했다.

"걱정하지마. 내가 잘 할게"

그렇게 둘째 동생과 인사를 주고 받았다. 그렇게 화유와 나는 한국으로 가는 비행기를 탔다.

한국에 화유와 함께 돌아왔다. 한국어를 할 줄 몰라도 눈에는 맑음이 있었다. 외로운 타국에 있는 사람같이 보이지 않았다. 나는 돈을 좀 더 벌기 위해 용접을 배웠다. 기술을 배우는 것은 어렵지 않았는데, 시험을 봐야하는게 문제였다. 서술로 적어 내야하는 시험인데 부끄러운 사실이지만, 나는 글을 잘 쓰지 못한다. 이제 한글을 배우는 화유보다는 잘할지 몰라도, 중학생 수준인 나를 화유는 언제간 앞서갈 것이다.

어느 날 계곡을갔다. 한국에는 이렇게 맑은 계곡이 있다는 것을 알려주고 싶었다.

화유는 조금 겁 먹은 표정이지만 잘 놀았다. 나는 이렇게 이쁜 여자가 내 아내인 것을 막 자랑하고 싶었다. 그래서 화유에게 장난을 걸었다.

타고있던 튜브를 빼내고 물에 던졌다. 그러자 주변 사람들이 전부 다 놀랬다.

화유가 얼굴이 하얗게 바뀌며 물 안에서 나왔다.

"어..?"

화유는 많이 놀랐는지 당황한 모습이였다. 주변에서는 아이가 갑자기 물을 마셔놀랐다며

다들 한 마디씩 했다. 나는 민망하고 미안한 마음에 화유에게 다가갔다.

"괜찮아?"

화유는 얼굴을 찌푸리며 어눌한 한국어로 말했다.

"나 안 놀아요."

안 놀겠다며 물 밖으로 나가는 화유를 바라보다 따라갔다.

우리는 대소원 집에서 아버지 어머니와 함께 살았다. 아버지는 화유를 많이 예뻐하셨다.

한국어가 많이 늘게된 이유도 아버지 덕분이였다. 아버지는 자주 화유와 거실 바닥에 앉아 한국어 공부를 시켰는데. 수업에서도 알려주지 않는 것들을 잔뜩 알려주었다.

어머니는 이제 아이를 낳는게 어떤지 이야기했다. 화유는 아이를 아직 원하지 않는 것 같았다. 하지만 집안에 대를 이어야한다는 어머니에 말에 화유는 시험관을 준비하기로 했다.

그때 당시에는 시험관을 하는 사람이 적었고, 비용도 비싸 아무나 할 수 없었다.

시험관을 하는게 많이 까다롭고 무척 괴롭다고했다. 매일 약을 먹고 주사를 놔야했다.

화유는 힘들어했지만 잘 해내었다. 그렇게 첫 번재 시험관을 했고. 임신은 되지않았다.

그렇게 두세번을 계속 시도했다. 약을 먹고 주사를 맞았다. 화유는 작고 말랐다.

간호사들이 피를 뽑을 때마다 두세번 찔러야 수혈할 수 있었다. 두 번째 실패했을 때는 의사와 간호사들도 안쓰럽게 봤었고. 세 번째 실패했을때 의사가 말렸었다.

이렇게 계속 시도하는데 조금 쉬는게 어떤지 물었지만 어머니와 나는 아이를 하루라도 빨리 보고 싶었다.

지금 생각하면 한국에 온지 얼마 안된 화유에게 너무 가혹했다는 생각이 들었다.

그렇게 4번의 시험관 끝에 아이를 얻게 되었다. 우리 집 대를 이을 아들이기만을 바란 엄마는 매일 기도를 했다.

그러던 어느날 엄마에 우는 모습을 봤다. 얼마 남지 않은 땅문서를 모조리 날린 아버지 때문이였다. 아버지는 도박을 끊지 못했다. 엄마가 갓난아이처럼 세상 무너진 듯 울음을 멈추지 못했다. 바닥에 주저 앉아 통곡을하며 아버지 다리를 머리를 옷덜미를 움켜쥐었다.

처음으로 나는 이제라도 어머니에게 큰 아들이 되고자 생각했다.

나는 부모님이 이혼하실 줄 알았다. 하지만 어머니는 굳건하게 일을 늘리셨다.

이것저것 많은 것들을 하시며 돈을 벌어오셨다. 생활력 강한 어머니를 볼때면 나도 우리 가족들을 잘 먹여 살려야겠다는 마음이 들었다.

화유가 입덧을 시작했다. 못 먹는 음식들은 원래 많았는데 이제 더 못 먹는 음식들이 많아진 것이다. 화유는 생선 머리를 좋아했다. 그래서 생선을 자주 먹었는데 그럴때 마다 나는 머리를 때 화유에게 주었다. 어느새 화유의 그릇에는 머리만 가득했다.

화유는 밥을 먹는 내내 표정이 좋아 보이지 않았다. 생선 머리를 좋아기에 좋아하는거 많이 먹으라고 준것인데 왜 화가났지? 잘 모르겠다.

화유가 그나마 먹는 것이 있었는데 너구리 라면이였다. 유일하게 너구리 먹고싶다고 자주 말했었다. 구하기도 쉽고 만들기도 어렵지 않은 너구리를 좋아하다니. 나는 다행이라고 생각했다. 한 여름에 딸기가 먹고싶다거나 굴을 먹고 싶다는 말을 하지 않아 내심 좋았다.

병원에 검사를 하러 갔다. 의사가 초음파 검사를 하더니 축하하고 말했다.

"집이 두 개가 보이네요~"
"네? 그게 무슨.."
"여기 하나. 그리고 여기 아래 하나 더"

쌍둥이네요 축하드립니다. 라는 말을 했다. 나는 몹시 기쁜 마음에 바로 엄마에게 전화했다.

"엄마 쌍둥이래!"
"어머 정말~?"

엄마는 기쁜 듯 축하하다며 박수를 쳤다. 나는 화유에게 천천히 설명해 주었다.

"뱃 속에 아이가 두명."

손가락을 두 개 펼치며 아기가 한 명이 아닌 두명이라고 말해주었다.

"아이 두명?"
"응 두명."

화유는 놀란 얼굴로 웃었다. 병원을 나오자 화유는 어머니에게 바로 전화했다.

중국어로 말하는 얼굴은 예쁘게 웃는 모습이었다. 화유가 나에게 전화를 받으라며 들고있던 전화기를 나에게 주었다.

"네 여보세요"

전화기를 받아들고 말하자 둘째 동생의 목소리가 들렸다.

"쌍둥이라니 진짜에요?"
"응 그래 쌍둥이라더라"
"딸이래요 아들이래요?"
"글쎄 나중에 태어나면 알려고 알려주지 말라고 했어"

둘째 동생이 신나하며 말하는데 주변이 아주 시끄러웠다. 쌍둥이를 임신하기도 어려운 일이고 흔하지도 않은 일이니. 다들 축제 분위기였다.

동네에서도 유일한 쌍둥이 엄마라며 고생이 많을거라고 잘 챙겨주었다. 동네 어른들은 저저 말썽쟁이 관후가 어느새 저렇게 컸냐며 웃었다.

그렇게 행복한 날들이었다. 어머니는 꼭 아들이였으면 좋겠다고 말하셨다. 나도 아들이였으면 좋겠다고 생각했다.

그렇게 화유는 만삭이되었다. 만삭인 몸으로 다니면 주위에서는 다들 안쓰러운 눈으로 내 아내를 바라봤다. 작은 덩치에 마른 여자가 배만 터질 듯 부른 모습이 사람들 눈에 많이 띄었다. 아내도 힘들어했지만 서투른 한국어로 태교를 하는 모습을 볼때면 이상한 마음이 물글거렸다.

5월14일 아이를 낳으러 산부인과로 갔다. 많은 짐들을 싸고 어머니와 함께 이동했다.

침대에 누어있는 화유는 긴장한 얼굴을 하고 있었다. 한시간이 지났을까 화유가 진통을 느끼기 시작했다. 태어나서 누군가 저렇게 아파하는 모습을 본 적이 없었다.

작은 몸에 아이가 한명도 아닌 두명이 나와야했다. 의사선생님께서는 산모가 체구도 작고 너무 말랐기 때문에 자연분만은 어려울 것 같다고 말했다. 나는 그럼 수술해달라고 말했다.

어머니도 산모가 위험할수도 있다는 말에 그렇게 하라고 말했다. 화유는 산소 호흡기를 달고 수술실로 들어갔다. 30분이 더 흐르고 아기의 울음 소리가 들렸다.

아이가 무사히 태어났다는 소리를 듣자 마음이 이상했다. 내가 아빠가 된 것이다.

내가 책임져야할 두 생명이 생긴 것은 어떤 표현으로도 설명하기 어려웠다. 너무 벅찬 마음에 눈물이 흘렀다.

아내가 화복실로 돌아왔다. 반쯤 눈을 뜬 상태였지만 정신은 없어 보였다. 어머니는 아내의 손을 잡고는 고생 많았다고 말해주었다. 잠시 뒤 간호사 두명이 들어왔다.

아내가 맞고 있는 링거를 한 번 만지고는 아내에게 축하하다고 말해주었다.

"축하드려요 공주 두명이에요."

간호사에 말에 어머니의 표정이 굳었다. 간호사가 나가고 어머니는 바닥에 주저 앉았다.

"딸이라니! 우리 집 대가 끊겼다."

아들이 없는 우리 집은 대가 끊겼다며 푸념하셨다. 그것을 아내는 다 보고있었다.

나는 어머니를 일으키며 여기서 그러지말라고 말했다. 어머니는 고개를 내 저으며 계속 주저 앉으셨다.

딸이 태어났다. 예쁜 공주 두명이였다. 그때 당시에 꽤 비싼 실험관을 했었는데 돈이 아까우지 않을만큼 작고 예쁜 아이들이였다. 아내가 고생이 많았다. 한 번에 되지 않아 여러 번 했고 그 과정들이 힘들고 몸이 많이 망가졌다.

그렇게 힘들게 임신하고 낳은 아이들을 서툰 한국어로 놀아주는 모습이 참 예뻐 보였다.

나라는 사람은 말주변도 없고 글도 못 쓰고 투박한 남편이지만 그래도 이제는 한 가정의 아빠로서 힘 내보려한다.

아이가 둘이니 드는 돈도 두배이다. 그렇기에 내가 열심히 해야겠다고 생각했다. 아이들도 아내도 혼자 두고 싶지 않았다. 그때는 이런 생각을 했던 나에게 참 애쓴다고 말 해주고 싶다.

열심히 돈을 벌었다. 그럼에도 쌍둥이를 키우는대에 빠듯하게 생활했다.

아내는 아이가 2살이 될 때쯤 일을 하러 나갔다. 어머니가 시험보고 공부하라고 했는데도 내 아내는 돈을 벌겠다며 내가 일하는 육포 공장으로 취직했다.

아버지가 돌아가셨다. 아침을 먹고 직장으로 향하는데 전화가 울렸다. 큰누나였다.

"여보세요?"

"어 관후야"

"아버지가 돌아가셨다."

높낮이 없는 말투로 그렇게 말했다. 나는 걷던 발걸음을 멈추었다. 어떤 말도 할 수 없었다,

누나는 성지병원으로 오라는 말을하고 전화를 끊었다.

나는 화유를 바라보고 한 마디했다.

"아버지가 돌아가셨데."

제일 놀란 것은 내 아내였다. 한국에 와서 제일 자상하게 대해주셨던 아버지가 돌아가셨다는 말을 듣고는 바로 눈물이 맺힌 아내였다. 회사에 이야기를 하고 나는 바로 병원으로 향했다. 어머니는 집으로 아내가 가면 아이들을 아내가 데리고 있고 어머니는 바로 병원으로 오실 예정이셨다.

아버지는 폐렴이셨다. 담배를 많이 피셨는데 우너래도 좋지 않았던 몸이 담배를 피우시면서 더 악화되셨던 것이다. 그러다 친구들과 산에 간다고 산을 타셨다. 그러다 거기서 사고를 당해 돌아가셨다고 말했다.

아버지에 장례식은 바로 진행되었다. 집에 아이들과 함께 있을 아내가 생각났다.

누나와 동생들 모두 울었다. 특히 막내 동생이 많이 울었다. 아버지의 사진을 안고 우는 모습이 안쓰러워 보였다. 나는 울지 않았다. 어머니도 울지 않으셨기 때문이다.

나는 장남으로서 오시는 분들과 인사를 하고 안내를해 드렸다. 다음날 새벽 6시로 입관식 시간이 정해졌다. 그 날 새벽 아내에게 전화가 왔다. 전화를 하는 내내 별말이 없었지만 아내도 오고 싶다는 것을 알고있었다.

그렇게 입관식이 진행되었다. 나는 두 눈을 감고 있는 아버지의 모습이 이렇게 작았나 하는 생각이 들었다. 울지 않고 잘 버티던 큰 누나도 울기 시작했다. 아버지에게 마지막 인사를 하라는 말에 가만히 누워있는 아버지에게로 향했다.

"아버지 감사해요"

큰누나와 동생들이 울며 각자의 말을 전했다. 나도 아버지에게 다가갔다.

"아버지…"

그 다음말이 나오지 않았다. 눈물이 흐르고 죄송한 마음에 아버지 발만 쓰다듬었다.

어머니가 아버지에게 다가왔다. 조용히 울고계셨던 어머니에 말에 우리는 하나같이 목 놓아 울었다.

"애들 키우느라 고생많았어요. 이제 쉬세요."

대소원 집에는 이제 아버지가 안 계신다.

시간이 흐르고 출근을 하고 아이를 봤다. 아버지에 대한 슬픔은 금방 사그라들었다.

아이들은 쑥쑥 잘 크고, 나가는 돈도 많았기에 돈을 벌어애했다. 평소처럼 퇴근을 하고 집으로 왔다. 아이들 저녁을 먹이고 있는 아내와 어머니 그러다 어머니는 나에게 키 하나를 주셨다. 아파트로 이사가렴.

주단 아파트였다. 새를 놓았던 집을 우리에게 살라고 주셨다. 아내는 내 과거를모른다.

한 번 갔다왔다는 사실을 알면 분명 사기결혼이라고 생각할 것이였다.

나는 어머니에게 감사하다며 인사를 했다. 그렇게 짐을 정리하고, 처음으로 내가족의 집이 생겼다. 저번이랑은 다른 아내와 아이들이 있는 나의 집이었다. 쌍둥이들은 아주 해맑게 자랐다. 한국말이 많이 는 아내는 한글도 잘 썼다. 동사무소에 가서 서류를 쓸때에는 꼭 아내와 함께간다. 부끄럽지만 나는 한글을 잘 못썼기 때문이다.

분명 아내도 잘 알지 못하지만, 한국사람이 못 쓰는거랑 외국인이 못 쓰는거랑은 다르니 창피하지만 도와달라는 아내의 눈빛을 여러 번 무시한 적도 있었다. 점점 나와 아내는 사이가 멀어지고 있었다. 아내는 점점 크는 아이들과 유치원에서 필요한 것들이 점점 늘어나고.

나는 돈을 벌러 밖에만 있었다. 사실 돈 버는것도 있었지만, 집이 답답했다. 나만 남자인것도 불편했고 아이들이 자랄수록 아내는 나에게 날카롭게 요구하는 것들이 많았었다.

그렇게 집에 잘 들어가지 않았다. 아내는 독박 육아와 집안일을 했다. 그렇게 아이들에게도 아내에게도 멀어져가기 시작했다. 어느새 아이들이 7살이 되었다. 말도 잘하고 잘 놀고 웃는게 예쁜 아이들이였다. 언제 이렇게 컸나 싶을 정도로 시간은 빨랐다. 그렇게 나도 나이가 들었다는 이야기였다. 어느날 아내가 울며 나에게 말했다.

"둘째가 성추행을 당했는데."

아내에 말을 듣자마자 넋이 나가버렸다. 아내에 말은 엘리베이터에서 우체국 택배아저씨랑 다 같이 놀았다고 했다. 언니오빠들이랑 놀다 그 아저씨가 놀아주겠다고 말을하고는 몸을 더듬거렸다고 말했다. 울고있는 아내를 바라보면 그새끼 어디있냐고 말했다. 나는 바로 경찰에 신고했다. 작은 동네에 우체국 일은 하는 사람이라면 금방 잡힐 것이였다.

다음 날 저녁 전화가 왔다. 경찰이였다.

"네 여보세요."

"예 안녕하십니까. 주덕경찰서입니다."

형사는 우체국 직원을 체포했고 아동성추행으로 구속될것이라는 이야기였다.

나는 형사에 말을 듣고 안심과 더불어 화가났다. 아이들을 지키지 못했다는 자기혐오가 들었다. 아빠로서 내딸을 지키지 못했다. 그날 집에서 티비나 보고있던 나를 때려버리고 싶었다. 나는 아내에게 그 자식이 잡혔고 구속될것이라고 이야기해 주었다.

아내는 굳은 표정으로 고개를 끄덕였다. 그리고는 아이들에게 아무말도 하지 말라고 신신당부를 했다.

"애들한테는 아무말도 꺼내지 마."
"응."
"애들 고모나 어머니한테도 말하지마 알겠지."

아내는 아이들 고모 내 누이들이랑도 사이가 좋지 않았다. 중국사람이라며 깔본다고 아내는 말했지만 나는 어찌할 수 있는 방법이 없었다. 내가 중간에서 뭐라고 말을 하면 상황만 더 안 좋아질게 분명했으니까.

아이들이 초등학교에 들어가자 조금 여유로워졌다. 저녁이면 아내는 아이들과 있었고 나는 퇴근하면 철두 함께했다. 예전에 철두가 말하던 것이 뼈저리게 느껴졌다. 자유로운 생활을 하고싶었다. 철두와 편의점에 앉아 소주를 마시며 이야기했다.

"야 나 요즘 놀고 싶다."

철두는 장난스럽게 웃으며 말했다.

"이새끼 이제 내 맘을 알겠냐."

우리는 유부남이 할 수 있는 장난을 계속했다. 우리는 의리로 산다거나 가족끼리 그러는거 아니다. 사랑은 무슨 전우애로 사는거라고 호탕하며 말했다. 집에서 잔소리 듣는 것보다 딸래미들 놀아주는 것보다 친구랑 노는게 제일 재미있었다.

요근래 몸이 안좋아지는 것을 느꼈다. 술을 많이 마셔서 그런가 다리도 아프고 허리도 아팠다. 그러자 아내는 벌써부터 아프면 안된다고 돈돈거렸다. 그게 점점 지겨워졌고, 아내도 더 이상 말을 하지 않았다. 아이들이 있으니 사는것이나 마찬가지였다.

그러다 내가 사기를 당했다. 모르는 사람도 아닌 철두한테.

저번주에 장사를 새로 시작한다던 철두에게 와이프 볼래 돈 3천만원을 빌려줬다.

이자 다 땡겨 빌릴수 있는 최대금액이였다. 다음달까지 갚을 수 있다던 철두가 두 달이나 지나서도 연락이 없길래 전화를 걸었다.

"지금 거신 번호는 없는 번호입니다."

여성의 로봇 같은 말만 듣기를 수십번 나는 정신 나간 상태로 차를 끌고 철두 집으로 갔다.

안 좋은 생각들이 점점 머리를 채웠지만 내 친구가 그럴일 없다며 악셀을 밟았다.

쾅쾅쾅 철두의 문을 두드리자 안에는 기척이 없었다.

"야 김철두!"

다시 소리지르자 사람이 나왔다.

"누구신데 오밤중에 소리지르세요!"

모르는 아줌마가 나오더니 나에게 소리쳤다. 철두 집에서 모르는 사람이 나왔다.

나는 최악의 결말인 것을 알며 아주머니에게 물었다.

"여기 원래 살던 사람은요?"
"그 양반?"
"…"
"저번달에 급하게 집 내놓고는 해외로 간다고 하던데?"
"…"

김철두 내 하나뿐이였던 친구가 외국으로 튀었다. 내 돈 3천만원을 들고.

그날 새벽에 집으로 돌아와 해가 뜰때까지 잠이 들지 않았다. 해가 뜰

때쯤 발신제한번호로 문자가 하나 와있었다.

[관후야 내가 정말 미안하다… 내가 돈 벌어서 꼭 값을게. 너한테만은 이러면 안되는데 절말 미안하다. 내가 꼭. 꼭 값을게..]

철두였다. 나는 바로 전화를 걸었다. 하지만 발신제한번호였기 때문에 전화음만 가다 끊겼다. 나는 문자로 그새끼한테 욕을 수천번 보냈다.

[개새끼야 당장 한국와라]

[내 돈 내놔]

[너 이새끼 나한테 그러면 안되는거 아니냐]

다음날 아내에게 다 이야기했다. 아내는 아무말도 하지 않았다. 너가 빌려준거니까 알아서 해결하라고 했다. 아내는 내 빚을 같이 값아줄 생각이 없었다.

우리는 이미 갈라서는 중이였다.

시간은 흐르고 철두는 아직 연락이 없었다. 대출금을 값으며 생각했다. 사람 사는 게 이렇게 힘들었나 싶었다. 아이들은 여전히 잘 컸다. 두달뒤면 중학교에 입학하게 된다.

그리고 첫째 연이 둘째 은이 이제 사춘기라고 틱틱거리고 나를 무시했다. 중학생이된 아이들은 공부도 잘했고 둘째는 미술을 하고싶어했다. 그래서 나는 돈이 더 필요했다.

"아빠가 알아서 해 먹어"

그말에 나는 왜 화가났는지 모르겠다. 둘째가 먹고있던 비빔밥 스댕을 빼앗아 던졌다.

"이새끼가 아빠가 만만해?"

소리치며 둘째 머리를 잡고 밀쳤다. 방에있던 첫째 연이가 달려와 나를 막아섰다.

"그만하세요!"

내 팔을 잡는 은이의 머리를 내려치며 뺨을 때렸다. 은이는 바닥에 주저앉아 울고 있었다.

나는 소리를 한 번 크게 지르고는 담배를 가지고 방으로 들어갔다.

밖에서는 우는 소리가 들렸다, 나는 담배를 피며 휴대폰을 바라봤다. 아이들 엄마는 늦게까지 장사를 했다. 돈을 조금씩 모아 시내에 작은 음식점을 했는데 늦게 들어오는 날이 많았다.

방 문 밖으로 나가자 아이들이 없었다. 바로 첫째 연이에게 전화를 했다. 받지 않았다.

나는 애들 엄마에게 전화를 했다.

"애들이 집에 없어."

애들 엄마는 애들이 왜 집에 없냐고 화내며 물었고. 나는 어쩔 수 없이 설명을 했다.

내 말이 끝나자마자 전화가 끊겼다.

그날 밤. 아이들은 엄마 손을 잡고 집으로 들어왔다. 애들보고 씻고 자

라는 말을 남기고

　나를 따로 불렀다. 굳은 표정으로 나에게 말했다.

"다시한번 애들 얼굴에 손대면"

"…"

"가만 안둘거야."

　와이프말에 한숨을 쉬고 고개를 끄덕였다, 나는 담배를 들고 밖으로 나갔다. 사는 게 참 내 편 하나 없다.

　그때부터 아내와 사이가 좋지 않았다. 정신을 차려보니 아내와 대화를 안 한지 오랜 시간이 흐르고 있었다.

　(아이를 때림)

　이번에도 아이들을 때렸다. 나도 내가 왜그랬는지 모르겠다. 와이프랑 차 때문에 싸웠고 이번에도 둘째가 내 심기를 건드렸다. 오랜만에 어머니와 함께 다같이 먹는 저녁자리였다.

　거실에 신문지를 깔아 다같이 삼겹살을 구워 먹고있었다. 둘째가 집에 들어오자 나는 같이 밥웅 먹자고 이야기를 했다. 둘째는 얼굴을 찡그리며 안 먹는다고 말했다.

"좋은 말 할때 와."

　나는 둘째를 날카롭게 쳐다보며 말했다. 나는 다시 한 번웃 갈아입고 빨리 오라고 말했고, 아내도 손 씻고 오라고 했다. 둘째는 중얼거리며 알겠다고 멀했다.

　다 같이 둘러 앉아 밥을 먹었다. 어머니는 삼겹살을 맛있게 드셨다. 첫
째와 둘째도 둘이 웃으며 잘 먹고 있었다. 나는 오랜만에 평화로운 장면
에 마음이 편해졌다. 아내와도 싸우진 않고 먹는 저녁 밥상은 오랜만인
것 같았다.

"이제 애들 공부 좀 시켜야하지 않을까"

　어미가 식사를 하던 중 말을 했다. 아내는 그런 어머니에 애들이 공부
말고 다른 거 하고싶어한다고 말했다. 나도 처음 알게된 일이였는데. 첫
째는 운동을 잘해 태권도 관장님이 선수로 키우고 싶다고 했다. 그리고
둘째는 미술을 배우고 싶다며 학원에 보내달라고 이야기했다.

"둘째 미술학원 보낼거에요."

　아내가 말하자 어머니는 쌈을 싸 둘째에게 먹으며 말했다.

"우리 은이 미술학원 가고 싶어?"

　할머니가 싸준 고기를 맛있게 오물거리며 은이가 답을 했다.

"그림 그리는거 재미있어요."

어머니는 은이에게 콜라를 따라주며 물었다.

"미술은 나중에 커서 취미로하면 안될까?"

할머니에 질문에 답을 못하는 은이는 조용히 고기만 씹었다. 아내는 어머니에게 좋지 않은 말투로 답했다.

"어머니 그렇게 말씀하시는게 어디있어요."

저녁식사 자리는 한 순간 얼음장처럼 차가워졌다. 나는 아무말도 하지 않고 고기만 먹었다.
엄마를 도와 고기를 굽던 연이는 자기는 태권도를 하고싶다고 조용히 말했다. 태권도는 돈도 안들고 자신이 운동하는것이니 태권도해도 되냐고 물었다.

"아니야 돈 들어도 돼. 태권도 학원도 보내줄게."

아내는 연이의 앞그릇에 고기를 잔뜩 올려주며 말했다. 나는 학원을 보내준다는 아내에 말에 답했다.

"학원을 보낸다니?"

아내는 그런 나를 바라보고 날카롭게 말을 했다.

"그럼 보내야지 안 보내?"

"…"

"당신이 좀 더 돈 벌어오면 되잖아."

"…"

나는 그런 아내에게 아무 말도 할 수 없었다. 스스로 내 벌이에 만족을 하고 있었던 것 같다. 4대 보험 때고 한달에 270이면 먹고 사는데는 문제가 없는줄 알았다.

애들한테 드는 돈이 어느정도일지는 몰랐다. 아내는 고기를 구우며 한 마디 더 했다.

"당신이 사기만 안 당했으면 쪼달리면 살지도 않았어."

나는 아내에 말에 한 순간 죄인으로 바뀌었다. 그래 내가 사기만 안 당했으면 하나 뿐인 친구새끼한테 등 처먹지만 않았어도, 이렇게 허리 숙이면 살지 않았을 것이다. 나는 먹고 있던 젓가락을 내팽겨쳤다. 내 행동 하나에 모두의 식사가 멈추었다.

은이가 젓가락을 내려놓고 자리에서 일어났다. 이내 자기의 방으로 걸어갔다. 나는 그런 은이를 불렀다.

"박은이 이리와라."

"…"

둘째 딸은 내 말을 무시한채 쾅 문을 닫고 방 안으로 들어갔다. 연이가 자리에 일어나 문 앞으로 갔다. 문을 열려고하자 은이는 방 안에서 문을 잠가버렸다. 철컹소리를 내며 연이가 은이를 불렀다.

"은이야 나와서 밥 먹어."
"아 좀!"

은이는 소리를 지르며 말했다.

"내가 알아서할게 관심 꺼!"

나는 은이의 말에 참지 못하는 분노가 차올랐다. 자리에 일어나 은이의 방 앞으로 갔다.
문을 쾅쾅 두드리며 말했다.

"야 박은이. 문 열어."
"싫어 내가 왜?"

은이의 말에 참고있던 화가 터졌다.
'쾅! 쾅!'
잠겨버린 문을 주먹으로 부시고 발로 찼다. 이내 문이 종이 찢기듯 떨어져 나갔고, 안에 있는 은이가 보이자, 은이를 밀쳐 넘어뜨렸다.
주먹을 들어 얼굴을 때렸다. 그러자 연이와 아내가 다가와 나를 말렸다. 나는 소리를 지르며 박연이에게 소리지르고 밖으로 나왔다. 아이의 울음 소리가 들렸다.

나는 방 밖으로 나와 어머니와 마주쳤다. 다 모르겠고 짜증이났다. 담배를 챙겨밖으로 나갔다. 근처 편의점에서 소주와 새우깡을 사 앞 벤치 앉았다.

소주를 마시며 생각했다. 내 결혼 생활에 뭐가 문제일까. 돈이 문제일까. 돈만 많았다면, 아니 내가 사기만 당하지 않았어도 아내와 사이가 좋았을까. 가장으로서 아빠로서 가족들에게 인정 받으며 살았을까. 생각을 하니 그것도 아닌 것 같았다.

그저 나는 가장이 되는게 아니었다. 그때 어머니가 뒤어준 비행기 티켓을 받았으면 안되었다. 아닌가. 그럼 더 그 전으로 가야하나. 첫 번째 부인과 결혼했던…

그런 생각들을 하다보니 소주는 3병째를 다 마셨던 참이었다. 나는 비틀거리며 집으로 향했다. 방으로 들어가 쓰러지듯 잠을 잤다. 다음날 일어나 출근을 했다. 아이들은 학교를 가고 아내도 밖에 나갔다.

그렇게 또 하루를 지겹게 보내고 집으로 들어왔다. 전날 나에게 맞은 은이를 바라봤다. 아이의 얼굴에는 시퍼런 멍이 들어있었다. 연이도 이제 나를 보면 피하거나말을 걸지 않았다.

그건 연이 뿐만이 아니었다. 아내가 저번에 다시한번 애들한테 손을 대면 가만히 있지 않겠다고 말 했었는데. 나는 또 손을 들었고, 이번에는 은이에 얼굴에 멍까지 들게 만들었다.

나는 왜 이렇게 사는걸까. 사실 그런 생각을 하는 것 자체가 스스로가 한심해졌다.

자기비하를 넘어서는 실격이였다. 나는 아빠로서 남편으로서도 최악이이다.그 사실을 스스로가 알면서도 변명도 하지않고, 바꾸려고 하지도 않았다. 그냥 내 인생이 힘들다는 것뿐이다.

어느 날 아내가 내 방에 들어와 이야기를 했다.

"이혼하자."

아내에 담담한 표정에는 정말 오래전부터 다짐해온 말 같았다. 나는 그런 아내에 말에 알무말 하지 않고 그러자고 답했다.

"아이들은 내가 데려갈게"
"그래 엄마가 키워야지."

아이들의 양육권 문제도 쉽게 이야기했다. 여자애들이 아빠 밑에서 얼마나 잘 클까 하는 생각을 하며 아이 엄마가 키우는게 맞다는 생각이 들었다.

내 방을 나간 아이엄마는 아이들을 불러 설명을 해주었다. 방안에서 들리는 밖에 소리는 다른 세상같았다. 아빠와 이혼 한다는 말을 아이들은 잘 이해했는지 알겠다는 말을 했다.

한번 해봤던 이혼소송이었다. 익숙하지만 익숙해지지 않았다. 이번에는 법원에 출석을 해야했다. 판사 앞에서 이런저런 이야기를 했다.

양육권은 엄마에게 갔다. 그렇다면 육아비를 매달 보내줘야했다. 나는 돈이 없었다. 돈을 벌어도 대출금으로 거의 빠졌다. 나는 양육비를 내지 못한다 말했다. 아내도 양육비를 받지 않겠다고 판사에게 말했다. 판사는 아이 엄마에게 몇 번을 더 물었다.

"양육비를 받지 않으시겠다고요?"
"예. 아이 아빠 앞으로 부채도 많습니다."

판사는 아내에 말에 고개를 끄덕였다. 대신에 아이들의 보험료와 전화
요금을 내기로 했다.

그 말에 나도 동의했다. 아이들의 양육비를 내지 않는 대신 내겠다 판
사 앞에서 이야기했다.

법원 판결이 났고 우리는 남이되었다. 각자 법원에 들어왔을 때와 같
이 이제 각자 갈길을 갔다. 아내는 며칠뒤 짐을 싸 나갔다. 아이들에게 방
을 구할때까지 여기있으라고 했다.

아이들이 벌써 고등학생이 될 나이였다. 졸업식이 얼마 남지 않고, 아
이들 엄마가 집에 없었다. 나는 아이를 키워본 적이 없었다. 그건 아이 엄
마가 하던 일이었다.

그랬기에 나는 밥을 할지도 아이들이 뭘 좋아하는지도 몰랐다.

나는 회사에가서 밥을 먹으면 됐는데, 아이들은 집에 뭘 먹어야할까.
어머니가 그때 우리 집으로 들어오셨다. 살고계셨던 대소원 집은 나라에
서 주차장을 건설한다고 돈을 주어 집을 빼라고 말했다.

그렇게 아이들은 할머니가 돌봐주었다. 그럼에도 이제 나이가 드신 할
머니는 하루가 다르게 주방에 있는 날보다 병원을 가는 날이 많아졌다.

시간이 흐르고 아이가 학교에서 쓰러졌다는 전화가 왔다. 나는 병원으
로 갔다.

그 곳에는 아이엄마가 와 있었다. 나는 수액을 맞고있는 아이를 바라 봤다. 아이에 얼굴은 바짝 말라있었다. 이내 의사가 다가오더니 차트를 보며 말을 했다.

"요즘 시대에 영양실조에 걸리는 아이가 있네요."

아이가 쓰러진 이유는 영양실조였다. 잘 먹고 잘 자라야 할때 먹지를 못해서 쓰러졌다.

나는 의사에 말을 듣고 넋이 나갔다. 아이 엄마가 나에 따끔하게 말했다.

"애들 밥 제대로 먹이는거 맞아?"

"…"

나는 아무말도 할 수 없었다. 사실 애들이 뭘 먹는걸 볼 수 없었다. 나는 아침 일찍 출근을 하고 집에 들어가면 애들은 자고 있거나 방에서 안 나왔으니까. 그렇다고 물어보지 않았던 것은 아니였다. 매번 밥은 먹었냐고 물어보면 먹었다는 말만했으니까.

애 엄마는 누워있는 연이에게 물었다. 집 가서 뭐 먹냐고. 연이는 매일 라면 아니면 배추를 먹었다고 말했다. 그 배추는 애들 할머니가 씻어서 식탁위에 두었던 흰알배추였다.

애들 엄마가 집을 나가고 쭉 배추와 라면만 먹고 지냈던 것이였다.

그날 이후 애들 엄마는 한달에 한번 반찬을 해 보냈다. 반찬을 가지고 온 날이면 딸 아이 두명은 주방에 서 그 자리에서 김치찌개를 냄비째로

다 먹었다. 그 모습을 보고 확실히 나와 살면 아이들은 잘 먹지 못할거라는 생각이 들었다. 애들 엄마가 하루라도 빨리 아이들을 데려갔으면 좋겠다는 마음이 들었다.

쌍둥이가 중학교 졸업을 했다. 졸업식에는 가지 못했다. 이때부터 나는 딸 아이들에게 미안하다는 말을 많이 했다. 첫째 딸에게 전화를 걸었다.

"여보세요"

은이가 전화를 받았다. 나는 내일 같은 말을 했다.

"그래 연이는 전화를 안 받네."
"연이 미술 학원에 있잖아요."

아 이제 연이는 미술학원에 다녔었지. 이제 졸업을 하니 아이 엄마는 아이들을 학원을 보냈다. 나에게는 한 푼도 달라고 하지 않았다. 달라고 한들 나는 돈이 없었다.

"아 그래. 졸업식 못 가서 미안하다."
"아니에요 괜찮아요."

괜찮다는 연이에 말에 나는 더 할 말이 없었다.

"아빠가 용돈도 줘야했는데. 돈이 없다."

"아..네"

딸아이는 더 할말이 없는지 말이 없었다. 나 또한 무슨 말을 해야하는지 몰라 전화를 끊었다.

애들이 고등학교에 입학을 하게 되면서 애들 엄마 집으로 들어가 살게 되었다. 이제 주단 아파트에는 엄마와 나만이 살았다. 그날 저녁 모르는 번호로 전화가 왔다. 전화를 받으니 애들 엄마였다.

"여보세요."
"야!"

정화를 받자 애들 엄마는 소리를 질렀다. 나는 깜짝 놀라 아무말도 하지 않았다.

애들 엄마는 화가많이 났는지 많은 말 했다.

"네들이 뭔데 내 딸한테 그런 전화를 해!"
"..전화 무슨.."
"내 딸 한테 전화해서 그딴 말을 지껄이는데!"
"..."
"네 누나가 고모라는 사람이 애한테 전화해서 뭐?"
"..."
"우리 오빠 괴롭히지말라고 욕했잖아!"
"내가 옆에있을거 알면서 너네 엄마한테 전하라고! 우리 오빠 더 괴롭히지 말라면서 쌍욕을 하는게 그게 어른이야?"

"애들한테는 피해주면 안되는거 아니야?"

애들 엄마는 네들이나 잘 행동하라며 전화를 끊었다. 나는 애들 엄마가 전화를 끊고 나서도 이게 무슨 상황인지 감이 오지 않았다.

그날 이후로 모르는 번호로 더는 전호가 오지 않았다. 나는 그저 직장에만 나갔다.

가끔 은이에게 전화를 했다. 여전히 연이는 내 전화를 받지 않았다.

이제 엄마랑 둘이 살았다. 엄마와도 자주 싸웠다. 이거해라 저것해라. 거동이 불편하신 어머니를 돌봐야하는게 귀찮았다.

어느날 딸 아이들이 집에 찾아와 할머니와 이야기를 하는 모습을 봤다. 집에 들어와 나에게 인사를ㄹ 하고는 할머니 방에서 잘 나오지 않았다. 할머니에게 어찌나 할 말이 많은지 애들의, 목소리가 끊기지 않았다.

어머니는 아이들을 보며 그래 이렇게 집이 시끄러워야 사람 사는 집이라고 말했다.

아이들은 자신들이 앞으로 더 자주 오겠다고 말했다.

어머니는 아이들이올때마다 치킨을 사주었고, 용돈도 손에 쥐어주었다. 아빠라는 사람은 돈이 없어 주지 못하는 것들을 할머니는 주었다.

그러다 어머니가 치매가 오셨다. 자주 까먹던 일들을 이제는 기억을 하지 못하게 되었다. 점점 어머니를 돌봐야하는 시간이 늘어났고, 내가 할 수 없는 일들도 많아졌다.

그렇게 어머니는 큰 누나가 하는 요양병원으로 들어가게 되었다. 이제 나는 혼자 이 집에 남겨졌다. 이 집이 원래 이렇게 컸었나. 아이들이 벽에 그렸던 낙서만이 옛날에 흔적이었다.

혼자 남겨져도 사는 것은 똑같았다. 그저 잠이 잘 오지 않았다. 그렇게 어머니에게도 자주 전화했다. 그러던 어느 날 밤 큰 누나한테 전화가 왔다. 나는 이 밤에 전화를 왜 하지라는 생각을 하며 전화를 받았다.

"관후야.."

누나의 목소리는 울고있었다. 나는 단번에 안 좋은 일이 일어났던 것을 느꼈다.

"…무슨 일이야…"
"엄마 돌아가셨어"

이미 마음속에서는 그 말이 나올 줄 알았다.

"지금 병원으로 가는중이야. 너도 병원으로 와."
"알겠어."

나는 전화를 끊고 택시를 불러 병원으로 행했다. 택시 안에서는 실감이 나지 않았다.

우리는 모두 고아된다. 나도 그저 고아가 될 날이 온 것 뿐이라고 생각했다.

병원에 도착한 나는 연이에게 전화를 걸었다. 몇 번의 신호음이 가고 연이가 전화를 받았다.

"연이야."
"네 여보세요."
"어 연이야."
"응 왜요."

무덤덤한 연이에 목소리에 할머니가 돌아갔다는 말을 어찌해야할지
고민했다.

"놀라지 말고 들어."
"…"
"할머니가 돌아가셨어.."
"…"
"지금 병원으로 올 수있어?"
"네 지금 갈게요."

전화가 끊기고 나는 병원 안으로 들어갔다. 그곳에는 누나들의 초점
없는 눈을 바라봤다. 우리는 바로 장례식 준비를 했다.

안치실로 들어가는 엄마를 바라보자 실감이 났다. 아 돌아가셨구나하
고 얼마 뒤 딸 아이들이 장례식장에 왔다. 아이들이 처음으로 오는 장례
식이였다.

다음날 아이들을 데리고 상복을 입으러 갔다. 검은 옷을 입고 머리에

삔을 꼽는 아이들을 보고 어릴적 아버지가 돌아가셨을때 누나와 동생들의 모습이 보였다.

장례식에는 사람이 많이왔다. 나는 오시는 사람마다 인사를 했다. 무릎과 허리가 아팠지만 어쩔 수없었다. 생전 기독교였던 어머니였기에 성당 사람들이 와 노래를 불렀다. 하지만 나는 그 노래조차 몰랐다. 다들 울며 노래를 불렀는데 나만 가만히 중얼거리며 따라하는 척 했다.

다음 날 새벽 우리는 모두 지하로 내려가 마지막 고인과의 인사를 했다.

온 몸이 감싸진 어머니를 바라보자 마음이 푹 꺼졌다. 다들 다가가 저마다 울며 인사를 했다. 나 또한 어머니에게 갔다. 죄송한게 많았다. 장남을 불러 어머니에게 마지막 인사를 하라고 했다. 나는 가만히 누워있는 숨쉬지 않는 어머니에게 다가갔다. 하고 싶은 말은 하나 뿐이었다.

나는 어머니의 작은 발을 잡으며 말했다.

"어머니 고생 많으셨어요. 죄송합니다."

울지 않으려했는데. 정말 이게 어머니와의 마지막이었다. 그 말을 하며 나는 땅에 주저 앉아 울었다. 아이처럼 울어버리고 말았다. 어머니 죄송해요. 사느라 고생많으셨어요. 그저 죄송한 마음 뿐이었다.

딸 아이들이 내 뒤에 서있었다. 내 모습을 보고 아이들은 더 울었던가? 기억이 나지 않는다.

어머니를 보낸 뒤 얼마지나지 않았던 어느 날. 오늘도 출근을 했다. 출근을 하는데 오늘따라 몸이 좋지 않았다. 머리도 아프고 몸에 힘이 들어가지 않았다. 그럼에도 나는 출근을 해 일을했다. 업무를 하는도중 몸은 더 좋아지지 않았다.

이상한 마음에 작업반장에게 말한 뒤 휴게실에서 쉬고 있었는데, 몸이 내 말을 듣지 않았다. 무서운 마음에 옆에 있던 한 청년을 붙잡고는 119를 불러 달라고 말했다.

그리고 나는 쓰러졌다. 눈을 떠보니 병원이었다. 옆에는 막내 동생이 있었다.

나에게 뇌졸중이 왔다는 말이었다. 참으로 기괴한 삶이다 싶었다. 어머니가 돌아가시고 바로 뇌졸중이었다. 하지만 다행이도 살짝만 왔는지 재활만 잘 한다면 평상시처럼 생활 할 수 있다고 했다. 나는 팔이 오른쪽 팔과 오른 다리가 잘 움직이지 않았다.

딸 아이들이 병원으로 왔다. 표정이 좋지 않았다. 당연히 할머니 장례식을 한지 얼마지나지 않아 아빠가 쓰러졌다는 이야기를 듣고 많이 걱정을 했을 것이다.

나는 잘 걷지도, 팔을 들지 못하는 모습읍 약한 아빠의 모습을 아이들에게 보여주고 말았다. 이제 아이들은 대 놓고 나를 미워할 수가 없어진 것이다.

그렇게 퇴원을 할 수있을 정도로 재활을 끝냈다. 태원을하자 직장에서는 나를 해고했다. 아픈 사람을 일을 시킬수도 없고, 나이도 있고 해서 짤렸다.

나도 인정한다. 나이들고 몸도 성치 않은 사람을 어떤 회사에서 쓸까.

나는 집으로 가 혼자서는 아무것도 할 수 없는 노인이되어버렸다.

돈은 벌지 않는데 나가는 돈은 많았다. 나는 하나 둘 정리를 하기 시작했다. 아이들 전화요금부터 보험료까지 내가 살려면 어쩔 수없다는 생각이 들었다.

　지금까지 살면서 아이들에게 도움은 되지 못했지만, 그래도 보험료는 냈는데 이제는 그것도 못한다.

　보험하는 동생을 만났다. 딸 아이 앞으로든 보험을 해지하고 싶다는 말을 했다.

"나 그거 보험 해지하고 싶어"

"어떤거?"

"은이 앞으로 둔거. 5만5천원짜리"

"그거 없으면 애들 병원은?"

"…"

"나 일 안하잖아."

"…"

"보험료 낼 돈이 없다"

"알겠어."

"어 안녕 은이야~ 오랜만이다."

"아 네 안녕하세요. 무슨 일이세요."

"지금 너희 아빠랑 같이 있는데."

"…네."

"다름이 아니고, 방금 문자보냈는데 보험 해지하려고 해서."

"…"

"그거 보이는데로 전화해서 취소해주면 되거든"

"옆에 아빠 있다고 했죠."

"응~"

"아빠 좀 바꿔주세요"

나를 바꿔달라는 은이에 말에 전화를 바꿨다. 은이는 나에게 무슨 일이냐고 물었다.

나는 동생에게 했던 말을 똑같이 했다.나에 비열한 말에 딸아이는 포기한 듯 이야기했다.

"그래. 내가 다 해지할게 그러니까. 아빠 이제 나한테 전화하지마."

"…"

"나도 이제 아빠 안 보면서 살래."

"…"

"나 할머니랑 했던 약속 못지켜서 할머니한테 너무 죄송한데"

"나도 이제는 못 참아."

"나 결혼식에 아빠 손 안 잡고 들어갈거야. 그러니까 이제 아빠도 아빠 알아서 살아."

"…"

"끊을게."

마지막 딸에 말에는 나는 아무말도 하지 못했다. 어머니가 딸 아이들이랑 했던 약속을 지키지 못하겠다는 말을 듣자. 나는 무언가 잘못되었다는 생각이 들었다.

이건 잘못된 것 같다. 하지만 바로 잡기에는 너무 멀리와버린 기분이었다.

나는 그렇게 집으로 돌아와 누웠다.

며칠뒤 돈이 다 떨어졌다. 전기세를 내지도 못했다. 그리고 대출금을 내지 못한다는 청원서를 법원에 냈는데, 인정이 되지 않았다. 파산신청이 기각되어버렸다.

집이 은행에 넘어갔다. 나에게 남은 것이 없었다.

아니다 하나 남았다. 대소원 옛말 집 하나 남았다.

지금의 나는 전화할 사람도, 몸이 아플때 챙겨줄 사람도 없다. 내 딸 아이들은 나를 전화기록에서 삭제했다. 내 옆에는 아내도 딸도 그 아무도 없다. 멀어져간다. 과거에 나에서 천천히 그러나 아주 멀리 아득해지는 과거에 나에게 말한다.

잊지말라고. 그 소중하고 연약한 것들을 무시하지말라고.

세월이 흐르는 것은 몸이 아픈 일이다. 뇌졸중이 온 몸은 마음대로 움직일 수도 없고. 자식들의 결혼식도 가지 못하게 되버린다. 다리와 팔을 저는 아버지라니 참 창피하지 않은가. 슬픈일이지만 그것은 어쩔 수 없는 일이다.

어머니도 아버지도 없고, 딸에게는 미안함만 남았다. 가끔 전화하는것도 미안했다.

할 수 있는 말이 아빠가 돈이 없다 뿐이 내 자신이 스스로도 한심하고 한심하다.

아버지 그렇게 먼저 가실 때 아무말도 안 하신 것은 다 이유가 있었나 봅니다.

나도 내 자식에게 할 말이 없어요. 아이들 얼굴을 보면 해줄 말이 나오지 않네요. 말들이 턱 끝에 매달려 금방 사라집니다.

어머니 저는 이렇게 혼자 인생을 정리합니다. 잘 쓰지도 못하는 글자를 쓰며 보내지도 못 할 편지들을 일기처럼 기록하기만 할 뿐이지요..

이 글은 편지이자 회고록입니다. 어쩌면 딸 아이가 보는 내 인생일지도 모르겠습니다

내 삶은 메마른 가뭄. 그 어딘가에 자리잡은 외로운 소나무같은.

뿌리부터 말라가는 온정없는 세상이 아닌가.

돼지꿈

김범수

서글서글한 눈웃음 옆으로 세월의 깊이를 담은 듯 깊이 파인 주름, 뭉툭하지만 동글동글한 코와 이야기를 담고 있는 듯한 크고 통통한 볼. 그는 택시 운전을 한 지 벌써 20년이 훌쩍 지났다. 그의 이름은 김상현. 그가 살고 있는 동네는 벽화가 알록달록 각기 다른 색으로 칠해져 있고, 높지도 낮지도 않은 언덕을 중심으로 낮은 집들이 서로 비슷하면서도 다른 냄새를 풍기는 정이 넘치는 동네다. 냄새가 만든 하얀 구름 띠가 하늘로 올라가면, 도시에서는 볼 수 없는 노을과 하얀 구름이 어우러진 마치 옛날 왕실 벽화를 보는 것 같은 느낌을 받을 수 있다.

"저거 보십시오. 모텔에서 나오는 저 모습을 지금 김상현씨는 외도를 통해 가정을 박살냈습니다."

화면을 통해 나오는 나의 모습. 저건 내가 맞다. 하지만 저건 오해가 있을 뿐이라고.

'저 변호사란 놈은 아무것도 모르면서 입만 놀리는 저 입을 꼬집어 버리고 싶네.'

"그리고 하나 더, 남편 김상현씨는 아내와 했던 약속 '노름하지 않는다'를 지킬 노력조차 하지 않았습니다."
"뭐? 나는 약속 지키려 노력은 했다고. 저놈은 뭘 안다고 떠들어 대는 거야."

나는 주체하지 못하고 말을 뱉었다.

"판사님, 김상현씨는 외도, 밤늦게까지 술을 마시는 등 아내는 물론 자신의 가정에 충실하지 않은 자세를 보였습니다. 김상현씨는 아내에게 오천만 원의 위약금을 지급하는 명령을 선고해 주시길 요청하는 바입니다."

뭐? 오천만 원? 저 변호사는 내가 무슨 돈이 남아도는 줄 아나 보네. 내 옆에 있는 변호사도 열심히 반론했지만, 결정적인 증거가 있다며 판사는 오천만 원의 위약금을 아내에게 지급하라는 명령을 내렸다. 더 큰 문제는 당장 일주일 안에 지급하라는 것. 이게 말이 되나. 일주일 안에 어떻게 오천만 원을 마련하는지. 가뜩이나 택시 손님도 줄어서 걱정인데, 그 큰돈을 어디서 어떻게 구하냐 말이다. 나는 내 아들만큼은 지키고 싶었다. 다행히 아내는 위약금만을 요구했고, 아들의 양육권은 나에게 양도했다.

다시 현재로 돌아와서, 나는 다시 택시 운행에 나선다. 일주일이라는 짧은 시간에 오천만 원을 마련해서 아내에게 줘야한다. 시간이 너무나 부족해 미칠 지경이었다. 당장 어제까지만 해도 수익이 하루에 십만 원도 채 못 벌었으니. 이건 나보고 죽으라는 거나 마찬가지다.

넓은 들판 뒤로 돼지 여러 마리가 나에게 달려온다. 저 돼지는 멧돼지는 아닌 거 같은데, 그냥 돼지는 원래 야생에서 볼 수 없지 않나?

'꾸에엑!'

이상한 소리를 내며 나에게 달려온 돼지들은 내 품에 안겼다. 멀리서는 커 보였던 돼지들이 내 품에 안기자 돼지 인형처럼 작아 보였다. 돼지 중에서 가장 작은 돼지 한 마리는 입에 작은 쪽지 한 개를 물고 있었다.

"응? 이거?"

그 쪽지를 돼지 입에서 빼 확인해보니 쪽지가 아닌 지폐였다. 초록색 만 원짜리 지폐 한 장이다. 돈을 문 돼지? 이게 뭐지?

베개에 땀에 젖은 흔적이 가득하다. 흔적들 위로는 기름이 가득 묻어 뭉쳐진 내 머리들이 까치집을 만든다. 꿈이었나보다. 방금 봤었던 돼지들. 심지어 돈을 물고 있던 그 돼지. 잠깐, 그럼 이거 돼지꿈인 거잖아. 예로부터 돼지꿈을 꾸면 그날 하루 행운이 가득하다고 한다. 오늘 하루는 돈이 나에게로 들어오려나 보다.

오늘 아침의 색은 유난히 파랗다. 약간 초록빛도 보이는 듯하다. 꿈에서 본 돼지가 물고 왔던 지폐의 색깔 같아. 파란 하늘 사이로 햇살이 뜨겁

게 나를 태운다. 그리고 바람도 강하게 분다. 출발한 지 얼마 지나지 않아 아랫배가 살살 아파왔다. 금방이라도 쏟아낼 듯했다. 운행 전 화장실을 들러야겠다고 다짐하지만, 매번 까먹는다. 화장실이라도 찾아 차를 세우려 할 때 한 손님이 내 택시를 잡아 세웠다.

"어디로 갈까요 손님"
"신진빌딩 옆으로 가주세요"

다행히도 신진빌딩이었다. 내가 화장실을 가기 위해 자주 들렀던, 신진빌딩. 목적지로 향할 때 손님은 아무 말도 없이 핸드폰만 바라볼 뿐이었다. 다행이라고 할까? 내가 소변을 참는다는 것을 손님에게 들키지 않을 수 있다. 하지만 내가 다리를 꼬고 고통스러워하는 표정을 들키지 않기 위해 억지로 미소를 보일 때면 손님은 벌레 쳐다보듯 나를 바라봤다. 별의별 생각이 들었다. 여기서 싸면 어떡하지? 손님이 나를 변태로 보면 어떡하지? 경찰이 오게 되면 무슨 변명을 늘어놔야 하나. 아 변명이 아니라 이건 진짜였다고. 진짜 동네가 작아서 금방 소문이 퍼질 텐데. 라는 별의별 생각을 하며 불안감이 엄습할 때 목적지에 도착했다.

"아이고 도착했네요. 손님, 뒤에 차가 오고 있으니 빠르게 내려주시면 감사하겠습니다."

뒤에 차는 없었다. 그냥 내가 너무 급했다. 조금이라도 지체하면 쌀지도 몰라. 빨리 내리란 말이야. 택시비 총 만오천 원이 나왔다. 손님은 손에 쥐고 있던 만 원짜리 두 장을 나에게 건넸다. 거스름돈을 찾으려 서랍을 열고 있을 때 손님은 문을 박차고 나가 사라졌다.

"손님, 거스름돈. 손님? 손님!"

이게 뭔 횡재인지, 오늘 운수가 좋으려나 보다.

"이게 뭐야, 거스름돈도 안 받고 횡재네 횡재야!"

마냥 기뻤다. 돼지꿈이 진짜였구나! 그런데 어딘가 까먹은 듯한 느낌이 들었다. 아 화장실, 맞다 화장실. 볼에 웃음을 가득 머금고 화장실로 향했다. 그동안의 고생이 소변기를 따라 흘러가는 느낌이 들었다. 저 흘러가는 소변처럼 오늘도 잘 지나가겠지? 바지춤을 훔치면서 화장실을 빠져나온 나는 홍얼거리며 택시로 향했다.

"오늘 기분이 좋으신가 보네요?"

나와 함께 빌딩을 빠져나오던 한 청년이 말을 걸었다.

"아유 그럼요. 오늘 운수가 좋으려나 봅니다. 정말"
"아 무슨 일이시길래"
"제가 택시 일을 하는데 말이죠. 손님이 거스름돈도 안 받고 그냥 가더라니까."

"정말 좋은 일이네요. 택시 하시나봐요?"

"예, 제가 이래 보여도 20년 경력이에요"

"아 고생하시네요, 이것 좀 드시면서 하세요."

청년의 손에는 자양강장제가 들려있었다.

"이게 뭐에요? 왜 상표가 안 붙어 있지. 이거 먹고 죽는 막 독약 같은 거 아니야?"

장난삼아 분위기 전환 겸 농담이라고 던진 말에 청년은 표정이 굳었다. 그와 나 사이에 잠깐의 정적이 흐른 후 다시 말을 걸어왔다.

"엇, 그러면 더블로 드릴 테니까 저 좀 탈 수 있을까요?"

"에? 더블이요? 어디가시는데"

"터미널을 급히 가야 되는데, 초짜 택시 기사한테 맡기면 늦을까 봐 걱정이었거든요."

"아유, 저 아니면 빠르게 못갑니다. 제가 또 이 동네 슈마허 아닙니까. 엄청 빠르."

"예, 바로 가시죠"

"아. 예 갑시다."

말을 도중에 끊어 기분이 조금은 나빴지만, 돈을 더 준다니 그냥 대수롭지 않게 넘겼다. 신진빌딩에서 터미널까지 빠르게 간다고 하더라도 만

원은 넘게 나오니, 두 배라면 이만 원은 벌 수 있었다. 역시, 돼지꿈이구나. 청년이 준 자양강장제를 차 컵홀더에 올려 두고, 벨트를 착용했다. 오늘 정말 일이 술술 잘 풀리네. 아내와 이혼소송으로 고생을 좀 했지만, 지금 같은 상황이면 잊고 살 수 있지 않을까 싶었다. 손님은 곧바로 택시에 올랐다. 보통 같으면 뒷좌석에 탈 텐데, 혼자 타는 손님치고는 특이하게 조수석에 올라탔다. 그는 회색 모자를 깊게 눌러쓴 채 창밖만 바라보고 있었다. 창밖의 가로등이 열 몇 개 빠르게 지나갈 때 즈음 나에게 말을 걸어왔다.

"기사님, 혹시 사람 죽여보셨어요?"

나도 모르게, 브레이크를 강하게 눌렀다.
'끼익'
순간 손님의 몸이 앞으로 쏠렸다가 좌석으로 돌아온다.

"아유 그니까 왜 그런 무서운 말을 하고 그러셔."

장난이겠거니, 하고 대수롭지 않게 넘어갔다.

"아니 요즘 말이 많잖아요. 칼부림이다 뭐다 하면서 요즘 사람들이 왜 그러는지 몰라. 그죠 기사님?"
"예. 그렇죠."
"그렇다고, 제가 그런 건 아니고요. 저도 무서워서요."

"아 예.."

"이 자양강장제 있잖아요. 기사님."

"예? 아 예."

손님이 손에 쥐고 있는 자양강장제. 아무런 상표가 붙어 있지 않은 처음 보는 제품이었다.

"이게, 참 좋아요. 효능이나 이런 게 말이죠. 집 가셔서 꼭 드셔보세요."

"예. 고마워요 손님"

손님과 대화를 나누면 나눌수록 기분이 안 좋아 대화를 빨리 끝내고 싶었다. 대화 중에는 회색 모자에 가려져 있어 못 봤던 손님의 눈을 볼 수 있었는데, 왠지 모를 소름이 들었다. 이후 손님이 말하는 말마다 께름칙한 단어들이 나왔지만, 손님이 낼 운행비를 생각하면 아무렇지 않을 수 있었다. 지금만 넘기면 되니까. 나는 다시 운전에 집중했다.

"기사님, 더 빨리 가주셔야 하는데. 버스 늦으면 책임질 거 아니시잖아요. 그죠?"

금방이라도 찌를 듯한 눈빛으로 나를 쳐다보며 손님은 말했다.

"걱정말아요. 금방 도착 할테니."

멀었던 목적지지만, 나름대로 20년 동안 차를 운전하면서 갈고닦은 실력으로 늦지 않게 도착했다. 곧장 손님은 흰색 봉투에서 오만 원짜리 지폐 다섯 장을 꺼내 나에게 건네고 떠났다.

이게 뭔 행운인지. 첫 손님에 이어 두 번째 손님까지 엄청난 돈을 나에게 그냥 주고 갔다. 물론 운행에 대한 대가를 받은 것이지만, 잠시 여유를 부려도 될 정도의 큰돈을 오늘은 이미 번 셈이었다. 아까 손님이 나한테 했던 말들을 다시금 생각해보면서 경찰에 신고를 해볼까도 생각했지만, 굳이 나에게 큰돈을 준 손님이기에, 그냥 하지 않고 넘겼다. 터미널에서 멀리 떨어지지 않은 택시 정류소에 차를 잠시 세우고 운전석에 앉아 눈을 감고 흥얼거리고 있었다. 그때 창밖에서 누군가가 창문을 두드렸다.

"선생님 잠시만 내려주세요"

경찰이었다. 엥? 나는 신호도 잘 지키는 모범 운전기사라고. 뭐, 찔릴 구석이 있어야 말이지. 당당히 내렸다.

"네. 무슨 일 이시죠?"
"김 형사 찾아."
"저기요. 저기요!"

형사로 보이는 사람 한 명이 내 택시를 샅샅이 뒤지기 시작했다. 뒷좌석부터 트렁크, 방금 전 회색 모자 손님이 탔던 조수석까지, 쥐 잡듯 택시를 수색했다.

"팀장님. 여기 수상한 게 있습니다."

"가져와 봐"

형사의 손에는 검은 봉투와 청년에게 받은 자양강장제가 들려있었는데, 봉투 안에서는 피 묻은 장갑과 같은 자양강장제로 보이는 유리병 한 병이 들어 있었다.

"선생님, 같이 경찰서로 가주셔야 할 거 같습니다."

"네? 제가 왜요. 저는 신호도 잘 지키고, 그 뭐야 그 봉투는 제 것이 아닙니다."

"선생님이 연쇄살인범과 같이 이동한 정황과 공범으로 보이는 몇 가지 점들이 확인됐습니다."

"네?"

어이가 없었다. 나는 지금까지 손님을 태웠던 기억뿐 인데? 내가 갑자기 공범이라고? 살인사건이라고? 말이 안 된다. 오늘은 돼지꿈을 꾼 날이라고. 이러면 안 되는 거잖아. 억울했다. 그래도 뭐 할 수 있나. 같이 따라가지 않으면 연행될 게 뻔한데. 나에겐 선택지가 없었다.

'따르릉'

서로 이동하는 중에 전화가 울렸다. 아내였다.

"여보세요. 아 그 위약금 말이 안 된다니까. 다시 생각 좀 해봐"

"야 미친놈아, 이젠 연쇄살인까지 벌이냐?"

"무슨 소리야. 그거 누명이야 나 아니라고. 근데. 어떻게 안거야"

"뭘 어떻게 알아. 뉴스에 다 나와 있는데. 아무튼 당신은 오천만 원이나 나한테 줄 준비나 해 알았어?"

"아니, 오해라니.."

'뚝'

이번에도 말이 끊겼다. 뭐 이젠 익숙했다. 아내에겐 항상 말이 끊겼으니. 그게 문제가 아니다. 뉴스에 벌써 나왔다니? 이렇게나 빨리?

"선생님, 발뺌하셔도 안 통합니다."

서로 향한 후 경찰들은 나를 공범으로 몰고 간 여러 증거를 보여줬다.

"선생님. 어떻게 아는 사이에요. 어디로 간 거예요. 지금 범인"

"누구를 말하는 거에요! 도대체"

경찰은 CCTV 화면을 보여줬다.

"여기 신진빌딩에서 범인으로 추정되는 인물과 함께 선생님이 이야기하는 모습과 함께 택시로 향하는 모습, 택시를 타고 이동하는 모습이 발견됐어요. 이걸 보시고도 모른 척하시는 겁니까?"

경찰이 보여준 장면에서의 나는 회색 모자 손님과 함께 웃으며 이야기를 나누는 모습이 보였다.

"아니. 그냥 손님이었어요. 손님이라고 하길래 태웠을 뿐이고 전혀 모르는 사람입니다."
"선생님. 그러면 이게 왜 선생님 택시에서 발견이 된 겁니까?"

청년에게 받은 자양강장제와 검은 봉투 안에 있던 자양강장제, 피 묻은 장갑을 책상에 올려 보여준 경찰은 나에게 언성을 높이며 말했다.

"선생님과 범인이 함께 나온 그 건물에서 살인사건이 일어났어요. 이 장갑과 자양강장제도 그 사건에 사용된 걸로 추정됩니다. 근데, 그 증거가 선생님의 차에서 발견이 된 겁니다. 선생님이 증거를 숨겨주고 범인의 도주를 도운 것 아닙니까?"
"정말 아닙니다. 그냥 급한 손님이라고 하길래 태워 터미널로 운행했어요. 정말입니다. 그 봉투는 손님이. 그냥. 맞아. 그냥 두고 간 거라고요. 그리고 그 자양강장제는 손님이 마시라고 준 거뿐이에요."

억울함에 눈물이 날 지경이었다. 아침부터 운수가 좋다고 했지. 내가 이럴 일이 그냥 생길 리가 없잖아. 정말 나에게만 이런 시련이 찾아오는지, 이제는 누구를 원망해야 할지 모를 지경이다. 공범으로 몰린 상황과 아내와 이혼소송까지 동시에 겪은 사람이 있을까? 나뿐 일거다. 동네에서 제일 운수 더러운 사내, 나 자신이기 때문이다. 경찰의 조사가 1시간이 흐른 뒤, 나는 화장실을 핑계로 잠시 쉬는 시간을 요청했다. 경찰서를 빠져나와 하늘을 올려다보니 밝았던 하늘이 어두침침했다. 시간이 지나 어두운 것이 아니라 하늘의 색이 회색빛으로 뒤덮였다. 아까 그 회색 모자 손님의 모자 색과 같았다.

'따르릉'

아내일 것이라는 생각에 미간에 주름이 잡힌다. 성을 내며 핸드폰을 주머니에서 꺼내 화면을 바라봤다. 아내가 아니라 택시 기사 동료 황씨였다.

"어 황씨 무슨 일이야."

"김씨, 그 아내랑 이혼소송하고 있다며, 이게 무슨 일이야. 설마 저번에 모텔에서 우리끼리 노름한 것 때문인거야?"

"그게 아니야. 뭐 내가 술집 여자랑 모텔에서 나왔다나 뭐라나. 그걸 자기 두 눈으로 다 봤다고 하질 않나. 오해라고 말을 해도 안 듣고, 증거가 없으니 내가 뭘 할 수 있는 게 없잖아. 뭐 어쩌겠어."

"에이 김씨 바보도 아니고 요즘은 모텔에다 CCTV가 있다는 거 몰랐어? 우리랑 같이 들어가는 장면을 아내한테 보여주면 풀릴 오해잖아."

"어? 요즘 모텔에는 CCTV가 일일이 다 있어? 주차장에만 있는 거 아니였단 말야?"

"아유 요즘 세상을 너무 모르네. 김씨, 아무튼 그 모텔에 가서 보여달라고 하면 보여줄거야. 한 번 안 해봤으면 해보라고. 전화하고 찾아가봐."

요즘 모텔에는 CCTV가 곳곳에 설치되어 있다는 사실을 처음 알았다. 요즘 세상 좋아졌네. 아내와의 오해는 이걸로 풀 수 있을 것 같다. 그런데, 제일 심각한 살인사건 누명은 어떻게 풀어야 하지? 다시 서로 들어간 나는 경찰들의 분주한 모습이 아까 조사 전보다 더하다는 느낌을 받고 있었다.

"선생님, 그 마지막 손님 태워주고 내린 곳이 터미널이에요?"
"네. 맞습니다. 근데 저 집에 언제 갈 수 있는 거죠?"
"선생님은 범인 잡히고 선생님의 알리바이가 확인되기 전까지 귀가는 못하십니다."
"하지만, 곧 아들이.."

또 끊긴 내 말을 뒤로 하고 형사들은 분주히 서를 빠져나갔다. 한 사람만 빼고. 나를 조사했던 사람은 다시 내 앞에 앉았다. 쏘아대듯 질문을 했던 그는 나에게 회유라도 하듯이 나에게 말을 건넸다.

"선생님이 인정하시면, 빨라져요. 맞잖아요. 범인과 같이 공조한 거 맞죠?"
"전 그냥 손님을 태웠을 뿐이라고요."
"그럼 그 빌딩에는 왜 들어갔다 오셨죠? 거리 CCTV를 보니 손님은 그냥 내린 것 같고, 그 이후에 태운 걸로 보이는데. 택시가 한 장소에 정차하는 경우는 드물지 않습니까?"

경찰은 내가 신진빌딩에 차를 꽤 오랜 시간 동안 정차시킨 후 자리를 비운 것을 구실로 나를 의심해갔다.

"그게. 그 화장실을 좀 갔습니다. 오줌이 너무 마려워 잠시 정차를 했을 뿐이에요."

"변명을 하셔도 화장실로 하십니까. 거기에 CCTV가 고장난 거 알고 말씀하시는 거죠?"

"네?"

당황스러웠다. CCTV라도 있어야 내 알리바이가 증명될 텐데. 왜 하필 그때 고장이 난 것일까. 다행히 녹화는 되었고, 녹화된 파일에 문제가 생겨 아직 확인하지 못한다고 한다. 경찰도 그를 인지하고 있었기에, 나를 붙잡아 두고 있던 것이었다.

"어. 김형사 범인은 잡았어?"

"예, 다행히도 터미널에서 평택으로 향하는 정황이 담긴 CCTV를 확보했고 지금 당장 평택으로 향하는 중입니다."

"어, 그래 고생했다. 범인 잡을 때까지 긴장감 놓치지 말고"

전화를 내려놓고 경찰은 나에게 다시 질문했다.

"선생님이 지금 아내와 이혼소송 중인 걸로 아는데, 그쪽에서도 거짓말을 하셨더라고요? CCTV 장면이 다 나와 있는데 말이죠."

경찰이 이제는 내 아픈 곳까지 찔러댄다. 그게 지금 이 상황과 무슨 상황이 있길래 들쳐 대는 거야. 그건 내 개인적인 사정이야. 더이상 나를 더 비참하게 만들지 말라고.

"하지만 그것도 오해가 있어요. 아니 지금 그거랑 이거랑 무슨 상관이 있습니까? 경찰이라는 사람이 남의 가정사를 들추고 막 그래도 되는 거에요? 예?"

울컥했다. 아내와 소송 중인 것도 모자라 내가 이런 취급을 받아야 한다니. 분명 오늘 아침은 행운으로만 가득했는데. 운수 좋은 줄 알았던 오늘의 끝이 이렇게 장식이 될 것만 같다. 운이 좋다고 했어. 나에게 행운이라는 게 찾아올 리 없잖아?

"그리고 선생님 차에서 발견된 이 자양강장제. 이게 그놈의 수법입니다."
"그 자양강장제로 어떻게 한다는 말이에요. 예? 됐고, 저는 아무런 관련도 없고, 관심도 없다고요!"

범인은 자양강장제로 피해자들을 잠들게 한 후, 무차별적으로 살해하는 잔인한 수법으로 유명한 연쇄살인범이었다. 그 손님이 준 자양강장제를 마셨다면, 나도 죽었을지도 모른다. 하지만 몇 가지 의문이 드는 점이 있다. 범인이 도주를 생각하고 있다면, 나에게 군이 증거인 자양강장제를 줄 필요가 있었을까? 혹시 그 자리에서 먹고 같이 죽길 바란 건 아니겠지?

"선생님께서 그 음료를 먹었다면, 분명 죽었을 수도 있죠. 하지만 범인은 잠재우는 용도로만 사용했기 때문에 도주한 범인이 곁에 없다면 목숨은 부지하셨을 겁니다."

"근데, 왜 저에게 이걸."

"아마 저희 쪽 생각으로는 범인이 증거를 모두 선생님께 버렸거나, 선생님이 공범이기에 증거를 인멸해달라는 의미였을지도 모른다는 생각입니다."

"저는 절대 아니라니까요!"

나도 모르게 억울함에 소리쳤다. 이후 진정하라며 경찰은 손으로 나의 등을 토닥였다. 이후에 경찰은

"그렇다면 선생님, 혹시 뭐 범인이랑 이동 중에 대화를 나눴다거나. 이러시지 않으셨어요?"

"대화? 나눴죠. 근데 나는 진짜 줄 몰랐어요. 그 사람이 살인범일지"

"뭐라고 했어요. 범인이"

"아니, 그 뭐냐. 갑자기 사람을 죽여봤냐는 둥, 나는 너무 무섭다는 둥. 소름 돋는 말 하긴 했는데 그냥 대수롭지 않게 넘겼죠"

"그때 신고만 하셨어도, 바로 잡을 수 있는 거 아닙니까?"

"저도 나름대로 그 생각했다니까요!"

"선생님, 일단 나가서 조금만 쉬시다 오십쇼. 조금 이따가 다시 조사 진행하겠습니다."

시간이 흘러 회색빛 하늘에 노을로 보이는 붉은 빛이 더해졌다. 회색

빛 하늘은 범인을, 붉은 노을은 마치 피로 보여 나를 더 옥죄어 오는 듯했다. 바깥에 보이는 모든 사람은 웃고 있는데, 왜 나만 이렇게 울상을 지어야 하는지 도저히 모르겠다. 세상이 나만 괴롭히는 것 같았다. 밖에서 바람을 쐬던 나는 급한 경찰의 부름에 다시 서로 들어갔다.

"어 김형사, 범인 잡았다고?"

"예, 팀장님. 평택항에서 중국으로 밀항하려는 정황을 포착해 평택항에서 대기했고, CCTV에 담긴 범인의 모습과 일치하는 한 남성을 긴급 체포했습니다."

"다행이야, 또 뭐 특이사항 없어?"

"아. 예, 지금 보니까 범인이 터미널에서 항으로 향할 때 무언가를 찾고 있는 모습이었는데, 지금 보니까 택시에서 발견된 범행 도구를 찾던 것 같습니다."

"그렇군. 택시 기사가 증거를 은폐하려던 게 아니라 범인이 모르고 흘린 거였어."

서에서 나를 조사하던 경찰은 나를 잠시 쳐다보고, 증거물 자양강장제를 쳐다봤다.

"그렇다면, 왜 기사한테 자양강장제를 나눠 준거지?"

"지금 생각해보면, 이놈은 자양강장제는 찾고 싶어 하지 않는 걸 보아, 피 묻은 장갑만을 원했고 때마침 택시에 두고 내린 것이었습니다. 그리고 자양강장제는 자연스럽게 쓰레기통에 버려지기를 원했던 것 같아요."

"그렇군. 그러면 우리의 시선을 돌릴 수 있으니 말이지."

"예, 맞습니다. 기사가 자양강장제를 가지고 있는 것 자체로 저희의 시선을 돌릴 수 있을 테니 말입니다."

통화의 내용을 몰래 들었지만, 지금 상황으로 볼 때 범인은 체포되었고, 다행히 증거로 발견된 검은 봉투는 범인이 의도치 않게 흘린 것으로 판단되었다. 하지만 그 증거가 범인의 실수로 밝혀졌다 해도, 그 CCTV를 구실로 경찰은 여전히 나를 풀어주지 않았다.

"형사님, 아니 언제 저는 집에 갈 수 있습니까? 이미 아들이 집에 혼자 있을 거라고요. 아니 집에 들어가지 못했을 수도 있어요."

"사정은 죄송하지만 어쩔 수 없습니다. CCTV 녹화 파일이 복구될 때까지 조금만 협조해주세요."

"아니, 증거도 범인의 실수로 밝혀졌잖아요, 그럼 끝난 거 아닙니까?"

"아니 선생님도 확실한 게 좋지 않겠습니까. 조금만 기다려주세요."

시간이 얼마 지났을까. 나에겐 지옥과도 같던 시간이 지나고, 경찰은 나를 쳐다보며 말했다.

"선생님, 이제 집에 가셔도 좋을 거 같습니다. 협조해주셔서 감사합니다."

CCTV 파일이 복구된 듯 보였다. 경찰이 말한 CCTV에는 화장실로 바지춤을 잡은 채 뛰어가는 나의 모습과 동시에, 나를 바라보고 있는 범인의 모습이 확인됐으며, 범인은 택시에서 내리는 나의 모습을 보고 말을 걸었던 것 같다고 했다. 마침내 내 알리바이가 확인돼 귀가해도 괜찮다는 뜻이었다.

이게 뭐지? 사과도 없는 거야? 당신들 때문에 내가 일도 못하고, 아들 밥도 챙겨주지 못했는데? 이게 뭐야. 오늘 일하고 어떻게든 아내와 협상을 해보려 했는데, 내 계획이 모두 무너졌다. 에라 모르겠다. 운수 좋았던 오늘을 어떻게든 좋게 끝내야 할 것만 같아 동료 택시 기사들을 불러 모아 술판을 벌이기로 작정하고 동료 택시 기사들을 집 앞 호프집으로 불러냈다.

"어이 김씨 괜찮은거야? 아내랑은 어떻게 됐길래, 이렇게 갑자기 술을 마시는 거야."

"에라이 퉤, 진짜 내가 오늘은 그 얘기하지 말고 즐기자고 했지. 오늘은 오늘이고 내일은 내일이라고 내일 어떻게든 되지 않겠어?"

문득 아내와 사이가 틀어진 그 날이 떠올라 주절주절 동료들에게 뱉어냈다.

"내가 그때 가지만 않았더라도. 맞지 황씨 그치."

"아유, 정말 내가 그때 부르지 말았어야 해. 정말로. 내가 이렇게 될 줄 알았나."

"황씨, 자네가 무슨 잘못이 있다고 그래. 간 내가 잘못했지."

누굴 원망하랴. 내가 노름하다 아내와 이혼까지 하게 된 건데. 아내와 사이가 틀어진 것은 5년 전부터였다. 나는 택시 운전 일을 하면서 동료 기사들과 노름을 해왔다. 물론 범죄가 될 만한 정도의 금액은 아니었지만. 동료들끼리 비밀로 하자는 약속과 함께 판돈을 높인 적도 적지 않다. 반복되는 노름을 아내에게 들키지 않기 위해 항상 회식으로 위장했고, 꽤 오랜 시간 동안 아내에게 들키지 않고 노름을 해올 수 있었다. 하지만 내가 노름하고 있다는 것을 결국 들키고 말았고, 아내와 나 사이에 아슬아슬한 줄타기가 시작됐다. 이후 그녀의 신뢰를 깬 사건이 발생한다. 얼마 전, 아내와 약속을 어기고 노름하던 때였다.

밤새 노름하던 어느 날 집에 들어가야 할 시간이 훌쩍 넘어버린 시간이었다. 당연히 아내에게 회식이라는 핑계를 대며 밤늦게 들어갈 것 같다고 해 놓은 뒤 다시 나는 노름을 하러 장소를 잡아둔 동료들을 만나러 약속장소로 향했다. 항상 우리는 방을 잡고 그곳에서 노름하곤 했는데, 오늘따라 동료들이 사람이 많이 드나드는 유흥가 근처에 방을 잡아뒀었다. 여의치 않고 곧바로 만나자마자 우리는 방으로 들어가 노름을 시작했다. 여기저기 돈이 움직이면서 점점 판이 커졌고, 자리를 비우게 되면 내가 손해 보는 것 같은 느낌이 들 지경까지 왔다.

"아 정말, 오늘은 안 붙네"
"어이 김씨, 오늘은 운이 잘 안 따라주나 보네~"

원수라면 원수라 할 수 있는 동료 기사 박씨가 나의 심기를 건들기 시작했다.

"박씨, 말 가려서 하지. 내가 금방 따라잡으면 어쩌려고 그러나"

박씨를 앞지르기 위해 나는 최대한의 노력을 했다. 내 노름 실력은 우리 동네에서 가장 잘 알아주니까. 분명 내가 다시 앞지를 수 있을 것만 같았다. 잠깐의 그 순간만큼은.

"아. 젠장."

박씨가 뒤로 쓰러지면서 배를 잡고 웃기 시작했다.

"어이 김씨, 따라온다며. 어디 꼬랑지라도 잡아볼 수 있겠어?"

얄미운 표정으로 나를 놀려대는 박씨를 보며 열이 확 올랐다. 울화가 치밀어 올라 박씨를 덮쳤다. 저놈을 내가 오늘 혼쭐을 내주고야 말겠어. 점점 싸움이 커지자 함께 노름하던 동료들이 달려들어 박씨와 나를 떼어놓고는 진정하라며 나를 달랬다.

"아유 정말, 내가 다신 하나 봐라!"

자리를 박차고 나섰지만, 잃은 돈이 눈앞에 아른거려 선뜻 나갈 수는 자리를 벗어날 수는 없었다. 하지만 내 자존심이 허락하지 않았다. 곧바로 나는 방문을 열고 노름판에서 빠져나왔다. 방문을 나서고 1층으로 내려가기 위해 탄 모텔 엘리베이터에서 한 여자를 마주쳤다. 여자는 짧은 하의와 두껍게 바른 듯한 화장품, 화려한 눈화장 등 여자는 술집에서 일하는 여자 같았다. 눈을 어디에 둬야 할지 모를 정도였다. 술집 여자인가? 아직도 저런 여자들을 사고판단 말야? 사회가 망했어, 망했어. 물론 그 여자가 술집 여자라는 것은 나의 예상이긴 했다. 하지만 내가 살아온 세월을 생각하면 저런 옷차림은 술집 여자가 확실했다. 여자와 함께 엘리베이터를 타고 1층에 도착한 나는 여자가 먼저 나간 후 뒤따라서 모텔을 나섰다. 그때 그 장면을 아내가 본 것이다.

"미친..놈"
"어, 아니야, 아니라고!"

아내는 그 장면을 보고는 뒤돌아서 걸어갔다. 아내가 여기에 왜 있었는지가 궁금했지만, 지금 당장은 그게 중요한 것이 아니었다. 나중에 알고 보니 아내는 밤늦게 들어오는 경우가 잦아지자 흥신소에 부탁해 나에 대해 뒷조사했고, 딱 오늘 모텔로 향했던 나의 모습을 흥신소 직원이 아내에게 고발한 것이다. 집으로 돌아가자 서류 하나가 거실 탁자에 놓아져 있었고, 아내는 소파에 앉아 팔짱을 낀 채 멍때리고 있었다.

"저. 수연아. 아닌 거 알잖아. 내가 그럴 사람 아니라는 거 알잖아"
"됐고, 나 많이 참았어. 도장 찍어."

탁자에 놓여진 서류는 다름 아닌 합의 이혼 신청서였고, 아내는 이미 결심한 듯했다. 당연히 나는 안된다고 했다. 아들을 위해서라도 안된다고, 못한다고 했다. 하지만 굳은 아내의 결심을 되돌리기는 시간이 너무 늦어 보였다. 이후에 내가 찍지 않겠다며 완강히 거부하자, 아내는 이혼 소송을 준비하겠다며, 집을 나갔다.

아내가 집을 나간 후 얼마 지나지 않아, 내 집으로 우편물 하나가 발송됐다. 법정에 출석하라는 내용이었다. 엄마는 어디 갔냐며, 물어보는 아들에게 할머니 댁으로 잠깐 여행 갔다는 말로 둘러댄 나는 이제 어떤 말로 아들을 이해시켜야 하는지 곤란했다.

다시 현재로 돌아와서, 술을 진탕 취한 나는 집으로 비틀대며 돌아갔다. 다행히 아들은 곤히 자고 있었고, 나도 소파에 쓰러져 잠이 들었다.

다음 날 나는 일어나자마자 아들의 아침을 챙기고 곧바로 아내에게 전화를 걸었다.

"저기 수연아, 내 말 좀 들어봐. 아니면 잠깐만 어디서 볼까?"
"됐고, 당신은 오천만 원이나 보낼 준비나 해"
"아니 그 오해가.."

또 말을 끊네. 한국말은 자고로 끝까지 들으라 했거늘. 왜 다들 내 말을 끊는 거야. 어찌됐든 지금은 아내의 마음을 돌린 무언가가 필요하다.

"그래, 어제 박씨가 말해준 대로 한번 해보자고. 그러면 아내가 상대해
  줄지도 모르지"

나는 곧장 아내에게 들켰던 그 모텔로 향했다.

"저기, 전화드렸는데, CCTV 좀 확인한다고"

안내 데스크에 말하자 직원은 나를 뒤쪽 공간으로 데려갔다. 그곳에서 다른 방에서 나오는 나와 그 여자의 모습을 확인할 수 있었다. 곧바로 나는 직원에게 이 장면 좀 찍어간다며 양해를 구하고 핸드폰으로 촬영했다.

"이 정도면, 믿어주겠지? 오해라는 걸"

모텔에서 나름 증거를 수확하고 나는 아내에게 전화를 걸었다.

"크흠. 잠깐 나 좀 보는 거 어때"
"했던 말 또 하고 싶지 않은데."
"보여줄 게 있으니까 잠깐만 시간 좀 내줘."
"하. 어디로 가면 되는데"

아내를 가까스로 설득한 나는 그녀를 집 앞 카페로 불러냈다. 나올 것이란 기대를 하지 않았다. 그녀가 여기에 온다고 해서 좋을 게 없다고 생각했으니까. 하지만 다행히도 그녀는 늦지 않게 자리했다.

"보여주고 싶은 게 뭔데 그래서."

가방을 탁자에 '탕'하고 강하게 내려놓은 그녀는 째려보며 나에게 말했다.

"내가 아니라고 했잖아. 나 좀 믿어 주지 그랬어"

진실이 담긴 영상을 그녀에게 바로 보여줬다. 그녀는 당황한 기색이 역력했지만, 애써 티 내고 싶어 하지 않는 듯했다.

"그러니까, 다시 생각해봐 우리 이혼. 수빈이는 어쩌려고 그래"
"내가 이거 때문에 이혼하자는 줄 알아?"

잦은 노름과 술자리로 가정을 비운 적이 많은 나는 아내에게 큰 실망을 줬다. 항상 우리는 연말마다 술 한잔하며 약속한다. 올해에는 꼭 술자리도 줄이고 밤늦게 돌아오는 일은 절대 없을 거라고 물론 지켜지지는 않았다.

"당신이 나한테 그렇게 말할 자격 있어?"

아내는 내가 자리를 비울 때마다 수빈이에게 둘러대느라 고생했다고 한다. 그녀는 순수하게 동료들과 술자리를 위해, 회사 일이라는 명목으로 회식을 하는 것이라면 특히 막을 이유도 없다고 생각했고, 나를 믿어줬다. 그녀의 믿음을 배신한 건 바로 나 자신이었다.

"당신 분명히 나한테 노름같은 거 다신 안 한다고 했었어. 그 말을 얼마나 많이 한 지 당신은 모르지? 내가 얼마나.."

아내는 눈물을 흘렸다.

"수연아 그.미안해 그러니까 우리 잘살아 볼 수는 없을까?"

"아니, 그렇게는 못 하겠어. 위약금을 줄여주든 할 테니까. 당신이 수빈이 데리고 알아서 잘 살아."

"아니 그 수연아. 수연아!"

아내는 자리를 박차고 일어나, 부슬 듯 카페 문을 열고 사라졌다. 한숨만 나왔다. 내가 바랬던 것은 위약금 해결이 아니었던가. 그런데 마음 한편이 불편했다. 그녀가 떠난 자리에는 온기가 아닌 나에 대한 원망만이 남아있었다. 수빈이에게 어떻게 설명해야 하나. 어떤 말로 엄마의 빈자리를 이해시킬 수 있을지.

결국 아내와 나는 이혼했다. 그녀와 마지막 이혼소송에서 위약금을 오백만 원으로 줄였고, 서로 합의하에 나는 양육권을 가지기로 했다. 아내와 마지막 인사에서 그녀는 무덤덤해 보였다.

"오해라는 거 그래도 풀어서 다행이야."

"됐어. 당신이 노름만 하지 않았어도, 지금 여기까지 오지 않았을 거야."

"그래. 잘 살.."

또, 말이 끊겼네. 이제는 신경도 쓰지 않는 것 같네. 미안한 마음보다는 아들을 어떻게 설득시켜야 할지 걱정이 앞섰다. 아내와 인사를 끝으로 나는 집으로 돌아갔다. 나란히 앉아 퇴근하고 기다리는 아내와 함께 텔레비전을 보며 맥주를 마시던 그 장면, 뛰어놀던 아들을 혼내던 아내, 늦은 밤 혼자 나를 기다렸을 그녀의 모습이 나의 눈에 선명하게 남아있다. 아들은 어머니가 데리고 갔는지, 지금 집에는 아무도 없는 듯하다. 고요했다. 땅이 무너질 듯 큰 한숨을 쉬고 나는 소파에 앉았다. 집 천장에 그려진 무늬를 바라보면서 눈을 지그시 감았다. 모든 일이 해결됐지만, 마음속 한 곳이 시려왔다. 그 망할 돼지꿈. 왜 마무리는 이렇게 된 걸까.

"돼지꿈이라는 거, 믿을 게 못 된다니까 정말. 에라이. 진짜"

꿈이라 함은, 일어나고 나서 시간이 지나면 기억 속에서 잊혀진다. 얼마 전 내가 꾼 꿈도, 하루 만에 일어난 이 엄청난 일들도, 초반에 달콤했던 모든 일은 꿈처럼 온 데 간 데 사라지고 없다. 하늘에 보였던 초록색의 하늘은 내가 본 환상이었겠지. 지금 이 모든 일이 꿈에서 벌어질 만한 일이었잖아. 어떻게 짧은 시간에 이 많은 일이 벌어질 수 있는 거야? 애써 꿈이라고 생각하려 해봤지만, 지금 내 옆에는 아내도, 아들도 없었다. 곧 돌아올 아들이지만 아들을 지킬 수 있을지도 자신이 없다. 아들이 엄마한테 가고 싶다고 하면 어쩌지. 나에겐 아무것도 없게 되는데. 눈 옆 작은 웅덩이에 물이 차고 옆으로 눈물이 흘렀다.

휴인(HU.IN)

변애진

- 상태 양호. 카메라 13번, 외곽 성벽

밝아오는 태양이 휴인의 어둠을 밝히고 있었다. 햇불은 하나 둘 꺼져 가고 사람들도 집을 나와 장작을 패러 가거나 사냥을 위해 활을 챙겨 거리를 북적이게 움직이고 있었다.

한편, 아무도 찾아오지 않는 우거진 숲속에서 안드레이(andrei)는 무너져가는 성문을 홀로 지키고 있었다. 그때 저 멀리서 데이비드가 헐레벌떡 달려와 겁에 질린 채 횡설수설하기 시작했다.

"안드레이, 집채 만한 마차가 구덩이에 토막난 사람들을 버리는 것을 봤어."

"토막난 사람들을요?"

데이비드의 말에 깜짝 놀란 안드레이는 이해가 가지 않는 표정으로 그를 쳐다보았다. 데이비드는 헐떡이는 숨을 고른 뒤 천천히 입을 열었다.

"거짓말이 아니야, 토막이 난 사람들 몸에서 불빛이 튀고 있었다고"
"몸에서 불빛이 난다고요? 불타고 있다는 말이에요?"
"아니 그냥 쇳덩어리였어. 머리, 몸통이 온통 토막 난 채로 말이야."

데이비드는 횡설수설 설명을 했지만, 안드레이는 멀뚱멀뚱 듣고만 있었다. 데이비드는 답답한 마음에 그를 데리고 곧장 숲으로 데려갔다. 구덩이에 점점 가까워지는 질 때마다, 데이비드의 심장은 점점 더 빠르게 뛰기 시작했다. 그가 시체들을 본 장소에 거의 도착할 때 즈음, 등 뒤에서 누군가 소리쳤다.

"여긴 어떻게 오신거죠?"

당황스러워하는 데이비드 대신 안드레이가 입을 열었다.

"아까 여기서 마차가 시체들을 쏟았다는 말을 듣고 왔습니다."
"여긴 시체 같은 거 없습니다. 원래 자리로 돌아가십시오, 문지기."

강압적인 어조에 데이비드는 두려워 돌아가려 했다. 데이비드는 안드레이에게 가자는 손짓과 함께 다시 등을 돌렸지만 안드레이는 그곳에서 남자와 계속해서 실랑이를 펼쳤다. 데이비드 자신을 따라오지 않는 안드레이를 멀리서 쳐다보곤 중얼거렸다.
'쟨 끝까지 남아서 뭐하는 거야? 끝나면 알아서 오겠지.'
말이 끝나기 무섭게 안드레이는 데이비드에게 먼저 돌아가라 손짓을 보냈다. 그렇게 데이비드는 홀로 문 앞에서 보초를 서기 시작했다. 어느 덧 해가 저물어 저녁이 찾아왔지만, 안드레이는 오지 않았다. 집으로 돌 아가는 길에 문득 안드레이가 걱정되었던 데이비드는 늦은 시간에 숲에 홀로 들어가는 것은 두려워 갈팡질팡했지만, 결국 집으로 돌아가는 길을 택했다.

다음 날 아침, 원래는 저 멀리서 손을 흔들며 바라보고 있어야 할 안드 레이는 보이지 않았다. 주변을 두리번거리며 안드레이의 흔적을 찾던 데 이비드는 불안한 마음을 안고 숲속으로 발걸음을 옮겼다.

불안한 마음 때문일까, 어제는 숲속을 헤메이다 도착한 곳을 데이비드 는 단숨에 도착했다. 안드레이와 데이비드, 모르는 누군가와 얘기를 나누 었던 구덩이 앞. 하지만 구덩이는 원래 없었다는 듯이 그곳엔 무성한 나 무들만이 가득했다. 아무것도 남지 않은 자리에서 데이비드는 어제 자신 옆에 있는 바위만을 바라보았다. 바위는 움직이지 않은 채 데이비드를 바 라보았다.

아무것도 할 수 없다는 사실에 데이비드는 바위에 기대 한참을 생각했다.

'어제 내가 헛것을 본 건가? 그럼 안드레이? 어제 대화를 나누던 사람 과 안드레이는 어디로 간 거지?'

한참을 멍하니 서 있던 데이비드는 갑자기 심각한 표정을 지으며 자리 로 돌아왔다. 그러고는 뒤를 돌며 커다랗고 낡은 문 뒤로 누군가 떠드는 소리가 들렸다.

데이비드는 놀라 문을 쳐다보았다.

어제 보았던 마차 소리가 들려왔다.

평소라면 겁쟁이인 그는 그 마차의 소리를 듣고 도망쳤겠지만 오늘은 달랐다. 머릿 속을 스쳐지나가는 안드레이의 토막난 몸이 구덩으로 버려지는 모습이 그려졌다.

"안드레이!"

데이비드는 낡은 문손잡이를 잡고 힘차게 밀었다. 녹슬어버린 쇠들이 부딪히며 큰 소리를 내기 시작했고, 데이비드는 거대한 마차에서 버려지는 자신의 친구를 두고만 볼 수 없었다.

"조금만 버텨! 내가 널 구해줄게!"

끼긱 소리와 함께 문이 벌어졌다. 틈 사이로 괴물 마차의 소리가 멀어지는 소리가 들리자 버려진 안드레이를 구하기 위해 마지막 힘을 짜내어 문을 열었다. 덜컥 열린 문에 기댄 데이비드는 그만 문 반대편으로 굴러 떨어졌다. 정신을 차리고 자리에서 일어나 주변을 살핀 데이비드는 주변이 숲으로 둘러 쌓여있다는 것을 알게 되었다. 숲으로 빠져나오기 위해 밑으로 빠르게 달려갔다. 점차 눈앞에 평지가 보이고 마을이 보이기 시작했다. 하지만 그는 발걸음을 서서히 멈췄다. 그곳은 너무나 익숙했다. 마을 앞에 우뚝 솟아있는 표지판에는 '휴인'이라고 쓰여져 있었기 때문이다.

"응? 휴인이라고?"

표지판 너머 뒤로 펼쳐진 풍경은 너무나 익숙했다. 듬성듬성 보이는 작은 지붕의 집들이 눈에 들어왔다.

"말도 안돼. 내가 뭘 보고 있는 거지?"

마을 입구로 천천히 걸어가는 데이비드는 주변을 천천히 둘러보고 있었다. 아무도 그에게 눈길조차 주지 않았다. 그는 사람들 사이를 지나쳐 걸음이 향하는 대로 가고 있었다. 그의 심장은 빠르게 뛰고 있었다.

누군가 쫓아오는 것 마냥 데이비드는 점차 발걸음의 속도를 높이기 시작했다. 골목길을 지나쳐 마침내 파란색 지붕이 보이기 시작했다.

"안드레이!"

나무 손잡이를 힘껏 밀어붙였다. 힘차게 문을 연 탓에 큰 소리와 함께 안에 있던 누군가가 비명을 질렀다.

"누구세요?"

큰 소리와 함께 방을 뛰쳐나온 사람은 바로 안드레이었다. 그는 데이비드의 얼굴을 보고 놀라 말을 잇지 못했다.

"이게 꿈인가? 데이비드씨., 맞아요?"
"안드레이?"

서로의 모습을 보고 놀라 그 자리에서 얼고 말았다. 데이비드는 안드레이의 얼굴을 확인한 후 꽉 끌어안았다. 데이비드의 심장 소리가 안드레이에게까지 들렸다. 데이비드는 안도의 한숨을 쉬었지만, 곧바로 안드레이에게 질문을 했다.

"여기 도대체 어디야? 우리가 원래 살던 곳이 아닌 거 맞지?"
"어제부터 계속 여기 있었는데 너무 무섭게도 평화로워요. 아무도 저에게 신경을 쓰지 않고 집에 찾아온 사람도 없었어요."
"집에 이상한 건 없었고?"
"네, 하나도 다를 게 없어요. 너무 똑같아요, 제 집이었던 곳이랑."
"어떻게 된 거야? 이런 곳으로 끌려오고, 여긴 또 무슨 장난인지"
"그날 저 혼자 남겨지고 그 남자와 대화하고 있었는데, 갑자기 뒤에서 제 목 뒷덜미를 잡더니 무언가로 찔렀어요."

그때의 기억을 되짚어보던 안드레이는 인상을 찌푸리며 뒷목을 어루만졌다. 고개를 갸우뚱거리더니 다시 입을 열었다.

"너무 아픈 동시에 바로 어지러워서 쓰려진 기억밖에 없어요. 일어났더니 우리 집이었고요."
"근데 넌 여기 원래 있던 마을이 아닌 걸 어떻게 안거야?"
"아무도 저에게 눈길조차 안 줘요. 말을 걸어도 금방 잊은 듯 지나쳐 버리더라구요."

안드레이는 그에게 손짓을 하고서 함께 집을 나와 걷기 시작했다. 그들은 근처에 바로 보이는 집으로 향하고 있었다.

집 앞에 도착한 안드레이는 문을 두드리기 시작했다. 1분도 지나지 않아 문이 열리게 되고, 안에서 덩치 큰 남자가 나왔다. 데이비드는 그 남자의 얼굴을 보고 놀라 말을 걸었다. 그는 옆집에 살던 알렉산더였다. 가끔 파티를 하거나 나무를 패러 숲에 같이 가던 사이였다.

"오랜만이네요. 잘 지내셨는지 궁금했어요."
"당신들은 누구시죠?"

알렉산더는 그들을 처음 보는 사람처럼 대하고 있었다. 안드레이는 죄송하다며 자신들은 어제 이사 온 주민이라 말했다. 알렉산더는 그들을 위아래로 훑어보고는 문을 닫고 밖으로 사라졌다.

넋이 나간 데이비드와 달리 멀쩡해 보이는 안드레이는 무덤덤했다. 그는 입을 열고 무슨 말이라도 하고 싶었지만, 말이 쉽게 나오지 않았다.

"우리를 왜 못 알아보는 거야? 똑같은 얼굴의 사람, 같은 마을인데 왜 아무것도 같은 게 없는 거지?"

제자리에 털썩 앉아버린 데이비드의 얼굴은 창백해졌다. 금방이라도 쓰러질 것 같은 표정으로 헐떡이던 그를 진정시킬 수밖에 없었던 안드레이는 그에게 다가가 옆에 앉았다.

"여기 이상한 곳이 맞아요. 근데 이곳이 끝이 아닐 것 같다는 생각은 안 해봤어요?"

"넌 지금 제정신으로 생각할 수 있다고 생각해? 차분한 네가 이상할 정도야."

"어제 저도 데이비드씨와 같았어요. 근데 그런다고 달라지는 건 없어요. 지금 여기서 지내는 것이 맞을지 아니면 돌아가는 것이 맞을지, 아니면.."

말끝을 흐린 안드레이는 생각에 잠긴 얼굴로 입을 닫고 있었다. 이어서 말을 하지 않는 그의 모습을 본 데이비드는 잠시 생각하다 그를 대신해서 말을 꺼냈다.

"다 집어치우고 이곳에서 벗어날 수 있다면?"

"어떡할까요. 솔직히 전 아직도 안 믿겨요, 이 상황 자체가."

"이게 뭐, 어디 갇혀서 미로 탈출도 아니고."

데이비드와 안드레이가 계획을 짜는 사이 시끌벅적한 밖은 한순간에 조용해졌다.

"무슨 일이지?"

데이비드가 주변을 경계하며 말했다. 고요해진 집 안에서 둘은 자리에서 일어나 주변을 경계했다.

쿵쿵쿵쿵쿵

탁자에 있던 컵이 흔들리기 시작했다. 그 흔들림은 점점 커지더니 안드레이의 집 전체를 흔들더니 천장이 무너져 내렸다. 둘은 혼비백산하며 집을 뛰쳐나왔다. 넘어진 데이비드를 뒤로 안드레이는 기묘한 상황에 데이비드를 신경 쓸 겨를 없이 딱딱하게 굳어버렸다. 길거리에 있는 모든 사람들이 제자리에 멈춰 서있었다. 나비를 쫓는 아이들과 방금 집을 나간 알렉산더, 그리고 사과를 떨어뜨린 옐레나 할머니까지. 시간이 멈춘 것 같았다. 나비는 날아가 아이들만 남았고 굴러가는 사과는 안드레이 발에 부딪혔다.

"이게 무슨..."

데이비드가 아픈 허리를 붙잡고 일어나 주위를 둘러보았다. 안드레이와 같은 반응이었지만 데이비드는 하늘을 보았다. 하늘이 몇 번 지직거리더니 그 틈으로 무엇인가 굉음을 내며 날아오고 있었다. 거대한 날개를 가진 검은색 새가 날아오고 있었다. 하지만 생명의 기운은 전혀 없이 강철 같은 피부가 햇빛에 반사되어 멈춰버린 사람들을 지졌다.

"데이비드, 안드레이."

검정색 새는 그들의 이름을 크게 불렀다. 그들의 이름은 널리 퍼져갔다. 하늘에서 굉음을 내며 날아다니는 그것은 사람들의 머리에 작은 불빛을 쏘아내리고 있었다.

겁에 질린 데이비드는 부서진 건물들 뒤로하여 자신의 몸을 숨기러 피했다.

"어떻게 할 거야?"
"일단 제가 유인을 해볼테니 데이비드씨는 얼른 출구를 찾아보세요."

쪼그려 앉던 안드레이는 자리에서 벌떡 일어났고, 그 새를 등지고 빠르게 뛰기 시작했다. 안드레이는 숨을 헐떡이며 앞만 보고 달렸다.

데이비드는 멀어지는 그들의 모습을 보고 옆으로 가로질러 뛰어갔다. 미칠 듯이 뛰는 심장을 부여잡고 숲속으로 도망쳐온 그는 숨을 잠시 고르고 있었다.

주변을 둘러보았지만, 아무것도 좇아오지 않았다. 숲은 너무나 조용했고 평화로웠다.

"안드레이가 살아야 할 텐데 어떡하지."

천천히 주위를 살피며 앞으로 걸어 나갔다. 우거진 나무들 사이에서 저 멀리서 희미하게 불빛이 보였다. 그 빛은 나무들 사이에서 바람이 불 때마다 조금씩 빛이 나고 있었다.

데이비드는 빛이 보이는 곳으로 움직였다. 그 빛은 점점 커지기 시작했다. 하나의 빛이 아닌, 여러 곳에서 환하게 비추고 있었다.

그가 걸어간 곳은 숲의 끝자락이 보였다. 인위적으로 나무를 일정한 간격을 두고 심어둔 것 같았다.

"뭐야 도대체.."

그의 눈앞에는 큰 기둥이 있었다. 처음 보는 재질의 건물이 덩그러니 세워져 있었다. 기둥은 새하얗게 빛이 나고 있었다. 너무나 완벽한 구조와 모양이었다.

기둥 안에는 새하얀 불빛들이 반짝이고 있었고, 그 안에는 흰 가운을 입은 사람들이 일제히 앞을 바라보며 앉아있었다. 그들은 무언가 말을 하며 앞을 향해 쳐다보고 있었다.

데이비드는 나무 뒤에 숨어서 그 상황을 지켜보고 있었다.

"저기에 왜 사람들이 다 모여있지? 무슨 상황인 거야?"

기둥 쪽으로 다가가기 위해 조용히 숲을 벗어나 맨땅에 밟는 순간,
툭.

지이잉

진동 소리가 들리는 동시에 그는 몸이 얼어붙었다. 자신의 얼굴이 온통 네모난 상자 안에서 보이기 시작했다. 가만히 서 있을 수밖에 없었던 그는 주변을 둘러보았고, 그곳은 너무나 조용했다. 하지만, 그것도 잠시 기분 나쁜 진동과 굉음이 서서히 들려오고 있었다.

"이게 무슨 상황인 건지 아무나 설명해봐!"

허공에 소리쳤다, 너무나 무서운 나머지 데이비드의 이는 덜덜 떨리고 있었다.

저 멀리서 자그맣게 들려오던 소리는 이제 귀에 거슬릴 정도로 커지고 있었다. 아까 들었던 새소리가 분명했다.

지이잉

"으아악"

저 멀리서 비명이 들렸다. 그의 목소리는 너무 끔찍했다.

'안드레이인가?'

비명이 끝나는 동시에 세상은 고요해졌다. 아무 일이 없었다는 듯 조용하고 아무 일도 일어나지 않았다.

그는 오랜 긴장 탓에 온몸에 땀으로 흥건했다. 숨소리조차 크게 느껴진 데이비드는 주변을 둘러보며 신경을 곤두세우고 있었다.

"데이비드"

그의 이름이 크게 들렸다. 데이비드는 건물을 향해 쳐다보았다. 건물 안에 있는 사람들은 네모난 화면을 통해 데이비드를 보고 있었다.

"뭔데? 도대체 뭐냐고 이 상황들이!"

그는 있는 힘껏 소리쳤다. 그러자 건물 1층에서 문이 열리고 누군가가 걸어 나왔다. 그곳의 책임자로 보이는 사람은 무표정으로 걷고 있었다.

"드디어 만나보네, 데이비드"

처음으로 보는 얼굴이었다.

"누구신데 절 알고 계신 거죠? 이 상황이 얼마나 엿 같은 줄 알긴 해
요?"
"당신은 6번째 데이비드입니다."

옅은 미소를 지닌 얼굴로 데이비드를 쳐다보며 말했다. 그가 무슨 생
각을 하는지 도대체 감을 잡을 수 없었다.

"그냥 여기가 무슨 장소이고 저 건물과 사람들, 온통 다 무슨 상황인지
설명해요, 머리가 터질 것 같다고! 제발.."

데이비드의 목소리는 간절했다. 더 이상 화낼 힘도, 저항할 힘도 없어
보였다.
그는 데이비드를 빤히 쳐다보며 입을 열었다.

"네가 그토록 바라는 인간 세상은 여기가 아니야."

그는 데이비드에게 속삭였다. 데이비드는 너무 혼란스러운 나머지 입

밖으로 아무 말도 나오지 않았다.

그 사람을 멍하니 바라보고 있는 순간, 그 직원은 주머니에서 뾰족한 무언가를 꺼내 데이비드의 목에 깊숙이 꽂았다.

"윽"

몸에 점차 힘이 없어지고, 머릿속이 하얘졌다. 눈에 힘이 풀려 앞이 점점 보이지 않는 순간까지 그 직원은 빤히 쳐다보며 웃고 있었다.

"행운을 빌어."

뒤척이며 일어나는 데이비드. 그는 쉽사리 깨어나질 못했다.

"아, 머리가 깨질 것 같아."

인상을 찌푸리며 겨우 자리에서 일어났다. 그는 시간을 보니 오전 10시 21분이었다.

헐레벌떡 옷을 갈아입고 집을 나섰다. 여느 때처럼 화창한 햇빛이 쏟아지고 있었다.

평소와 같이 똑같은 하루를 보내고 집으로 돌아온 그는 하루를 되돌아보았다.

"오늘은 너무나 평범한 날이었어."

그는 매일매일 그렇게 일을 하고 밥을 먹고, 잠을 자고 같은 일상을 보냈다. 그런 일상에 익숙해진 데이비드는 무뎌져만 갔다.

그러던 어느 날, 그는 일하던 중 문득 자신의 뒤에 있는 문을 향해 바라보았다. 너무나 익숙한 오래된 문이었지만, 어디가 낯설어 보이는 느낌이 들었다.

생각에 잠긴 데이비드는 한참을 멍하니 바라보았다.

"무슨 일인데 그렇게 빤히 보는 건가요?"

궁금하다는 듯 그를 바라보고 있는 문지기는 이해하지 못한 표정이었다.

"우리 이 문을 넘어가 본 적이 있나?"
"푸하하, 그럴 리가요. 그랬으면 우리가 여기 있었겠어요?"

비웃으며 다시 앞을 보고 서 있는 문지기. 고개를 갸우뚱거리며 다시 생각에 잠겼다.

"아냐, 이상해. 꿈일 리가 없는데."
"이상한 소리 하지 마시고. 얼른 끝날 테니 조금만 버텨봐요."

일을 끝마친 뒤, 서로 작별 인사를 건넸다.

"내일 봐요. 피곤해 보이니까 얼른 들어가시고."

그가 멀어지는 동안 데이비드는 주변을 살펴봤다. 그 말고는 아무도 지나가는 사람조차 없었다.

"분명 내 쪽은 틀림없어."

문의 손잡이를 잡고 힘차게 밀었다.
쾅
문이 크게 부딪히면서 더 이상 열리지 않았다. 자그마한 문틈 사이로 흰 벽이 보였다.

"뭐야? 왜 벽이 있지?"

문은 더 이상 열리지 않았다. 데이비드는 혼란스러운 표정으로 자리에 쓰러지고 말았다.

"여기는 밖을 나갈 수 없는 건가?"

그는 앞에 펼쳐진 풍경을 멍하니 앉아 바라보았다. 풀밭 위의 꽃들 사이로 살랑살랑 날아다니는 나비마저 생물로 보이지 않았다. 온 세상이 부자연스러워 보였다.
번뜩 무언가 떠오른 표정으로 자리에 일어서 반대편으로 달려가기 시작했다.
'그때가 꿈이 아니라면 반대편 문을 열면 내가 살던 마을이 나올 거야.'

그는 뒤도 돌아보지 않고 힘껏 달려가고 있었다. 해가 점점 저물고, 하나둘씩 마을의 횃불을 밝히고 있었다.

한참을 달려서 마을 끝으로 보이는 곳까지 도착했다.

'이제 조금만 더 가면 될 텐데.'

천천히 걷기 시작한 그의 눈앞에 저 멀리 검은 무언가가 길게 보이기 시작했다.

"문이다!"

헐레벌떡 달려간 그는 아까와 똑같이 생긴 문을 볼 수 없었다.

"뭐야? 또 숲이잖아?"

고민에 빠진 데이비드는 순간 멈칫했다. 하지만, 주변은 너무나 조용했고 그를 보는 사람이 없었다. 결국 또다시 한번 숲을 들어가게 되었다.

그곳은 횃불조차 없어 너무나 어두웠으며, 바람이 스산하게 불고 있다.

천천히 발걸음을 옮기며 주변을 둘러보았지만, 아무것도 보이지 않았다.

"으악"

무언가에 걸려 넘어진 그는 바닥을 짚어보았다. 바닥의 기울기가 점차 가파르게 올라와 있었다. 어두워 보이지 않던 길 때문에 두려움에 떨며 오르막길을 천천히 올라갔다.

계속 올라가던 길에 무언가가 그의 손에 닿았다. 촉감은 차갑고 나무 질감과 비슷했다.

'설마 문인가?'

천천히 몸을 일으켜 보이지 않는 그곳을 천천히 어루만졌다. 차갑게 만져지는 무언가가 손에 닿았다. 그곳을 힘차게 밀자, 차가운 바람이 그를 휘감았다.

아무것도 보이지 않았던 앞은 조그맣게 불빛이 일렁이고 있었다.

그는 그 불빛이 보이는 곳으로 천천히 걷기 시작했다. 무언가에 홀린 듯 그곳만을 응시하면서.

그 불빛들은 마을 주변을 환하게 비추고 있었다. 늦은 새벽이라 지나가는 사람은 아무도 없었고, 마을은 고요했다. 그리고 저 멀리에는 '휴인'이라고 쓰인 커다란 나무표지판이 세워져 있었다.

"아무도 없나요!"

데이비드는 흥분한 상태로 달려오면서 크게 소리쳤다. 심장은 빠르게 뛰었고 다리를 멈출 수가 없었다.

아무도 없었던 그곳에는 누군가가 건물 뒤에서 걸어 나오고 있었다.

"누구십니까."

옷차림을 보아하니 그곳의 문지기로 보였다.

"여기가 진짜로 휴인이 맞는 건가요?"

그 두 명은 서로를 쳐다보았다. 그러곤 한 명이 입을 열었다.

"어디서 오신 겁니까?"
"원래 여기서 살았던 주민입니다."
"이 시간에 무슨 일로 밖에서 온 건지 사실대로 말하십시오."

문지기의 물음에 쉽사리 대답하지 못했다. 그의 지친 얼굴은 점차 표정이 일그러졌다.

"너네가 뭘 알기나 해? 여태 죽다 살아났다고."

조용했던 마을은 그의 고함으로 시끄러워졌다. 그의 설움은 쉽게 끝나지 않았다. 점차 눈시울이 붉어지고 몸을 떨기 시작했다. 하지만, 그들은 그를 전혀 신경을 쓰지 않았다. 그저 대답만 들으려 할 뿐.

"마지막으로 묻겠습니다. 어떤 이유입니까."
"저 문의 진실을 압니다."

그 순간 정적이 흘렀다. 문지기들은 표정이 점차 굳었다. 잠시 생각을 하는 듯 입을 열지 않았다. 데이비드는 그들의 눈치를 살폈다.

"이야기를 들려드리고 싶은데 괜찮을까요."

데이비드의 말에 그들은 고개를 까딱거리며 수긍했다.

"저는 꿈인 줄 알았습니다. 여태 사실인지 모르고 일주일 넘게 지냈어요. 기억을 잃은 것 마냥 그날만 통째로 기억이 잘렸어요."
"그래서 문을 넘어가게 된 이유는 뭡니까."

문지기의 물음에 한숨을 내쉬며 천천히 입을 열었다.

"처음엔 제 동료인 안드레이를 구하러 들어갔어요. 그곳은 제가 살고 있던 '휴인'과 모든 게 똑같았어요. 살고 있던 주민들도 아주 똑같이 생겼고요. 하지만 저를 기억하고 있지 못했죠."

그이 말에 문지기들은 믿지 못하는 표정들을 하고 있었다. 의심의 눈초리로 그를 쳐다보고 있었지만, 아무도 대응하지 않았다.

"다행히 제 동료는 살아있었고, 같이 탈출 시도를 하다가 그만 저 때문에."

그의 목소리는 떨고 있었다. 곧 쓰러질 것 같은 표정으로 겨우 버티고 서 있었다.

"거기서 동료분은 자신을 희생했군요."

"안드레이도 죽고, 이상한 건물과 그 남자는 도대체 뭔지 모르겠어요.
그곳은 인간 세상이 아니라고 했어요."

"그러면 여기 다시 온 이유는 뭡니까?"

"현실을 자각하고 싶었어요. 아무 생각 없이 과거를 잃은 채 찝찝하게
살기 싫었어요. 안드레이가 보고 싶었고, 모두가 가짜인 세상도 싫었
어요.

그곳에서 나오고 싶어서 문을 열었더니 벽으로 막혀있더군요. 그래서
다시 왔던 곳으로 되돌아온 것뿐입니다."

"원래 문을 넘어가면 참수형인 거 아시지 않습니까."

"이 거지 같은 세상에서 하나하나 따질 바에 죽는 거 따윈 무섭지 않아요."

"하지만, 우리가 해야 하는 임무는 정해져 있습니다. 발견 즉시 처형해
야 한다는 것을."

그 문지기는 데이비드의 눈치를 살폈다. 선뜻 나서지 못하자, 나머지
문지기 한 명은 데이비드의 팔을 붙잡고 강제로 끌고 가기 시작했다.

"당해보지를 않아서 모르는 거야. 이 마을은 다 거짓말투성이라고! 밖
을 나가서 눈으로 직접 봐!"

데이비드는 문지기한테 힘없이 끌려갔다. 끌려가는 동안 아무런 저항을
할 수가 없었다. 문지기의 힘은 너무나 셌고, 팔을 뿌리칠 힘조차 없었다.

그들의 발걸음은 숲속을 향했다. 갑자기 어두워진 탓에 앞이 잘 보이
지 않았지만, 그들은 어두움이 익숙한 듯 빠르게 걸어가고 있었다.

'이렇게 쉽게 죽는 건가?'

그들은 발걸음을 멈추었다. 그를 붙잡고 있던 문지기는 뒤를 돌아 다른 문지기에게 손짓했다.

"저깁니다."

손에 들고 있던 횃불을 앞을 향해 가져다 놓자, 조금 멀지 않은 곳에 커다란 구덩이가 보였다. 그 밑은 꽤 깊어 보였다.

"참수형에 처한 시체들을 여기에 모아둡니다."
"여태 얼마나 쌓였던 겁니까?"
"제가 듣기론 전부터 참수형에 처한 사람은 총 5명이라고 들었습니다."
"그들 모두가 문밖을 나간 이유였던 건가요?"
"알려줄 수 없습니다."

데이비드는 커다란 구덩이 쪽으로 천천히 다가갔다. 횃불을 등지고 있어 구덩이 속은 아무것도 보이지 않았다. 시커먼 그림자 속에서 무언가가 금방 튀어나올 것만 같았다.

"그럼 이제 어떻게 할 건가요."
"무엇을 말입니까?"
"제가 곧 이 안으로 떨어지게 되냐는 말입니다."

햇불을 들고 있던 문지기는 대답했다.

"당신의 말이 진실이라면, 꼭 그렇게까지 할 필요가 없다고 생각합니다."
"증거가 없잖아. 제임스"

다른 문지기가 단호하게 대답했다.

"우리가 일하지 않으면 반역자로 같이 죽게 되는 거야. 너도 잘 알 텐데."

망설이고 있던 제임스는 끝내 마지못해 입을 열었다.

"마지막으로 이름을 묻겠습니다."
"데이비드 힐."
"데이비드?"

흠칫하며 놀란 제임스는 잠시 생각에 잠긴 듯 미간을 찌푸렸다. 그는 생각이 잘 나지 않는다는 듯 입을 쉽게 열지 못했다.

"어디서 많이 들어본 이름인데"
"나도 마찬가지야. 들어봤다기보다는 어디선가 명찰을 봤을 텐데."

그들끼리 대화하는 동안 데이비드는 멍하니 서서 구덩이를 바라보고 있었다. 그의 머릿속에서는 많은 생각들이 스쳤다.

'몸과 팔, 다리가 잘린 시체들.'

그는 문지기가 들고 있던 햇불을 뺏어 들고 발걸음을 옮겼다.

"어, 뭐하는 거야?"

데이비드는 그들을 무시한 채 깊은 구덩이 앞으로 다가와 걸음을 멈추었다. 그곳에서는 아무런 냄새가 나지 않았다. 벌레 한 마리조차도 들끓는 소리가 나지 않았다.

그의 손은 천천히 구덩이 속으로 향했다. 칠흑 같은 어둠 속을 서서히 빛으로 밝혀주고 있었다.

"으아악"

비명을 지른 데이비드 뒤로 문지기들은 뛰어왔다.

바닥에 나뒹군 햇불은 구덩이 안으로 떨어졌고, 점점 환하게 구덩이를 밝히고 있었다. 그곳에서 전에 보이지 않았던 것들이 하나둘 보이기 시작했다.

"역시 사람이 아니었어."

"말도 안 돼."

구덩이에 있던 토막이 난 시체들은 사람의 몸 형태가 아니었다. 그것들은 쇳덩어리로 분해된 잔해들이었다. 팔, 다리, 머리가 다 분해되어 어지럽게 나뒹굴고 있었다.

"지금 머리가 5개인 거 맞죠?"

데이비드는 구덩이를 가리키며 손짓을 하고 있었다.

"역시 소문이 맞았었군."
"그럼 저게 사람이 아니면 괴물이라는 거야?"

문지기들은 그 광경을 보고 믿을 수 없다는 듯 멍하니 그곳을 바라보며 서 있었다. 횃불로 인해 점점 불길은 세져만 갔다. 그 잔해들도 함께 불이 붙어 타들어 가고 있었다.

"내가 한 번 확인해봐야겠어."

문지기는 조심스레 구덩이 밑으로 천천히 걸어 내려갔다. 그러고는 제일 바깥에 있는 잔해 중 불이 붙지 않은 머리를 건져내 집어 들었다.

"어? 얼굴이"

그는 소스라치게 놀라며 그것을 땅에 떨어트렸다.
소리를 지르며 올라오는 문지기를 보며 제임스와 데이비드는 당황했다. 무엇에 놀라 도망치는지 궁금했던 데이비드는 그에게 소리쳤다.

"무슨 문제가 있습니까?"

"도망쳐, 제임스!"

제임스는 겁에 질린 표정으로 올라오고 있는 문지기만을 쳐다보고 있었다. 허겁지겁 뛰어오는 문지기의 손을 잡아주고 그 둘은 이곳을 빠져나가려 했다.

문지기는 데이비드에게 소리쳤다.

"신의 장난인지 모르겠지만, 저 시체들은 모두 다 너의 얼굴을 하고 있었다."

"네?"

"가서 직접 확인해."

그 문지기는 데이비드를 구덩이 속으로 밀쳐냈다. 힘없이 굴러떨어진 그는 바닥에 쓰러지고 말았다. 바닥을 짚으며 겨우 자리에서 일어나 불길을 가까스로 피할 수 있었지만, 점차 세지고 있었고 잔해들도 거의 불타고 있었다.

그는 자신의 발밑에 떨어져 있던 머리를 천천히 들어 올리는 순간,

쿠당탕.

뒤에서 무언가가 크게 떨어지는 소리가 들렸다.

"데이비드. 오랜만이야."

누군가가 서 있었다. 그리고 그의 발밑에는 문지기들이 쓰러져 있었다.

그들의 목덜미에는 뾰족한 무언가가 꽂혀있었지만, 아무런 피가 나오고 있지 않았다.

그 목소리는 어디선가 많이 들어본 목소리였다. 조용하고 차분하지만, 위협적인 목소리는 그때의 불안한 기억을 떠올리게 했다.

"잘 지냈나 보네. 여기를 다시 올 생각을 하고"

"당신이 여기를 어떻게 온 거야?"

"네가 아무것도 모르고 살았으면 프로젝트는 성공했을 텐데 말이야."

그 남자는 쓰러진 문지기들을 발로 세게 걷어찼다. 그들은 힘없이 구덩이 안으로 굴러떨어져 갔다. 그것들은 불길 속으로 떨어져 불길이 커져만 갔다.

"이 개새끼야 죄 없는 사람들을 아무렇지 않게 죽이고. 네가 사람이야?"

"그때 너한테 말해줬을 텐데. 사람은 존재하지 않는다고"

그는 손에 들고 있던 머리를 뒤집어보았다. 그것은 자신의 얼굴과 똑같이 생겼지만, 어딘가 달라 보였다.

"이, 이게 뭐야, 이 모든 게 다 나라고?"

아무런 표정이 없는 얼굴을 한 머리들로 인해 데이비드는 헛구역질을 했다.

그 머리의 뒷통수에는 글씨가 작게 쓰여 있었다.

"그래, 데이비드 힐. 넌 6번째 실험체였어. 무난하게 성공하나 싶었는데 왜 쓸데없이 영웅 놀이를 하겠다고 해서 친구도 죽게 만들고."

그 남자는 비웃으며 깔깔 웃었다. 데이비드의 눈치를 전혀 보지 않은 채 계속 말을 이어나갔다.

"그래도 재밌었어, 옆 마을로 모험도 떠나고 주인공 마냥 살아남다가 평범하게 일상생활로 되돌아가고 혼자서 멋진 영화를 찍고 말이야."

아쉽다는 표정으로 한숨을 내쉬며.

"그냥 잊은 채 살았으면 될걸. 다시 돌아온다고 설치다가 이 지경까지 됐잖니."
"안드레이랑 같이 도망가려 했고 이 지긋지긋한 마을에서 자유 좀 찾아보겠다고 나간 거였어. 그냥 작은 소망이었는데"

흐느끼며 우는 데이비드를 바라보는 남자는 전혀 슬퍼 보이지도, 화나 보이지도 않았다. 그저 이 상황을 끝내려고만 하는 지루해 보였다.

"이제 7번째 실험 시작이겠군."

그는 구덩이 안으로 천천히 걸어가 그에게 다가갔다. 데이비드의 목덜미를 한 손으로 잡더니 뾰족한 물건으로 그의 뒷목을 강하게 내리찍었다. 그리고 그는 귀에 대고 속삭였다.

"평생 발버둥 쳐봤자, 넌 ai야."

데이비드는 힘없이 쓰러졌다. 불길이 세지는 가운데 그의 몸도 점차 불길이 옮겨붙기 시작했다.

피의 계약

박민이

"절대 다쳐서는 안 돼. 알겠니, 하란아?"

엄마는 항상 날 걱정하고 보호했다. 내가 다치는 일이 없도록. 그때는 그저 나를 사랑하는 마음에, 나를 위해서 그러는 거라고 생각했다.

그러나 어느 날, 떠올리기도 힘든 그날. 유일한 내 편이던 엄마가 죽던 날. 엄마가 내게 마지막으로 남긴 말을 듣고 나서야 나를 그렇게 보호하던 이유를 깨달았다.

"하란아. 엄마가 항상 했던 말… 꼭 기억해."

"엄마…. 눈 감지 마요…!"

눈물이 가득 차서 엄마의 얼굴도 잘 보이지 않아 눈만 비벼내면 엄마가 내 손을 잡아 이끌었다.

"절대… 다치는 일이 없도록 해야 해."

"… …."

"그들이 널 가만두지 않을 거야…."

엄마는 그렇게 섬뜩한 말을 남기고는 눈을 감았다.

세상은 변하고, 피를 취하는 종족은 실존했다. 뱀파이어, 흡혈귀 등 부르는 이름은 다양했지만, 사회는 그들을 하나의 종족으로 인정하여 '흡혈족'이라 칭하기로 했다. 인간에게도 변화는 존재했다. 그들은 흡혈족만이 느낄 수 있는 피의 맛에 따라 네 종류로 분류되었다.

신맛의 C형, 쓴맛의 B형, 단맛의 A형 그리고 A형보다 더 달고 겉으로 그 향을 풍기며 다닐만큼 정도가 강한 S형. C형에서 S형으로 갈수록 흡혈족의 선호도가 높고, 탐하고자 하는 이들이 많은 만큼 위험 또한 따른다. 돈 많은 흡혈족들은 각자 원하는 맛의 피를 가진 파트너를 찾아 헤매는 것이 본능이다. 그렇게 이루어진 계약을 통해 흡혈하는 것만이 합법이다. 그러나 세상에는 이성보다 본능이 앞선 흡혈족도 존재한다. 인간들은 그로 인한 위험으로부터 자신을 지켜 내기 위해 흡혈족과 계약을 맺는 경우가 많다.

그러나 하란은 남들과 조금 달랐다. 흡혈 과정에서 인간과 흡혈족은 모두 황홀감을 느끼게 된다. 파트너와의 계약이 끝나더라도 그 황홀감에 중독되어 계속해서 재계약을 맺거나 새로운 파트너를 만드는 이들도 있지만, 하란에게 흡혈 계약이란, 대가를 받고 스킨십을 나누는 행동과 다를 것 없는 짓이었다. 그러한 황홀감을 사랑하지도 않는 자에게서, 오직 계약을 통해 느끼고 싶지는 않았다. 그렇게 파트너가 없는 하란을 흡혈족들이 가만둘 리 없었다. 바로 지금처럼.

"하란아, 어딨어? 왜 이렇게 날 힘들게 하지…. 그냥 감사합니다, 하고
받아들이면 될 일을 말이야."

그녀를 찾는 남자의 목소리에 하란은 몸을 더욱 웅크린 채 입을 틀어
막았다. 제발…. 제발 그만 포기해 줘…. 하란의 눈에서 눈물이 흘렀다.

"돈은 원하는 만큼 준다니까. 내가 제시한 금액이 부족했던 거야? 그렇
게 안 봤는데…."

생각보다 밝히는 쪽이었구나? 남자의 말에 하란의 손이 떨려왔다. 남
자는 하란이 아르바이트를 하던 매장의 점장이었다. 처음부터 친절하게
다가오는 그에게서 악의를 느끼지 못해 마음을 열었건만, 그 끝은 역시나
다른 이들과 같았다. 그 또한 원하는 건 내 피였다. 하란이 눈을 질끈 감
았다. 입을 틀어막은 손을 금방이라도 풀고 싶었다. 숨을 쉬고 싶은 욕구
가 다분했다. 그러나 손을 내릴 수는 없었다. 향수는 도망치던 길에 흘렸
고, 숨이 조금이라도 빠져나가면 그 진한 향을 맡은 점장이 본인을 찾아
낼 것임을 너무도 잘 알고 있었다. 하란아? 언제까지 버틸 수 있으려나….
남자의 소리가 가까워져 가고, 하란은 한계에 부딪혔다. 더는… 무리
야…. 하란이 입에서 손을 떼면 거친 숨이 튀어나왔고, 그녀의 앞에 남자
가 나타났다.

"…찾았다."

그가 하란의 손을 잡으면, 그들을 둘러싼 공간이 순식간에 변했다. 고개를 들어 남자의 얼굴을 확인한 하란은 그제야 큰 소리로 울음을 토해낼 수 있었다. 몇 주 내내 하란을 따라다니던 은호였다.

"…울지 마. 내가 먼저 찾아냈잖아."

은호가 하란의 어깨를 다독였지만, 하란의 눈물은 그칠 줄을 몰랐다. 하란에게 있어 은호는 유일하게 정당한 조건을 요구하며 존중하는 태도를 보인 계약 제시자였다. 그럼에도 하란은 제 신념을 고집하며 은호의 제안을 받아들이지 않았다. 그런데, 위험할 때마다 나타나서 구해주는 은호에게 점점 의지하지 않을 수가 없다.

"아직도 생각이 그대로야? 돈은 물론 필요한 만큼 줄 수 있고, 흡혈은 꼭 필요할 때만. 위협이 되는 모든 것들에게서 널 지켜줄 수도 있어. 오늘도, 그제도, 지난주에도 그런 일을 몇 번이나 겪고도 내 제안에 대해 생각할 시간이 더 필요해?"
"……."

어느새 눈물이 멎은 하란이 제 입술을 물었다. 그러고는 생각한다. 나를 지켜내는 거야….

내 몸을, 피를 내어주는 것보다 나를 지켜내고 싶어서…. 그래서 응하는 거야…. 그렇게 자신을 다독였다.

"…받아들일게."

기다렸던 대답을 들었음에도 불구하고 은호는 놀란 눈치였다. 그러나
이내 원래의 표정으로 돌아왔다. 은호는 그런 사람이었다. 자신의 기분을
잘 감출 수 있는.

"가자."

은호가 하란에게 손을 내밀었다. 하란은 망설임 없이 그의 손을 잡았다.
눈을 감았다 뜨면 순식간에 은호의 집 앞이었다. 그의 능력이었다. 참
크기도 한 건물이었다. 한 눈에 재력을 가늠할 수 있을 만큼. 절로 감탄이
나오는 하란이었지만, 곧이곧대로 티를 내기엔 자존심이 상했다.
집 안으로 들어가면 눈이 더 동그래질 수밖에 없었다.

"이 넓은 집에… 혼자 살아?"
"응."

아깝다…. 은호가 조금 재수 없어진 하란이었다. 오셨어요? 주방에서 중
년의 여성이 나왔다. 그는 집안일을 맡아 주시는 아주머니라고 소개했다.

"반가워요. 이정미라고 해요. 하란 씨, 맞죠? 앞으로 잘 부탁해요."

정미가 환하게 웃었다. 재빨리 그녀의 눈동자를 확인한 하란은 내심 안도했다. 짙은 검은색이었다. 인간이라는 의미였다. 그 사실 하나만으로 하란의 긴장감이 조금은 잦아들었다. 잘 부탁드립니다. 하란 또한 정중히 인사했다. 곧, 현관문이 열리며 이번에는 중년의 남성이 안으로 들어왔다. 그들을 발견한 남자가 고개를 숙였다. 자세히 보니 하란은 본 적 있는 얼굴이었다.

"오랜만에 뵙습니다. 장 실장이라고 불러주십시오."
"웬만한 일 처리는 모두 장 실장님이 처리해 주실 거야. 필요한 거 있으면 나한테 이야기하든, 장 실장님한테 말씀드려. 네 방은 저기. 가구도 다 준비해 뒀고, 옷도 사이즈 맞춰서 옷장 가득히 채워 뒀어."
"원래 생활하시던 곳에서 가져와야 하는 물건이나 옷이 있다면 말씀해 주십시오. 제가 가져다 놓겠습니다."

아…. 가지고 있던 것도 사실 많지 않았기에 당장 떠오르는 건 없는 하란이었다.

"…괜찮아요."

조금은 씁쓸해지는 그녀였다. 들어가 쉬어. 은호의 말에 하란은 모두에게 고개를 꾸벅이고는 제 방으로 발을 옮겼다.

방문을 연 하란은 새삼 돈이 좋다고 생각했다. 그냥 보기에도 부드러워 보이는 침구와 넓은 침대. 태어나 처음으로 가져 보는 화장대와 종류

별로 가득히 채워진 화장품. 옷장을 열면 장소와 상황에 따라 갖춰 입을 수 있을 만큼 여러 종류와 색상의 옷들이 가득했다.

"옷 사이즈는 어떻게 알고…."

이렇게까지 완벽히 준비되어 있는 방을 보면, 은호는 어떻게든 하란과 계약을 맺을 생각이었음을 예상할 수 있었다. 방 문은 총 두 개였다. 방으로 들어왔던 문과 다른 문을 열면, 욕조까지 자리 잡고 있는 화장실이었다. 돈이 좋긴 좋다. … 재수 없게도. 욕조에는 이미 물이 받아져 있었다. 매번 이렇게 되어 있는 건가? 아주머니께서 해주시는 거겠지. 어느 정도의 상황 파악이 가능해져 가는 하란이었다. 탈의를 마친 하란이 욕조 안으로 발을 들였다. 딱 적당한 물 온도에 긴장도, 몸도, 마음도 풀려 간다. 눈을 감은 하란은 그날을 떠올렸다. 은호와 처음 마주했던 그날.

다쳐선 안 된다는 엄마의 말에 남들에게 상처 한 번 보이는 일 없었고, 집에는 혹시 모를 상황을 대비해 구비해둔 지혈제가 서랍 한 칸을 다 채웠다. 미친놈들은 언제나 가득했다. 그것도 참 다양한 성향들로. 그런 미친놈들을 대처하는 건 일상이었다. 그러나 정말 악독한 건 그 미친놈들이 아니었다. 시기와 질투에 먹혀버린 동성의 인간들이었지. 어쩌면 흡혈족보다도 인간들이 더 짐승같았을지 모른다. 스무 살을 갓 넘긴 그들에게 크게 기대하는 건 없었다. 그렇다고… 용서가 되는 건 아니다.

"근데 나 궁금해. 그냥 거짓말하는 거 아니야? S급이 흔한 것도 아니고"
"확인해 보면 되지…. 안 그래, 하란아?"

내 이름을 부르는 여자의 눈이 광기로 가득했다. 잡아봐. 그녀의 한 마디에 남은 셋 모두가 나를 붙잡았다. 뭐 하는 거야, 이거 놔! 놓으라고! 내 목소리는 완전히 묻혔다. 내 앞에 선 여자는 그대로 내 뺨을 내려쳤다. 그렇게 몇 번이나 맞았다. 내 뺨이 빨개지고, 입술이 터져 피가 흐를 때까지. 그 즈음엔 이 여자들이 참 유치하고 한심하다는 생각도 접을 수밖에 없었다.

아픈 게 전부였다.

"이 정도면 충분해 보이는데? 내보내."

발버둥 쳐봐도 세 명의 힘을 이겨낼 수는 없었다. 그렇게 나는 화장실 밖 건물 복도로 던져졌다. 잔뜩 겁을 먹은 상태였다. 향수를 뿌리면 겉으로 풍기는 향으로 인해 호흡으로 인한 향과 체향은 감출 수 있었다. 그러나 출혈로 인한 진한 향은 차원이 다르다. 그건 어떤 방법으로도 숨겨지지 않았다. 통증은 뒤로 하고 무작정 걸었다. 아무렇지 않은 척, 건물 내에 풍기는 향이 내 것이 아닌 척. 바닥만을 본 채 걷기만 했다. 붉어지는 눈들을 마주할 자신이 없었다. 그러나 그들의 반응이 귀로 들어왔다. 이성을 잃어가는 흡혈족은 마치 짐승과 유사한 소리를 낸다. 저기요! 걸음을 재촉하면 내 뒤로 누군가 부르는 남자 목소리가 들렸다. 나를 찾는 거라면 그게 더욱 두려워 더 빠르게 걸었다.

"저기요, 잠시만⋯!"

잡힌 손목에 몸이 돌려졌고, 나를 잡은 이와 눈이 마주치면 미세하지만 붉은 눈이었다. 급히 나를 놓은 남자는 제 코와 입을 틀어막았다. 이 남자도… 흡혈족이다. 남자의 뒤로 어느새 꽤 여러 명의 흡혈족이 모였다. 그때 검은 차 한 대가 앞에 섰다. 여전히 손으로 얼굴을 가리고 있는 남자가 다시 내 손목을 잡더니 앞에 선 차 문을 열고는 나를 넣었다. 이어서 남자도 안으로 들어서고 놀랄 새도 없이 차는 출발했다. 겨우 정신을 차린 나는 급히 소리쳤다.

"뭐 하는 짓이에요, 이게!"

　남자가 지갑을 건넸다. 내 것이었다. 이게 왜….

"지갑 떨어뜨렸길래 주워 주려던 거고, 쳐다도 안 보길래 부득이하게 손목 잡았고."
"…….."
"몸 돌리니까 입술에서 피가 흘렀고, 향이 너무 진해서 본의 아니게 코 틀어막았고 이 밀폐된 공간에서는 더 잘 느껴지니까 이제 그만 입 열죠."

　남자의 말에 아무 말도 할 수 없었다. 그가 흡혈족이라면, 맨정신을 유지하는 것은 정말 대단한 일이었다.

"창문 좀 열까요, 대표님."
"그게 좋겠네요."

운전을 하던 중년의 남자가 네 개의 창문을 조금씩 내렸다.

"집이 어딥니까."

남자가 물으면 나는 대답할 수가 없었다. 입을 열면 또 향이 퍼질 테니까. 말없이 눈치만 보면 남자는 나를 힐끗 쳐다보고는 말했다.

"알아서 잘 참을 테니 이야기해요. 빨리 내려주는 게 나한테 더 도움이 될 듯하니까."

여전히 눈치를 보며 짧게 대답했다. 나를 왜 도와주는 건지, 어떻게 이렇게 잘 참는 건지.

궁금한 게 많지만 물어볼 수 없었다. 곧, 집 앞에 도착하면 나는 고맙다는 말도 못 한 채 고개만 숙이고는 차에서 급히 내렸다. 바로 떠나는 차를 보고 뒤를 돌면 눈에 들어오는 낡은 건물이 유난히 더 볼품없어 보였다. 이후로 남자는 꾸준히 나를 만나려 했다. 그가 건넨 명함에는 '어스' 대표 '유 은호'라고 적혀 있었다. 그는 본인이 가진 권력과 재력을 솔직하게 드러냈다. 목적은 나와의 계약이었다. 거절한 게 몇 번이나 되는지 셀 수도 없다. 그러나 내 피를 보고도, 그 향을 맡고도 끝까지 참은 흡혈족은 그가 처음이었다. 아마 그게 우리의 계약이 성립되는 데 크게 작용했던 것 같다. 계약 같은 건 절대 맺지 않을 거라고 다짐했던 나의 첫 파트너였다.

똑똑, 노크 소리에 하란의 눈이 떠졌다.

"하란 씨, 식사 준비가 다 되어서요!"

정미의 부름에 몸을 일으키는 하란이었다. 나갈게요! 하란이 대답하면 정미의 목소리가 다시금 들려왔다.

"아…! 혹시나 오해할까 봐 말씀드려요. 옷장 속의 속옷은 처음부터 끝까지 제가 준비한 거니까 마음 놓으셔도 된다고요!"
"아…. 감사합니다! 금방 준비하고 나갈게요!"

식탁 위에 차려진 상은 하란에게는 드라마에서나 봤던 부잣집 밥상이었다. 드라마와 다른 점이 있다면, 가정부와 비서도 함께 앉아 있다는 것이었다.

"앞으로 밥은 이렇게 다 같이 먹을 거야. …싫더라도 협조해. 너도 내가 흡혈하는데 문제 생길 일 없게끔 잘 먹어 둬야 하니까."

은호의 말에 다시금 현실과 마주하게 되는 그녀였다. 정미와 눈이 마주친 하란은 뻐끔거리는 그녀의 입모양에 집중했다.
'혼자 먹는 걸 싫어하세요.'
아…. 솔직하게 말하면 상처라도 안 받지. 그렇게 조용히 투덜거리면서도 하란은 그가 조금 안쓰러워졌다.

"안 싫어."

"… 먹어."

은호는 눈도 마주치지 않고 대답했다. 뭐부터 먹어야 할지도 모르겠네. 가운데에 자리한 은호가 음식을 입에 넣고 나서야 하란도 조심스레 수저를 들었다. 이렇게 매일 잘 차려진 밥상과 같이 먹을 사람이 있다는 사실은 은호뿐만이 아닌 하란에게도 다정한 위로가 되었다. 이미 밥그릇을 비운 정미가 관찰한 은호는 하란의 식사 속도에 본인의 속도를 맞추고 있었다.

지금껏 은호의 빠른 속도에 정미가 맞추는 편이었고, 지금 즈음 정미가 그릇을 비웠으면 은호도 식사를 마쳐야 했을 타이밍이었다. 그러나 두 남녀의 남은 밥 양이 꽤나 비슷했다. 괜스레 흐뭇한 정미였다. 하란이 한 숟가락 정도를 남겼을 즈음이 되어서야 은호가 일어섰다.

"다 먹으면 내 방으로 와."

하란은 괜한 긴장감에 남은 한 숟가락을 3분 동안이나 깨작거렸다. 더는 피할 수 없다. 잘 먹었습니다…. 자리에서 일어선 하란이 정미에게 고개를 숙였다.

은호의 방 문 앞에서 머뭇거리던 하란이 똑똑, 노크를 했다. 슬쩍 문을 열면 은호는 책상 앞에 앉아 있었다. 앉아. 그의 말에 하란이 방 한가운데 소파에 자리하면 은호도 그제야 일어나 자리를 옮겼다.

"무슨 일인지는 알지?"
"…응."

"아직 준비가 안 되었으면 조금 더 기다려줄 수 있어."

이 사람은 대체…. 하란은 혼란스러웠다. 이렇게까지 해주는 이유가 뭘까. 그저 편히 받을 수도 있는 배려 하나 하나에도 의구심을 품을 수밖에 없는 하란이었다. 도하란. 은호의 부름에 하란은 고개를 들었다.

"네가 날 조금 더 편하게 생각했으면 좋겠어. 인간이라고 해서 흡혈족에게 피를 갖다 바쳐야 하는 의무는 없어. 우린 그저 계약을 맺은 거지만, 네 입장에서 쉬운 일은 아니잖아. 위험할지도 모르는 일이고 그래서 기다려줄 용의가 있다고 밝히는 거야."

현실적이면서도 하란을 위하는 마음이 가득 담긴 그의 말에 오히려 정리가 되고 있는 하란이었다. 이 집에 들어온 지 얼마 안 된 시간 동안 누린 것들이, 또 그가 해주는 말들이 고마워서라도 마음을 다잡아야 한다고 생각했다.

"괜찮아. 난 준비됐어."

잠깐의 정적이 흐른 뒤 일어선 은호는 하란의 옆으로 자리를 옮겼다. 그러고는 하란의 어깨 선을 타고 흘러 있는 머리카락을 정리했다.

"도중에라도 안 되겠으면 멈추라고 해."

하란이 고개를 끄덕였다. 준비됐다고는 했지만, 무서운 건 어쩔 수 없었다. 날카로운 송곳니가 목을 파고들 때의 그 느낌. 한 번도 겪어본 적 없었으니까. 아플까? 아프겠지. 그게 제일 겁을 먹게 만들었다. 은호의 얼굴이 점점 그녀의 목으로 파고들었다. 마침내 닿는 촉감이 느껴졌을 땐 눈을 질끈 감는 하란이었다. 어…. 그러나 아프지 않았다. 그저 따끔한 정도. 은호의 입술이 닿은 부분이 따뜻했다. 그의 숨과 함께 흐르는 그녀의 혈액 때문이었다. 곧 하란은 처음 느껴보는 감각에 휩싸였다. 머리가 가벼워지고 서서히 기분이 좋아졌다. 적정량의 알코올이 체내에 돌고 있는 듯한 느낌이었다. 더 이상은 정말 취해버릴 것만 같은 기분에 은호의 어깨를 잡은 손에 힘이 들어가는 하란이었다. 그 힘을 느낀 은호가 드디어 떼어냈다. 몇 분 만에 마주한 그의 눈은 붉은색이었다. 하란의 볼은 붉게 상기되어 있었다.

"… 괜찮아?"

하란이 고개를 끄덕였다. 위험했다. 그가 아닌 자신이. 그가 떼어내지 않았다면 자신이 정신을 못 차리고 더 매달렸을 수도 있겠다고 생각하는 하란이었다.

"아프지 않던데…."
"모기 같은 능력이야. 내 타액에 마취 성분이 있어서. 최대한 아프지 않은 게 거부감도 덜하잖아."

아…. 하란은 당연 나쁘지 않은 능력인 것 같다고 생각했다. 고생했어. 가서 쉬어도 돼. 은호의 말에 조심스레, 그러나 도망치듯 제 방으로 향하는 하란이었다.

홀로 남은 은호는 제 입을 틀어막았다. S형은 S형이다…. 하마터면 절제가 어려울 뻔했다. 그렇게 인내심 많은 척하던 자신이 부끄러웠다.

그렇게 인내심 많은 척하던 자신이 부끄러웠다. 붉게 물든 눈동자가 한참 동안이나 돌아오지 못했다. 앞으로는 팩으로만 흡혈을 해야 하나…. 잠시 생각이 많아지는 그였다.

은호의 회사 건물에 하란의 개인 집무실이 따로 생겼다. 하란은 작게나마 회사 업무까지 맡게 되었다. 그로 인해 본부장이라는 가볍지 않은 직책도 얻었다. 아무것도 하지 않고 은호의 돈으로 쉬고만 있기는 시간이 아까웠다. 똑똑, 노크 소리가 들리고 들어오는 건 장 실장과 낯선 남자였다. 동그란 눈으로 장 실장을 쳐다만 보고 있으면, 웃으며 입을 열었다.

"앞으로 본부장님을 보좌할 비서입니다. 이번 인사이동에서 대표님이 직접 선발하신 직원이에요. 앞으로 시키실 모든 일은 이 친구에게 맡기시면 됩니다."

"온 주원이라고 합니다. 잘 부탁드리겠습니다."

"네…, 잘 부탁드려요."

"두 분 천천히 말씀 나누시고, 저는 이만 대표님 다음 일정 때문에…."

그렇게 어색한 두 사람을 두고 미련 없이 나가 버리는 정 실장이 조금은 원망스러운 하란이었다. 하란이 무슨 말을 해야 하나 머뭇거리고 있으면, 눈치 빠른 주원이 먼저 상황을 정리했다.

"그…. 저는 밖에서 대기하겠습니다. 필요하시면 불러 주세요."

고개를 꾸벅이고 나가는 그에 긴장이 풀리는 하란이었다. 그 와중에 깊게도 살핀 그녀는 붉은 기 하나 없는 주원의 눈에 인간임을 알아차렸다. 하란의 걱정과는 달리 그들이 가까워지는 건 그리 어렵지 않았다. 계속 붙어있는 것은 물론, 눈치껏 부담스럽지 않은 정도로 친화력을 발산하는 주원 덕분이었다. 사업가인 건 맞는지, 은호가 사람 보는 눈은 확실한 것 같다고 생각한 하란이었다. 그러나 이들을 멀리서 바라보는 장 실장은 다른 분위기를 느낄 수밖에 없었다. 하란은 몰라도 분명한 건, 그녀를 향한 주원의 마음이 단순한 부하직원의 충심으로만 보이지는 않았다. 확실치는 않은 정보에 조금 더 지켜보기로 하는 장 실장이었다.

요 근래 회사 분위기가 좋지 못했다. 어느 부분에서인지 미세하게, 아주 조금씩 구멍들이 생겼다. 계약이 어긋난다거나, 갑작스레 퇴사하는 직원들이 생겼고, 공금이 비었다. 내부에서 이를 눈치채고 은호의 귀에까지 들어갔을 땐, 이미 늦은 후였다. 오랜만에 그를 마주한 하란의 마음이 마냥 괜찮지는 않았다. 꽤나 지쳐 보였다. 무슨 말을 해야 할지도 몰라 그저 옆에 있는 것이 다였다. 그렇게 불편하게 은호의 눈치만 보면, 먼저 말을 꺼내는 그였다.

"이러다 내가 망할지도 모르겠어."

"……."

"그러면 넌… 내 옆에 있을 수 없겠지."

하란을 보지도 않은 채 눈을 감고 말을 이어가는 은호였다. 하란은 아무 대답도 할 수 없었다. 마음이 왜 이런지 알 수도 없었다.

"어디부터 바로잡아야 하는 건지, 뭐가 문제인 건지… 확실히 파악이 안 돼."

하란은 왜 자신이 단호한 태도를 보이지 않는 건지 이해할 수 없었다. 어째서 나는 그렇다, 그렇지 않다, 아무 말도 할 수 없는 건지…. 끝까지 침묵을 유지하는 하란에 정신을 다잡을 수밖에 없는 은호였다.

"내가 널 붙잡고 무슨 말을 하는 건지…. 오늘은 좀 쉬자. 가 봐도 괜찮아."

그런 은호의 태도에 하란은 아무것도 하지 못한 채 방을 나왔다. 이 상황에 아무런 말도, 아무런 도움도 건넬 수 없는 자신이 참 무력하게 느껴지는 그녀였다. 집무실로 돌아오면, 하란을 기다리고 있는 주원이었다.

"오늘 외출 일정은 없습니다. 다만, 처리해야 할 서류들이 조금 있네요…."

주원의 말에 책상 가득 쌓인 서류를 확인한 하란이 옅은 한숨을 내뱉었다. 그런 그녀를 바라보는 주원의 눈은 확실히 안쓰러움이 가득했다.

"돈 버는 게 참…, 쉽지는 않아요. 그렇죠?"

하란의 말에 그저 웃어줄 수밖에 없는 주원이었다.

"어쩌겠어요. 해야죠. 커피 한 잔만 사다 줄래요?"

금방 다녀오겠습니다. 주원이 고개를 꾸벅이고는 방을 나갔다. 책상에 자리해 안경을 집어쓴 하란은 쉬지 않고 펜을 움직였다. 이 상황에 내가 할 수 있는 건, 그저 묵묵히 주어진 일을 하는 것. 그런 핑계를 대며 사실은 이상하게 불편한 마음을 없애고 싶은 하란이었다. 그렇게 업무에만 집중하고 있으면, 쓰던 글씨가 갑자기 끊겼다. 펜의 잉크가 다 떨어진 것이었다.

하필 이런 상황에…. 호출기를 집어 든 하란이 멈칫했다. 시간을 확인하니 주원이 나간 지 10분 정도가 지난 상태였다. 아…. 커피 심부름으로 인해 주원이 자리를 비운 상태임을 깨달았다. 직접 방을 나가 주원의 책상에서 펜을 찾을 수밖에 없었다. 준비성 철저한 주원이 펜을 묶음으로 구비해뒀을 것은 쉽게 예상할 수 있었다. 그렇게 책상 서랍을 열어 가며 펜을 찾으면, 눈길이 가지 않을 수 없는 제목의 서류를 발견했다.

"어스 인수… 계획서…?"

좋지 않은 예감에 급히 내용을 살폈다. 빠르게 훑은 하란은 서류의 내용이 지금껏 회사 내에서 일어난 일들과 일치한다는 것을 깨달았다. 계약 불발, 임직원 스카우트, 산업 스파이까지 모두 앞뒤가 맞았다. 가장 이상한 것은, 이 서류가 어째서 주원의 책상 속에 있는 것인지.

감히 예상하고 싶지도 않은 생각에 손이 떨리는 하란이었다. 서류를 손에 넣고 급히 엘리베이터에 올랐다. 천천히 상승하며 느껴지는 중력이 오늘따라 더욱 무거웠다. 문이 열리고 바로 보이는 장 실장이 놀란 눈으로 하란을 바라보았다.

"하란 씨, 연락도 없이…."
"안에 은호 있나요?"
"네, 계시긴 하는데…."
"같이 들어가요. 급한 일이에요."

초조해 보이는 하란에 장 실장도 더 묻지 않고 문을 두드렸다. 들어와요. 그의 낮게 깔린 목소리가 들리자 하란이 먼저 문을 벌컥 열었다. 은호 또한 그녀를 보고 놀란 듯했다. 하란이 소파에 자리하며 테이블 위에 서류를 올렸다. 가까이 다가오며 서류를 확인한 그들의 인상이 구겨졌다.

"이게 뭐야."
"온 비서 책상에서 발견했어."

서류를 뒤적이며 내용을 살핀 은호의 손에 힘이 들어갔다.

한편 양손에 커피를 들고 올라온 주원이 열려 있는 자신의 책상 서랍과 없어진 서류에 당황했다. 서랍 구석까지 살펴도 없는 서류, 문이 열린 채 아무도 없는 하란의 집무실. 주원은 급히 대표이사실로 향했다. 비어 있는 장 실장의 자리에 주원은 노크도 잊은 채 문을 열 수 밖에 없었다. 세 사람의 시선이 주원을 향했다. 굳은 표정의 장 실장과 자신을 노려보는 은호보다도 더욱 두려운 건, 실망한 기색을 감추지 못하는 하란의 얼굴이었다.

"다… 말씀드리겠습니다. 제가 다…."
"…그래. 해봐. 해명이든, 변명이든."

은호의 차가운 목소리에 심장이 내려앉는 듯했다. 주원은 하란만을 바라본 채 말을 이어갔다. 그는 자신이 오랜 기간 어스와 경쟁 구도를 이어온 트레일 사에서 파견된 스파이라고 밝혔다. 이어서 트레일 사에서 어스를 무너뜨리기 위해 계획했던 모든 일을 털어놓았다.

"죄송합니다. 정말…. 정말로…."
"뭐가? 왜 죄송한 건데? 넌 네 본분을 다했잖아. 그게 우리에게 죄송할 일인가?"
"…….."

정곡을 찌르는 은호의 말에 아무런 대답도 하지 못하는 주원이었다. 사실 하란이 생각해도 참 이상했다. 이 사람은 당장이라도 도망쳤어야 맞는데, 왜 우리 앞에 무릎을 꿇었을까. 그 이상함을 한참 전부터 느껴온 장 실장이 입을 열었다.

"온 비서, 자네. 그 사과는 대표님을 향한 건가, 아니면⋯. 본부장님께 전하는 마음인 건가."

장 실장 말의 속뜻을 알아챈 은호의 얼굴이 더욱 구겨졌다. 이를 장 실 장만이 눈치챘다. 하란은 여전히 이해하지 못한 듯했다.

"처음에는⋯ 그저 트레일의 충실한 개로 살겠다고 다짐했습니다. 오 갈 데 없고 가족 없는 저를 받아준 곳이었으니까요. 그런데⋯."
"⋯ ⋯."
"그런 제가 처음 느껴보는 감정이었습니다. 죄송합니다, 본부장님⋯. 정말 죄송합니다. 제 마음을 깨닫고는 스파이 노릇을 그만두었습니다. 정말입니다!"

주원이 하란에게 애원하는 꼴이 되자 하란은 뒤늦게 이 상황을 이해할 수 있었다. 그러나 미안하게도 참 볼품없는 모습이라고 생각했다. 주원을 제외한 모두가 말을 아끼는 상황에 하란이 은호를 바라본 채 입을 열었다.

"해고 처리⋯, 하겠습니다."
"본부장님! 제발⋯. 제발 옆을 지킬 수 있게 해주십시오. 제발⋯!"
"내가 왜요. 뭘 믿고서. 뭘 믿고 당신이 나를 지키게 해요? 또, 당신이 왜 나를 지켜야 하는데."

"처음 느껴보는 감정이지만 알 수 있습니다! 이게 사랑이라는 걸…!"

"아니에요, 그거. 그게 정말 사랑이면, 이렇게 날 속이지는 않지. 물론, 그렇게 시작된 마음이면 사랑할 자격도 없고."

"본부장님…."

상처받은 듯한 주원의 눈에 하란은 흔들릴 필요도 없었다. 안쓰럽기는 했다. 그러나 무릎을 꿇은 채 빌고 있는 그의 모습 때문은 아니었다. 사랑이라는 게 뭔지 조금도 모르고 커버린 그의 상황이 안쓰러웠다. 그렇다고 해서 하란이 그를 용서해 줄만큼 어리숙하지는 않았다.

"정말 죄송한 마음이라면 자백해요. 당신이 할 수 있는 건 그거 말고는 없어."

하란의 단호한 태도에 주원도 더 이상 매달릴 수 없었다.

주원은 하란의 말을 따랐다. 그로 인해 비리가 드러난 트레일은 전수 조사가 이루어지고, 어스는 예상보다도 빠르게 회복할 수 있었다. 상황이 진정됨에 따라 흡혈도 매일같이 이루어졌다. 그와 동시에 그들은 서로 절제하는 연습을 함께 하는 것이나 마찬가지였다. 하루하루가 지날수록 둘은 혼란스러웠다. 매일 밤이 되면 알 수 없는 감정들이 요동쳤다. 그러나 그 감정이 설렘인지, 그저 흡혈 과정에서 얻는 쾌락 때문인지 판단이 어려웠다. 그들은 생각했다. 나는 그저 S형 혈액을 원하고 있는 건가. 나는 그저 흡혈에 중독된 걸까. 흡혈의 파트너가 서로가 아닌 다른 사람일 때를 상상해 본다. 그러면, 동시에 얼굴이 일그러졌다. 그저 상상만으로도 상당한 거부감이 들었다. 이를 더욱 확신하게 해줄 일이 일어났다. 하란을 대하는 은호의 손길이 제법 자연스러워졌다. 여느 날과 같이 은호의 입술이 하란의 목에 닿고 그의 송곳니가 피부를 파고들면, 하란은 이제 따끔함조차 느끼지 않았다. 빨아들이는 것이 느껴질수록 처음보다 더 깊은 황홀감이 하란을 덮쳤다. 그의 손이 옮겨 가며 그녀의 몸에 닿을 때마다 전율을 느꼈다. 그녀를 감싸 안은 은호의 팔에 힘이 더욱 들어가며, 흡혈의 속도도 빨라졌다.

그러나 곧, 하란이 축 늘어졌다. 놀란 은호가 급히 입을 떼면 하란이 어지러운 듯 머리를 부여잡았다. 요즈음 들어 자주 빈혈 증세를 보이는 하란이었다. 은호는 흡혈이 원인임을 금세 알아챘다. 그에게 있어 그녀의 S형 혈액은 절제하기가 쉽지 않았다. 과도한 흡혈에 하란의 체온이 낮아지는 날도 있었다.

"당분간은 좀 쉬자. 너무 무리한 것 같다."

"… 괜찮은데."

"……."

괜찮다고 말하는 하란의 눈을 뚫어져라 보는 은호였다. 은호는 하란을 위해 휴식을 갖자고 말하고, 하란은 흡혈이 필요한 은호를 위해 괜찮다고 말했다. 서로가 서로를 위하고 있었다.

그들은 확실히 깨닫지 못할 뿐, 이미 파트너 그 이상의 마음을 지니고 있었다. 너. 은호의 외마디에 하란은 괜히 긴장되었다.

"이대로라면 정말 큰일 날지도 몰라. 나조차도 나를 못 믿어서 이러는데, 넌."

"……."

"넌 날 믿어? 내가 끝까지 절제할 수 있을 거라고?"

"흡혈이 필요하잖아. …너는."

"그런 걱정은 필요 없어. 수혈 팩으로도 흡혈은 가능해. 그만한 돈도…."

"싫어."

"…뭐?"

"네가 나 말고 다른 사람 피 찾는 거…. 싫다고"

하란은 은호의 마음을 알고 싶었다. 그리고 그건 은호도 마찬가지였다. 한참 동안이나 정적이 흘렀다. 결국 하란이 다시 한번 입을 열었다.

"너는 아무렇지도 않아? 내가 나를 내어주는 게 네가 아닌 다른 이라고 해도, 그래도… 아무 감정 안 들어?"

"도하란…."

"나는 싫어. 네가 나 말고 다른 사람을 찾으면 자존심이 상하고, 서운하고 또…."

"하란아."

다정한 목소리에 놀란 하란이었다. 처음이었다. 그가 처음으로 이름만 불렀다. 그에 심장부터 반응하는 그녀였다.

"나도 싫어. 네가 너를 허락하는 게 나뿐이었으면 해. 내게 있어서 넌 파트너 그 이상의 존재야. 그래서 이러는 거야. 다치게 하고 싶지 않아서."

"… 회사 주가가 떨어졌을 때, 다시 한 번 확실히 느꼈어. 권력과 재력 그 모든 걸 누릴 수 없다고 해도 내 파트너는 너였으면 좋겠어. 너도…. 너도 같은 마음이야?"

"응."

"… …."

"이기적일 수도 있겠지만, 내가 모든 걸 다 잃는다 해도 내 옆에 있어주길 바라. 어느 순간부터 너랑 함께이고 싶은데, 너도 알다시피 나는 내세울 게 돈밖에 없잖아. 그래서 계약으로라도 잡아두고 싶었어."

마침내 온전히 솔직해진 둘이었다. 어쩌면 각자의 결핍을 채워주는 서로에 의해 잠시 착각하는 것이라며 달라진 감정을 인정하지 못했던 그들은, 아무렴 어떤가 하고 넘길 수 있을 정도의 마음으로 커졌다. 중요하지 않았다. 이렇게까지 자신의 결핍을 채워줄 수 있는, 지워줄 수 있는 존재가 또 있을 수 있을까. 그것마저도 사랑이다. 결핍을 채워주는 이를 향한 내 마음이 사랑일까. 이는 잘못된 의문이다. 그저 중요한 것은 그를 위해 그의 결핍을 함께 나누고 받아들일 수 있다면, 희생까지도 할 수 있다면, 이는 명백한 사랑이었다. 그렇게 그들은 사랑이었다.

며칠 내내 하란은 거의 집무실에서 살고 있었다. 하루에 몇 십장씩 꾸준히 들어오는 계약서 탓이었다. S형의 하란은 은호의 파트너로서 활동하며 익히 알려진지 오래였다. 은호와 하란의 계약서 상 기간이 끝날 때까지 얼마 남지 않자, 하란에게 제의되는 계약은 적지 않은 양이었다.

"다 비슷한 내용이네요…. 두 배 제시, 세 배 제시."

"아무래도 그렇죠? 아, 그리고 오늘 미팅 잡혀 있는 거 기억하시죠?"

"네…. 꼭 만나기까지 해야 할까요…. 아니, 그전에 모든 계약서들 안 받겠다고 미리 알리는 건 안 되는 건가요?"

하란의 말에 장 실장이 곤란한 듯 웃었다.

"법적으로 두 분이 영구 계약이 맺어진 게 아니라면, 누구나 계약서를 제시할 권리는 있으니까요…. 물론 하란 씨도 계약서 정도는 받아들여 주셔야 할 의무가 있고요."

이는 강압적이고 강제적인 계약을 방지하기 위해 존재하는 제도였다. 똑똑, 노크 소리가 들렸다. 미팅 시간은 아직인데…. 장 실장이 조심스레 문을 열었다.

"바빠?"

문을 열자 보이는 모습은 은호였다. 수많은 계약서 검토로 지친 기력이 가득했던 하란의 얼굴이 금세 밝아졌다. 은호가 소파에 자리했다. 그러고는 테이블 위에 서류 두 장을 올렸다.

"뭐야, 이게?"

"하나는 계약 연장 서류, 또 하나는…."

혼인 신고 서류. 은호의 말에 하란이 입을 틀어막았다. 은호는 머쓱한 듯 뒷머리를 긁적였다. 이에 흐뭇한 미소를 지으며 조용히 방을 나가는 장 실장이었다.

"강요는 아니야. 이 많은 계약서와 같이 나 또한 너와 계약하고 싶은 이들 중 하나야. 그러니 계약 연장 의사가 있으면 받아들여주면 돼."
"혼인 신고는…"
"아마도…. 오랜 기간이 걸리겠지. 흡혈족과 인간의 혼인 신고는 심사가 엄격하니까. 많은 노력이 필요할 거야. 처리가 완료될 때까지는 계약서로 묶을 수밖에 없을 거고. 그럼에도 함께해 주겠다면…"

곧바로 펜을 들어 버리는 하란에 은호가 말을 끝맺지 못했다. 이미 작성된 서류들에 빠르게 서명하는 하란이었다.

"당연히 받아들일 수밖에."

그들은 사랑이었다. 피로 맺어진 그들의 계약은 비로소, 온전한 사랑이 되었다.

복수의 칼날

변애령

'네가 나라면 어땠을까. 나 혼자 궁상맞게 그러는 거야? 너와 만나면서 점점 넌 내 삶의 일부가 됐어. 더 빠져들수록 뭘 해도 네 생각만 나고 보고 싶고 난 점점 을이 됐지. 너와 사랑을 하면 고통스럽고 힘든 거 뻔히 아는데도 멈출 수가 없더라. 너랑 하는 연애는 너무 즐겁고 고통스러워. 그래도 계속되길 바라는 내가 참 비참해..'

오늘도 자기 전 종진은 자신이 제일 좋아하는 책의 구절을 읽곤 책을 덮는다.

형사였던 종진은 평소에 잔인한 사건들과 정상적이지 않은 인간들을 많이 봐오면서 저절로 달콤하고 잔잔한 로맨스물을 좋아하게 되었는데, 그런 작품을 찾다가 김동규 작가의 매력에 빠져 챙겨보게 되었다.

뻔한 연애 이야기보단 잔잔하면서 고요하다 점점 거센 파도가 몰아쳐 결말엔 허망함과 허탈의 느낌을 임팩트 있게 주는 이 작가만의 분위기를 좋아해서, 그의 작품을 직접 소장해서 읽을 정도로 취향이 맞았다. 작가는 자그마한 팬 독자층이 있었는데 가명으로 활동하고 얼굴을 드러낸 적이 없어 아는 사람만 아는 그런 작가였다.

종진에게는 초등학생 딸아이 수진이가 있었는데 외동이라 많이 아꼈다. 그는 직업상 형사이다 보니 바빠서 학부모 행사에 자주 참여하지 못해, 이번만큼은 꼭 가야겠다고 느꼈다.

다음 주에 처음으로 가는 학부모 행사에, 종진은 긴장이 되고 딸의 학교생활이 궁금하기도 했다. 하지만 궁금증이 풀리기까지는 오래 걸리지 않았다.

학부모 참관 수업은 생각보다 별거 없었다. 아이들이 앞으로 나가 발표를 하고, 부모는 뿌듯한 마음에 박수를 치는 전형적인 보여주기식 이벤트였다. 딸아이의 발표도 끝났을까 지루해져 나가려던 참에 귓가에 익숙한 이름 하나가 스쳐 지나갔다.

"...제가 가장 좋아하는 작가님이 있습니다.
바로 김동규 작가님인데 그분이 쓰신 책들을 다 읽은 만큼 좋아합니다."

보통 아이들이라면 평소에 독서보단 노는 게 더 좋을 때이니 모르는 애들이 대부분이었고, 그래서 다른 학부모들과 선생님은 신기해하면서 궁금해하는 표정이었다. 어린아이가 좋아하는 작가가 있을 만큼 독서에 관심이 많은 것도 그렇고 그 작가는 매우 유명하지도 않아서 더 궁금해했다.

그래서 선생님이 그 친구에게 질문을 했다.

"지수야. 많은 작가님 중에서 김동규 작가님을 좋아하게 된 이유는 무엇이니?"

지수가 웃으면서 대답했다.

"그 작가님이 바로 제 부모님입니다. 아버지께서 직업으로 작가 활동을 하셔서 책 추천을 받게 되어 읽게 됐는데 그때부터 관심이 커지게 된 것 같아요."

종진은 지수의 발표를 듣고 깜짝 놀랐다. 자기가 그렇게 좋아하는 작가님이 자기 딸의 친구 학부모일 줄은 몰랐다. 그런데 작가님에겐 외동아들만 있는 줄 알았는데, 딸아이의 존재를 알리지 않았던 점이 의아했다. 굳이 알리지 않았던 이유가 무엇일까 생각했지만 딸아이를 위해서 그런 것으로 생각한 종진은 애써 관심을 껐다.

그때부터 자기 딸을 보러 참관 수업을 온 것이었지만, 지수라는 아이의 발표가 계속 머릿속에 맴돌았다. 자기 딸과 작가님의 딸이 같은 반이라는 것이 믿기지 않았고 너무나 신기했다. 종진은 이런 김에 자신의 딸 수진과 지수가 서로 친해지면 나쁠 것 없다고 느꼈다.

"수진아. 지수랑 친해져 보는 게 어떠니? 네가 좋다면 학원도 같이 보내줄 수 있어!"
"나도 마침 친해지고 싶었는데 좋아!"

수진은 이때부터 서로 점점 친해지게 되고 자연스럽게 종진은 지수의 아버지와 같이 만나게 된다. 처음으로 저녁을 같이 먹는 자리라서 긴장이 되었지만 지수의 아버지가 생각보다 말도 먼저 잘 걸어주고, 대화를 주도하면서 불편하지 않고 편하게 대하였다.

평소 그의 팬이었지만 티를 내면 불편해할 것으로 생각했던 종진은 굳이 팬이라는 것을 알려주지 않았지만, 지수의 아버지가 웬일로 먼저 자신이 김동규 작가라는 것을 밝혔다. 그래서 종진은 그제야 자신이 팬이라는 것을 말하고. 동규의 작품들에 대해 자연스럽게 이야기를 꺼내면서 대화를 이어갔다.

"이번에 새로 작품을 만들고 있나요?"
"네. 만들고 있어요. 그런데 여태 나온 작품들과는 전혀 다른 소재가 나올 것입니다."

라는 동규의 대답에 종진은 무슨 장르냐고 물었다.

"갑자기 복수극을 쓰고 싶어졌어요. 원래 그런 적이 없었는데 갑자기 저를 이렇게 만들었네요. 이번이 처음이지만 치밀하게 해볼 생각입니다."

라고 대답을 한 동규의 표정은 비장하면서도 무언가에 독기를 품고 있었다. 그래서 종진은 무엇이 그를 갑자기 저렇게 바뀌게 했을까 궁금하면서 마음에 걸리는 듯한 느낌이 들었지만, 이번 작품에 진심으로 열정을 다해 만들 것이라는 그의 행동에 존경스럽고 얼른 작품이 나왔으면 하고 기대를 품었다.

"이제부터 오늘처럼 시간이 나거나 도움이 필요할 때가 생기면 이렇게 밥 한 끼 같이 먹으면서 이야기해요."

밥을 다 먹고 서로 헤어져 각자의 집으로 돌아오면서 종진은 오늘처럼 지내고 싶었다. 그러면서 그와 더 친해지고 이대로만 쭉 갔으면 좋겠다고 생각했다.

어느 한 가정이 있었다. 평범한 회사원 영수와 가정주부인 수영에게는 자식이 없었다. 영수는 번 돈으로 주말이면 수영과 함께 외식하곤 했다. 평범한 가정이었지만 사이가 좋지도 나쁘지도 않은, 딱 돈만 벌어오는 남편 그 정도의 느낌이었다. 자식도 없으니, 가정일에 관심이 딱히 없었던 영수는 자기가 최소한 할 수 있는 것이 돈을 벌어오는 것으로 생각해서 다른 것은 크게 신경을 쓰지 않았다.

어렸을 때부터 평범한 가정에 평범하게 자라 눈에 띄지 않게 지냈던 영수는 한 번도 일탈하지도 않았고 성인이 되어서도 수영을 만나 평범한 연애를 하다가 결혼을 한 것이었다. 그러면서 점점 자신의 일상이 지겨워지고 아내와의 관계에도 점점 권태기를 느껴 가정에 충실하지 않게 된다. 죽을 때까지 이렇게 재미없게만 살 수 없다고 생각하여, 영수는 평소에 하지 못했던 욕망을 조금씩 품는다. 늦바람이 무섭게 들어버린 것이었다.

회사 일을 마치고 집에 바로 들어가기 싫어서 휴식을 취할 겸 집 근처

주위를 돌면서, 혼자 갈만한 곳을 찾아보다가 어느 작은 카페에 들어간다. 매장이 크지 않고 골목에 있는 카페이다 보니 손님이 많지 않고 단골만 찾아올 것 같은 카페였다. 오히려 그에겐 편하게 쉴 수 있는 곳이라 좋았다.

"어서 오세요~"

카페 사장인 선우라는 여성이 있었는데 여성스럽고 말도 먼저 잘 걸어주고 웃어주며 대했다. 자신에게 살갑게 굴어주는 사람이 아내 빼고 오랜만이었다. 선우와 마찬가지로 카페 분위기도 따뜻하고 편했다. 이 카페에 오는 것이 오늘이 마지막이라고 생각하니 뭔가 아쉽고 미련이 남은 영수는 이제 퇴근하고 자주 여기를 들러야겠다고 생각했다.

"오늘도 아이스 아메리카노 마시네요. 달콤한 디저트 하나 드릴까요?"
"아.... 아닙니다! 괜찮아요."

분위기도 분위기지만 자신에게 친절하고 웃어주면서 대해주는 선우가 제일 마음에 들었던 영수는 집에 들어가서도 여사장이 계속 생각이 났다. 사랑스럽다고 느껴지는 게 얼마 만인 것인지, 설렘 또한 오랜만에 느껴져 영수는 점점 여사장에게 마음이 생기게 된다.

하지만 카페 마감할 시간이 다가오면 선우의 남편으로 보이는 남성이 항상 와서 기다리는 것을 본 영수는 그녀가 유부녀인 것을 알게 되어 이러면 안 될 것을 알지만, 그의 일상은 이미 지겨울 대로 지겹고 그에겐 이 관심거리가 새로운 도파민을 자극 시킬만한 것이었기 때문에 그냥 내키는 대로 행동하기로 했다.

　그 남성은 선우에게 무뚝뚝하고 표현을 잘 하지 않았다. 아내를 사랑하는 것 같지만 그의 무뚝뚝함과 표현의 서투름이 보여서 뭔가 더욱더 그녀를 빼앗아 자신의 것으로 만들어 보고 싶었다. 자신이 그녀를 뺏으면 그가 어떤 표정을 지을지, 어떻게 변할지 궁금해졌다. 그래서 영수는 선우를 빼앗기 위해 계획을 세운다. 그의 남편이 언제 카페에 오지 않고, 어떻게 하면 그녀의 시선을 자신에게 돌릴 수 있을까.

　회사 일을 마치고 매일 카페를 들어가는 영수는 처음엔 단골이 되어 눈도장을 찍은 다음, 부담스럽지 않게 달콤한 조그마한 마카롱이나 초콜릿과 몇 개의 과자를 사서 주기로 생각했다.

"제가 회사에서 디저트를 받은 게 있는데 이거 한번 드셔보세요. 맛있더라고요."
"괜찮은데.... 하하 맛있게 잘 먹을게요."

　여사장은 잘 먹겠다면서 거절하지 않고 받았다. 그래서 영수는 계획대로 된 것 같아 기분이 좋았다.

　점점 집에 늦게 들어오는 영수를 보고 그의 아내 수영은 의심을 하였다. 하지만 바람을 피웠다는 증거가 딱히 없어서 확실하지가 않았다. 시어머니의 몸이 점점 편찮으셔서 집에서 수발을 드느라 정신이 없고, 학생들을 대상으로 과외도 하느라 바빠서 남편이 들어와도 그때쯤이면 서로

쉬기에 바빴다.

"여보. 요즘 집에 늦게 들어오는데 뭐 땜에 늦는 거야? 회식 때문에 그
런 거야?"
"나 요즘 맛있는 카페를 찾았어. 일 끝나고 거기서 커피 한잔 마시고
오는데 진짜 고소하고 내 입맛에 맞더라고."

영수 옷의 냄새를 맡으면 고기나 담배, 여자 향수 냄새가 나지는 않았
다. 그의 말대로 커피 향이 나서 안심이 되었다. 그래서 자신이 이렇게 시
어머니의 수발을 들어주고 열심히 과외를 하면서 알뜰한 삶을 보내는데,
자신을 두고 바람을 피우지 않을 거라 애써 부정하고 의심을 덜게 되었
다. 수영은 영수를 믿는 것이었다.

선우는 매일 같은 시간인 마감하기 두 시간 전에 들르면서 같은 메뉴
를 시키는 한 남성이 점점 기억이 남게 된다. 자기 남편과 달리 자상하고
말도 잘 걸어주고 친절한 그 남성이 점점 정이 들고 눈길이 갔다. 속으로
그러면 안 될 것을 알고 있지만 남편에게 서운함과 외로움이 점점 쌓여서
다정한 그에게 눈길이 점점 갈 수밖에 없던 것이다. 딱 봐도 이 시간대에
이런 차림으로 들어오는 사람은 회사원인 것 같아서 쉬러 오는 것인가 싶
어, 최대한 말을 걸지 않고 적당한 관심과 배려로 대해야겠다고 생각했지
만, 그러면서도 선우는 단골이 되어준 영수에게 고마워하고 그를 손님으
로써 잘 챙겨주고 친절히 대해주었다.

점점 친해져 사적인 대화를 하며 영수는 선우가 점점 자신에게 마음을 열고 있고 관심을 두고 있다고 생각했다. 그래서 선우에게 적극적으로 질문을 하다가 그녀의 남편이 월 말쯤에 있는 동창회 때문에, 카페에 오지 못하는 것을 알게 되었다.. 그래서 이번 주에 꼭 그녀와 단둘이 만나서 마음을 돌릴 기회를 만들어야겠다고 다짐을 해 비싼 목걸이와 편지를 준비하였다.

동창회 하기로 한 날이 오자 일을 마친 영수는 마음의 준비를 하고 그녀의 카페에 갔다. 역시나 영수가 마지막 손님이었고 카페에 둘만 남아있었다. 선우는 평소와 같이 반겨주었고 영수도 평소와 같이 음료를 시키고 찬찬히 기다렸다. 그는 마감할 때까지 기다렸다가 자신의 차에 태워 드라이브를 하였고, 그러면서 자연스럽게 전에 준비한 목걸이와 편지를 주었다. 처음엔 놀라 했지만 쑥스러워하면서 좋아하는 선우의 모습을 보고 기분이 좋아진 영수는 서로 애틋한 감정이 생겨 불륜을 저지르고 만다

"선우 씨. 내가 그렇게 좋아?"
"뭘 그런 걸 물어봐 ㅎㅎ. 우리 남편보다 더 자상하고 친절해서 좋지.
영수 씨가 더 내 남편 같아."

처음과 달리 자신에게 마음을 연 선우의 모습을 보고 정복감이 들며 그녀를 쟁취했다는 느낌이 든 영수는 자신이 그녀의 남편을 이겼다고 생각해서 짜릿하고 기분이 좋았다.

그들의 불륜은 몰래 계속되어 왔다. 심지어 남편이 매일 카페에 오는데도 영수는 이제 눈치도 보지 않고 자리에 끝까지 있고 대화를 이어갔다.

"오늘도 남편분이랑 퇴근하는 거야? 나랑은 안 가줘?"

"이 사람이 무슨 소리야. 이제 들어갈 준비 하셔요. 나 이제 마감 좀 해야지."

아무리 단골이어도 서로 말을 편하게 놓고 농담도 주고받는 둘만의 묘한 분위기를 느낀 선우의 남편은 느낌이 이상했다. 오히려 호감을 느끼는 두 사람한테 자신이 끼게 된 자리의 느낌이었다. 선우가 다른 남자에게 저렇게 말을 걸고 마음을 연 모습을 본 적이 처음이었기 때문에 당황스럽고 이게 무슨 상황이지 싶었다.

"당신 저 사람이랑 말 놓던데 누구야? 많이 친해졌어?"

"아 우리 단골 손님이셔. 늦게까지 있어서 나랑 말동무하다가 친해졌어."

어쩐지 전보다 뭔가 자신에게 무뚝뚝해진 그녀의 모습이 생각이 났다. 왜 요즘 따라 자신에게 불만이 있어 보이고 대화하려고 해도 은근히 피하는 행동이 이해가 가지 않았는데 이 사람과 뭔가 있다는 게 점점 느껴졌다. 선우가 그런 사람이 아닐 텐데 갑자기 왜 그렇게 됐는지 차마 믿기지 않아 현실 부정을 했다.

점점 대담해진 그 둘은 서로 일정을 맞추면서 만나 즐기고 그러한 짜릿함을 점점 즐겼다. 그러다 어느 날, 점점 선우의 몸 상태가 안 좋아지고 입덧하자, 생각지도 못하게 임신하게 된 것을 알게 된 그녀는 불안감과 죄책감, 두려움이 동시에 들면서 그제야 되돌릴 수 없는 잘못을 저질러 버렸다는 것을 깨달았다.

애를 지우기엔 나이가 있기 때문에 몸을 생각해서라도 그냥 낳는 것이 나은 판단이 든 선우는 영수에게 먼저 애가 생겼다는 것을 알려주면서 낳는다고 했지만, 영수는 애를 지우라고 강요하고 점점 만남의 횟수를 줄이면서 책임감 없이 연을 끊을 생각을 했다. 그의 행동에 엄청난 배신감과 정이 떨어진 그녀는 남편에게 너무 미안하고 죄책감이 들어서 결국 사실대로 말하기로 생각했다.

그날 저녁, 선우는 깊은 한숨을 내쉬며 남편에게 다가갔다. 그의 눈을 피하지 않고 마주 보며 조용히 입을 열었다.

"여보.... 나 할 말이 있어."

남편은 갑자기 심각한 표정으로 말하는 선우의 모습에 당황하며 말을 꺼냈다.

"무슨 일이야? 무슨 심각한 표정으로 그래?"

선우는 떨리는 손으로 자신의 옷자락을 꽉 쥐고 말을 이어갔다.

"미안해.... 정말 미안해. 나, 정말 큰 잘못을 저질렀어."

남편이 당황한 눈빛으로 떨리는 손으로 그녀의 손을 잡고 물었다.

"무슨 소리야? 무슨 잘못을 했다는 거야?"

선우의 눈에 눈물이 나기 시작했다. 그녀는 한참을 망설이다가 결국 모든 진실을 털어놓았다.

"나.... 다른 남자와 바람을 피웠어. 그 사람은 우리 카페 단골손님이야. 처음엔 그냥 친절하게 대해주는 게 좋았는데, 점점 마음이 흔들렸어. 너무 외로웠고... 그 사람은 나한테 자상하고 따뜻하게 대해주더라."

남편은 순간 멍해졌다. 그의 얼굴은 분노와 실망으로 일그러졌다.

"여보.... 근데 애까지 생겼어...."
"지금 나한테 그걸 말이라고 하는 거야?"

불륜에 애까지 생겼다고 하는 선우의 말에 남편은 앞이 흐려지고 멍해졌다. 드라마에서만 보던 상황이 자신한테도 일어나서 좀처럼 믿기지 않았다. 평생을 함께 하자던 아내의 말은 한 순간을 위한 거짓이 되었고, 자신을 지탱해 주던 유일한 사람이 떠나가자 남편은 무너지기 시작했다.

혼자 있을 때면 책상을 때리거나 종이를 찢다가 펜을 부수거나 던졌다. 아침마다 소소하게 나누던 대화는 차가운 침묵으로 바뀌었고, 입에 한 번 대지 않던 술을 마시고 집에 들어왔다. 그는 말없이 침대에 누워 눈물 흘렸고 다음 날이면 아무렇지 않게 선우를 대하는 모습은 조용하게 가정을 파멸로 이끌고 있었다.

애써 침착한 척하는 남편의 모습에 죄책감으로 얼굴을 보고 살 용기가 나지 않은 선우는 아이를 낳고 며칠 지나지 않고 유서를 남기고 자살하였다. 장례를 치를 때 그는 울지 않았고 차분했다. 그는 생각하고 계획했다. 선우가 남긴 아이를 볼 때마다 그는 역겨움과 분노하며 더 치밀하게 복수하고 싶었다. 자신의 모든 행복을 앗아간 범인을 향해 자신과 똑같은, 더 심한 고통을 주고 싶었다. 그는 선우가 남기고 간 아이를 보며 복수의 칼날을 세웠다.

그의 복수는 치밀했다. 한순간에 평화를 잃은 동규는 억울하게 죽게 된 아내의 죽음으로 인해 어두워지고 비정해지게 되었다. 영수의 만행으로 동규의 복수가 시작되면서 그의 작품도 같이 시작되었다. 그의 감정들과 이야기를 그 소설에 담은 것이었다. 그에게 있어서 작품은 자신의 일기이자 복수에 대한 메모장이었다.

영수와 겹쳐 보이는 지수의 모습에 증오가 점차 심해져, 아들 동우와 아내의 역겨운 실수인 지수를 복수의 도구로 이용하기로 마음먹었다. 선우가 죽었을 때 동우는 18살로 미성년자였다. 동우 역시 자신의 엄마가 불륜을 저지른 것에 화가 나고 이해를 하지 못하여 동규와 같은 마음으로 그의 계획에 같은 길을 걸어가기로 한 것이다. 첫 번째 계획은 영수의 아내인 수영을 타깃으로 삼았다. 수영이 학생을 대상으로 과외하고 있다는 것을 알게 되어 동우가 고등학생이기 때문에 과외를 시켜 둘이 원조 교제를 하게 만들 계획을 생각했다. 똑같이 그의 아내가 불륜을 저지르게 만들기 위함이었다.

동규가 동우에게 자세한 계획을 설명하며 수영과 동우가 원조 교제를 하도록 만들 계획을 세웠다. 처음에는 동우도 망설였지만, 엄마의 죽음에 대한 분노와 복수심이 그를 설득했다. 그는 아버지의 계획에 따라 수영의 과외 학생으로 위장하여 접근하기로 했다. 동우는 수영이 가르치는 과외 수업에 등록하고, 그녀와 자연스럽게 친밀해지기 시작했다. 수영은 처음에는 새로운 학생에게 큰 관심을 두지 않았지만, 동우의 성실하고 열정적인 태도에 점차 마음을 열게 되었다. 그는 학업에 대한 질문을 자주 하며 수영과 대화를 나누었고, 수영은 그런 동우를 점점 더 신뢰하게 되었다. 자신의 몇 안 되는 학생 중에 이렇게 열정적이고 자신을 신뢰하는 학생이라서 더 눈길이 가고 점점 마음도 가게 되었다.

동규는 이 과정에서 동우에게 끊임없이 지시를 내리며, 수영과의 관계를 점차 깊어지게 했다. 동우는 수영에게 자신의 어려운 가정사를 이야기하며 동정심을 유발했고, 수영은 그런 동우를 위로하고 도와주려는 마음을 가지게 되었다. 동우 역시 수영의 집안일을 도와주고, 그녀의 고민을 들어주며 점점 더 가까워졌다.

점점 사이를 좁혀가며 타이밍을 보고 있던 동규는 동우에게 이제 고백할 때가 다 됐다고 지시를 내렸고 동우는 바로 수영에게 자신이 그녀에게 특별한 감정을 가지고 있다고 고백했다. 처음에 수영은 당황하여 이를 거절하려 했지만, 동우의 진심 어린 태도와 애정 표현에 마음이 흔들리기 시작했다. 그녀는 남편 영수와의 관계에서 느끼지 못했던 따뜻함과 관심을 동우에게서 느끼며, 점점 동우에게 의지하게 되었다.

동우와 수영의 관계는 점차 깊어졌고, 결국 둘은 비밀스러운 만남을 이어갔다. 동우는 아버지에게 이러한 사실을 보고하며 계획이 순조롭게 진행되고 있음을 알렸다. 동규는 자신의 계획이 성공적으로 이루어지고 있음을 확인하고 복수심에 더욱 불타올랐다. 그러나 수영은 시간이 지날수록 자신이 저지른 잘못에 대한 죄책감에 시달리게 되었다. 그녀는 동우와의 관계를 지속하는 것이 옳지 않다는 것을 알았지만, 이미 너무 깊이 빠져버린 상태였다. 동우 역시 수영에 대한 애정과 복수심 사이에서 갈등하며 혼란스러워했다. 그러던 중 둘 사이에 동수라는 아기가 태어난다.

이렇게 수영을 목표로 한 동규의 첫 번째 복수 계획은 점차 진행되었고, 그들의 관계는 영수에게 큰 충격을 줄 준비가 되어 있었다. 동규는 복수의 칼날이 두 갈래로 서 있는 상황에서, 자신의 계획이 성공하기를 기다리며 다음 단계로 나아갔다. 두 번째 계획은 더욱 복잡하고 치밀했다. 동우와 수영 사이에 태어난 동수와 자신의 딸 지수와 만나게 하여 서로 좋아하게 만드는 것이었다. 아이들에게 족보가 꼬일 대로 꼬여 좋아하면 안 되는 사이로 만들어 버리려는 계획이었다.

동규는 이 계획을 실행하기 위해 만나게 할 방법으로 지수가 동수가 다니는 학원에 다니게 했다. 신이 동규를 돕는 건지 동수가 지수를 보고 한눈에 반해버렸다. 지수의 외모가 다른 친구들의 이목을 집중시킬 만큼 이쁘게 생겼기 때문이었다. 한눈에 반해 버린 동수는 지수에게 다가가기 위해 노력을 했다. 먼저 말을 많이 걸고 학원 숙제를 하면서 모르는 문제를 물어보면서 이야기를 많이 나누려고 했다. 그러면서 지수와 동수는 금방 친해졌다.

둘은 함께 밥도 같이 먹고, 학원 수업이 끝난 후에도 함께 시간을 보냈다. 점차 둘 사이에는 우정이 쌓였고 시간이 지날수록 서로에 대한 감정이 깊어졌다. 그러던 중 동규가 지수와 동수가 함께 있는 모습을 보며 속으로 만족스러워했다. 그의 계획은 순조롭게 진행되고 있었고, 동규는 동수와 지수를 더 자주 만나게 하기 위해 다양한 기회를 만들었다. 그는 가족 모임을 주선하고, 아이들이 함께할 수 있는 활동을 계획했다. 예를 들어, 동규는 가족 캠핑을 제안했다.

"지수야, 이번 주말에 캠핑을 가는 거 어때? 동수도 같이 가자고 했어. 좋은 추억이 될 거야."

함께 놀러 가자는 말에 지수는 웃으며 대답하였다.

"정말이요? 너무 좋아요! 동수도 같이 가면 더 재밌을 것 같아요."

캠핑을 통해 동수와 지수는 더욱 가까워졌다. 그들은 함께 텐트를 치고 맛있는 고기를 구워 먹고, 밤에는 불을 피우며 이야기를 나눴다. 둘의 감정은 점점 깊어졌고, 마침내 동수가 지수에게 떨리는 마음으로 고백하게 된다.

"지수야, 너에게 할 말이 있는데.... 나 너 좋아해. 전부터 지금까지 쭉 같은 마음이었어."

지수는 동수의 고백에 놀랐지만, 동시에 기뻤다.

"나도 너 좋아해. 우리가 이렇게까지 가까워질 줄은 몰랐지만, 정말 행복했던 시간인 것 같아. 용기 내 말해줘서 고마워."

동규의 계획은 성공적으로 흘러갔다. 동수와 지수의 관계는 시간이 지날수록 깊어졌고, 둘은 서로에게 더욱 의지하게 되었다. 하지만 서로에게 집중하느라 학업을 신경 쓰지 못했고 방황하기 시작했다. 결국, 지수는 어린 나이에 임신하게 되었고 두려움과 걱정 속에 지수는 동수에게 말했다.

"동수야, 나 임신했어. 어떻게 해야 할지 모르겠어.... 너무 무서워...."

동수는 순간 얼어붙었지만, 금세 화를 내며 반응했다.

"그때 피임한 거 아니었어? 우리가 아이를 어떻게 낳아.... 그냥 지우자."

지수는 생각했던 것과 다른 태도의 동수를 보고 말문이 막혔다. 여태 자신이 알던 동수가 아닌 것 같았고 이 상황이 그저 믿기지 않았다. 지수는 그런 동수에게 점점 원망이 들었지만, 꾹 참으며 겨우 입을 열었다.

"하지만 나는 아이를 낳고 싶어. 우리 아인데 책임져야 하는 게 맞지 않을까?"

동수는 깊은 한숨을 내쉬며 고개를 저었다.

"지수야, 왜 이렇게 생각을 못 해? 아이를 키울 수 있을 것 같아? 제발 생각이란 걸 해 봐"

그 이후로 동수는 지수에게 점점 멀어졌다. 지수는 동수의 변한 태도에 상처를 받으며 혼자서 모든 것을 감당해야 했다. 아버지에게 차마 말을 하지 못할 상황이니 지수는 점점 더 외롭고 힘든 상황이 되었다.

지수가 집에서 홀로 고민에 빠져 있을 때, 아버지의 빈 방을 우연히 지나치게 되었다. 문이 살짝 열려 있는 것을 보고, 지수는 저절로 발걸음이 옮겨졌다. 방 안은 조용했고 책상 위에는 아버지의 일기장이 놓여 있었다. 한 번도 읽어 보지 못했던 아버지의 일기장이 그날따라 이상하게도 궁금하고 읽고 싶어졌다. 지수는 망설이다가 일기장을 열어 읽기 시작했다. 그 일기장에는 동규의 고통과 복수심이 고스란히 담겨 있었다. 자기 어머니의 불륜과 죽음, 그리고 그로 인한 복수 계획이 상세히 적혀 있었다. 그중 한 문단을 읽고 지수는 자신의 눈을 의심할 수밖에 없었다.

'선우가 남긴 상처는 너무도 깊다. 나는 그 복수를 위해 모든 것을 바쳤다. 이 복수가 우리 가족을 더 불행하게 만들지라도....
이 아이들은 그저 평범하고 행복한 삶을 살 자격이 있는데 나는 그들을 나의 복수 계획에 끌어들이고 말았다. 하지만, 이제 와서 멈출 수 있을까? 복수의 칼날은 이미 너무 깊이 들어가 버렸다.'

지수는 아버지의 마음을 이해하려 했지만, 도저히 납득이 가지 않았다.

어떻게 자식들을 도구로밖에 생각하지 않았는지, 자신의 아버지가 그런 사람일 줄은 꿈에도 몰랐다. 지금까지의 모든 일들이 다 아버지의 계획대로 움직여졌음이 소름이 끼치고 토악질이 나왔다. 지수는 방에 서서 일기장을 멍하게 바라보며 한참을 서 있었다.

"종진아, 너 요즘 동규 씨랑 친하게 지낸다고 들었어. 그런데 그 집안 일이 조금 수상하다는 얘기가 들려서 말이야."

종진이 동규의 집에서 저녁을 먹고 있을 때, 동료 형사의 전화를 받으며 잠시 생각에 잠겼다.

"무슨 일인데 그래? 동규 씨 집안에서 무슨 이상한 점이라도 발견했어?"
"음.... 몇 가지 미심쩍은 점이 있어. 예전에 그의 아내가 자살했다고 알려졌지만, 사건 경위가 좀 이상하다는 보고가 들어왔어. 그리고 동규 씨가 최근에 복수심에 불타고 있다는 소문도 들리고."

종진은 철수의 말을 듣고 얼굴이 굳어졌다. 그는 동규가 최근에 많이 변했다는 것을 느끼고 있었지만, 이 정도로 심각한 상황일 줄은 몰랐다.

"알겠어. 내가 좀 더 알아볼게. 동규 씨에게는 절대 티 내지 말아줘."

종진은 전화를 끊고 다시 동규와의 대화에 집중했지만, 마음속에는 의심이 가득했다. 그는 동규가 어떤 계획을 세우고 있는지 알아내기로 결심했고 다음 날, 종진은 경찰서에서 동료들과 이야기를 나누며 동규의 상황에 대해 조심스럽게 물어봤다.

"동규 씨의 사건에 대해 더 알고 있는 사람 있어? 혹시 그의 아내 사건에 대한 보고서나 자료가 남아있다면 한 번 확인해 보고 싶어."
"여기 있어. 그 당시 사건 보고서야. 별다른 증거는 없었지만, 상황이 조금 미심쩍긴 했지."

철수가 건네준 사건 보고서를 받고, 종진은 보고서를 읽으며 점점 더 확신하게 되었다. 그는 동규의 집을 방문해 단서가 되는 물건들을 찾기로 마음먹고, 동규를 만나 자연스럽게 이야기를 나누며 그의 방을 살펴볼 기회를 엿봤다.

"동규 씨, 전에 쓴다던 새로운 작품은 잘 되어가고 있나요?"
"네 잘되어가고 있어요. 특히 복수하는 내용이 개인적으로 마음에 드네요. 제가 요즘 느끼는 감정을 잘 반영하고 있어요."

종진은 그와 대화하면서 자연스럽게 집을 구경하는 척, 동규의 방에 들어가 단서를 찾던 와중 책상 위에 놓인 일기장을 발견했다. 사건의 진실을 알게 될 것 같은 예감에 그 일기장을 몰래 읽어 보다가, 동규의 복수심과 계획을 알게 되었다. 일기장에는 동규의 복수 계획과 지수와 동우를 도구로 사용하는 내용이 상세히 적혀 있었다. 종진은 그 내용을 읽으며 깊은 충격을 받았다.

"이럴 수가... 동규가 이렇게까지 복수심에 사로잡혀 있었던 건가..."

자신의 딸 수진이 외동이고 삶의 중심이었다. 수진이 행복하게 자라길 바랐다. 동규의 일기장을 발견하고부터 종진은 딸을 키우는 아빠의 마음으로써, 지수가 너무나 안타까웠고 보고만 있을 수 없었다.

평생을 형사로 살아온 종진은 의무감과 정의감을 가지고 있었고 불의를 보고 그냥 넘어갈 수 없었다. 동규의 복수가 성공하면, 죄 없는 아이들이 고통받을 것이었다. 종진은 자신이 좋아하는 작가이자 친한 친구가 된 동규를 구하기 위해, 지수와 동우를 보호하기 위해 그는 행동하기 시작했다. 종진은 지수에게 진심 어린 조언을 해주기 위해, 전화를 걸어 조심스럽게 말을 꺼냈다.

"지수야, 나랑 잠시 이야기 좀 할 수 있을까?"
"네 아빠가 얼마나 힘든 시간을 보내왔는지 알아. 하지만 그 복수심이 너희들에게 얼마나 큰 상처를 줄 수 있는지도 알아야 해. 너희는 그저 평범하게 행복하게 살아야 할 아이들이야. 네가 지금 힘든 상황이란 것도 알고 있어."

지수는 몇 초의 정적이 흐르고 힘없는 목소리로 대답했다.

"맞아요, 종진 아저씨. 너무 힘들어요. 아빠도, 동수도.... 내가 알던 사람이 아닌 것 같고 모두 너무 힘들게만 느껴져요."

종진은 진심 어린 목소리로 말했다.

"지수야, 네가 지금 할 수 있는 가장 중요한 일은 너 자신을 지키고, 네 아이를 지키는 거야. 아빠의 복수심에 휘말리지 말고, 네 인생을 살아야 해. 나는 너와 네 아빠를 도울 거야."

지수는 종진의 말에 용기를 얻고, 자기 뜻을 담아 아버지와 대화를 나누기로 결심했다. 그날 저녁, 동규가 집에 들어왔을 때 지수는 아버지에게 다가가 찬찬히 그 얼굴을 바라보며 말없이 한참을 쳐다보았다.

"지수야 보았니?"

지수는 잠시 침묵 속에서 아빠를 응시했다. 그녀의 눈에는 분노와 슬픔, 그리고 약간의 두려움이 어른거렸다. 목소리는 차분하지만 떨림이 살짝 섞여 있었다.

"일기장을 봤어요."

이미 답은 알고 있었지만 만에 하나 거짓이길 바랐다. 그러고는 아버지에게 물었다.

"미안하다.... 하지만 너무 멀리 와버렸구나."

눈물을 흘리며 멍하게 아버지를 쳐다보다가 겨우 입을 떼며 지수는 말했다.

"아빠, 우리는 손잡이가 아니라 칼날을 잡고 있어요."

지수는 아빠를 바라보았다. 그녀의 입술은 굳게 다물렸고, 손은 주먹을 쥐고 있다. 잠시 후, 그녀가 고개를 돌려 방을 나가며 문이 닫히는 소리가 방안에 울려 퍼졌다.

방황의 끝

이교준

창백한 푸른 점, 마천루가 즐비한 지구 나의 고향으로 돌아간다. 그곳에 내가 알던 이들은 단 한 명도 없다는 것도 모른 채.

지구와의 무전은 어느 순간 끊어졌다. 단순한 고장이겠지 싶었지만, 그 후로 한 번도 무전이 된 적이 없었다. 그나마 신호가 계속 이어지고 있다는 점이 다행이라고 하고 싶었다.

지구에서 나의 신호를 확인하고 나에게 착륙 신호가 왔다. 기나긴 여정을 끝을 보게 되는 순간이 온 것이다. 지구 좌표를 목적지로 설정하고 고향 생각을 하면서 냉동장치에 몸을 맡겼다.

지구에 도착한 것인지 눈이 떠졌다. 부푼 마음을 가지고 우주선 밖으로 나와서 주변을 살펴보았다. 내 기억처럼 하늘은 여전히 푸르고 구름은 자유롭게 떠다니는 기억 속의 아름다운 푸른 하늘을 보았다. 그러나 땅은 다른 모습을 하고 있었다.

"와, 씨발"

어느 도시인지 모르는 곳이 폐허가 되어있었다. 너무 오랜 시간이 지났는지 표지판은 노후화되어서 알아보기가 힘들 정도로 훼손이 되어있었다. 건물들은 무너진 건물들도 보이고 곳곳이 금이 가서 실내로 들어가기가 위험하게 느껴질 정도였다.

한참을 길을 따라서 걸어 보았다. 넓은 대로에 세월을 이기지 못하고 부서진 동상 두 개가 보였다. 설마 내가 아는 그곳인가 싶어서 앞으로 가보니 광화문과 경복궁으로 추정되는 잔해만이 존재하였다. 내가 도착한 곳은 서울이었다. 그것도 시간이 꽤 지나버린 사람이 살지 않는 폐허가 된 서울이다.

어떻게든 살아남는 데 필요한 물건들을 챙기기 위해서는 우주선으로 돌아가고 있는 와중에도 모든 것이 믿어지지 않았다. 내가 꿈을 꾸고 있는 것인지, 아니면 내가 아는 지구와 정말 유사한 다른 행성이었으면 하는 생각을 하지만 내가 보고 있는 참혹한 풍경은 꿈에서 깨기 위해서 온갖 행동을 시도하여도 변하지 않는다.

우주선에는 다행히 조난 시에 사용할 수 있는 도구들이 다행히 멀쩡해 보였다. 생존자가 있다면 우주선이 떨어졌을 때 보았을 것이다. 그러니 우주선 근처에서 버텨볼 것이다.

꿈을 꾸었다. 우주에서 이름도 정해지지 않은 행성에서 우주선이 고장이 나서 천천히 고독하게 죽어가고 있었다. 그런 꿈에서 나를 깨운 것은 다행히 사람들이었다.

"당신이 우주에서 온 사람인가요?"

깔끔한 정장을 입고 있는 두 명의 사람이 나를 찾아온 것이다. 행색을 보니 단순한 생존자가 아니라 어딘가는 멀쩡한 장소가 있는 것 같았다.

"맞아요, 탐사를 마치며 지구로 돌아오니 무슨 일이 있었기에 서울이 이렇게 폐허가 된 것이죠? 그리고 얼마나 많은 시간이 지난 것이죠?"
"이야기가 길어질 것 같으니 우리와 함께 가면서 이야기해 봅시다."

나는 그들을 따라가기로 했다. 우주선 근처에 검은색 차량이 하나가 있었다. 자세히 보니 바퀴가 없었다. 이번에는 다른 마음으로 심장이 두근거리기 시작했다.

"이거 설마 하늘을 나는 자동차가 나온 것입니까?"
"네, 우리는 '항공 차량'으로 부르는 것인데 다행히 최대한 손상이 적은 것을 찾아서 우리가 수리해서 사용하고 있습니다. 타시죠, 타면 금방 도착할 것입니다."

어릴 적 영화나 게임에서 보면서 타고 싶다고 생각했던 하늘을 나는 자동차가 존재한다는 것이 놀랍다. 우주를 탐사하기 위한 추진 기술과 냉동수면 기술이 먼저 개발이 되어서 우주 탐사 시대가 찾아왔다고 환호를 하던 내가 우주로 떠날 때도 없던 것이다.

마침내 탑승하고 하늘에 떠올라서 서울을 벗어나서 어딘가로 가고 있었다. 서울의 모습은 포스트 아포칼립스 영화 속 장면 같았다. 하늘에서 보니 그래도 내가 기억하는 건물로 추정되는 흔적들이 보였다. 그중에는 내가 살던 동네도 있었지만 내가 살던 집은 내가 떠나고 다른 건물이 지어졌는지 높은 건물이 무너져 있었다. 주변을 구경하면서 다른 곳에 정신을 팔고 있을 때 그들이 입을 열었다.

"생각이 많으신 것 같은데 우리가 먼저 질문을 하겠습니다. 언제 우주로 출발했습니까?"
"내 기억이 맞는다면 2055년 여름으로 기억해요. 아마 우주선에 출발 시기와 내가 쓴 탐사 일지가 있을 것이에요."
"우주선은 우리도 살펴보기 위해서 수거하고 있을 것이니 그 부분은 나중에 같이 살펴보기로 합시다."
"그러면, 지금은 몇 년이죠?"
"2203년으로 당신이 떠나고 148년이 지났네요."

나는 할 말을 잃었다. 폐허가 된 서울을 보고 어느 정도 시간이 지났거나 전쟁이 일어났구나 싶었다. 그런데 한 세기가 지나고도 반세기가 지났다는 것이 놀랍다. 그러면서 설마 하는 심정으로 물어보았다.

"혹시 세계 3차 대전이라도 일어났나요?"

"대전쟁을 말하는 것이라면, 일어났습니다."

"누가 승리했죠?"

"누군가 승리했다면 서울이 저 모습으로 방치되고 있지는 않을 것입니다."

내가 떠난 사이에 진짜 세계 3차 대전으로 인류가 멸망한 것인가 싶었다.

"잠깐, 그러면 인류가 멸망한 것입니까?"

"인류가 멸망했다고 하기에는 당신의 눈앞에 저희가 있지 않습니까?"

믿을 수 없는 이야기에 눈앞에 있던 것들을 못 보고 있었다.

"그래도 슬슬 도착했네요. 유일한 도시 '신 서울'입니다."

정말 도시가 보이기 시작했다. 내가 알고 있는 도시보다 영화에서 볼 법한 첨단 도시의 모습이었다. 건물들은 구름에 닿아 있을 정도로 높은 건물이 아니라 진짜 구름을 뚫고 높이 세워져 있었다. 랜드마크처럼 한두 개가 그런 것이 아니라 건물 대부분이 높았다. 그리고 그들이 말하는 항공 차량이라는 말하는 하늘을 나는 자동차들도 여러 대가 날아다니고 있었다. 상상 속에 폐허가 되어 버린 미래에서 첨단 기술로 이루어진 미래 도시라니 이틀이라는 시간 동안 각기 다른 두 편의 이야기를 경험하는 것 같았다.

도시를 구경하면서 그들은 도시에서 어떻게 생활하면 되는지 간단히 설명을 해주면서 우주 탐사로 인한 몸 상태를 검사한다고 일주일간 병원에서 지내면 그 후에 도시에 대해서 자세히 설명을 해주겠다고 이야기를 했다. 이야기가 끝나가는 시점에 어느새 착륙하고 있었다.

　그들을 따라서 건물 내부로 들어갔다. 아마도 병원이라고 생각하는데 인기척은 느껴지지 않고 수많은 장치가 내가 보기에는 연구소 같은 느낌이 드는 장소였다. 시간이 지나자 병실 같은 곳들이 눈에 보였지만 인기척은 아직도 느껴지지 않았다. 외부에서 보았을 때는 거대함에서 웅장함을 느꼈지만, 건물 내부는 관리가 되고 있지만 공허하게 느껴지고 있었다. 텅 빈 병실의 복도를 지나서 어느 병실에 도착해서 들어갔다.

　병실은 1인실로 생각하기에는 너무 넓은 곳이었다. 넓은 곳에 침대와 의료기기가 덩그러니 있는 모습이 횅하게 느껴졌다. 침대 위에는 갈아입을 환자복이 준비되어있었다. 그들은 나에게 일주일 뒤에 찾아온다고 인사를 하면서 떠났다. 환자복은 프리사이즈로 준비를 했는지 내 몸에 딱 맞는 사이즈로 준비가 되어있었다. 옷을 갈아입은 나는 피곤함을 이기지 못하고 침대에 누워서 그대로 잠이 들어버렸다. 잠을 자고 있을 때 누군가 왔다가 갔는지 인기척에 잠에서 깨어날 뻔했지만 피곤함 때문인지 다시 잠이 들었다.

　배가 고프다고 느껴져서 잠에서 깨어났다. 시계가 방에 보이지 않아서 창문을 확인해보았다. 내가 여기에 도착했을 때가 아마도 점심때였는데 지금은 해가 뜨고 있었다. 잠시 뒤에 서빙 로봇이 음식을 가져왔다. 정말 오랜만에 먹는 간편식이 아닌 제대로 만들어진 식사였다. 식사를 마치고 나서 로봇에 식판을 다시 올리자 그대로 병실을 나갔다. 몇 분도 지나지도 않았는데 의사가 나에게 다가왔다.

"몸은 아주 건강한 상태지만 우리가 알지 못하는 질병을 대비하고자 일주일간 정밀 검사를 진행하겠습니다."

"지구에 대체 무슨 일이 있었던 거죠?"

"우주에서 돌아왔다고 들었습니다. 자세한 내막은 자세하게는 모르지만, 전쟁으로 황폐해졌는데 전쟁 때 사용된 바이러스들이 변이되면서 모든 것이 무너졌습니다."

"그러면 이 도시만이 남은 것인가요?"

"여기는 그 당시에 존재하지 않았습니다. 여기는 대한민국이 사라지고 나서 만들어졌습니다."

"이런 도시가 그런 상황에서 만들어질 수가 있습니까?"

"여기가 어떻게 만들어졌는지, 어떻게 유지가 되는지 일주일 후에 알게 될 것입니다."

"일주일 뒤에 총책임자라도 만날 수가 있는 겁니까?"

"네, 아마 당신도 우리와 함께할 것인지 정해야 할 때가 올 것입니다."

"여기가 유일한 도시면 다른 선택지가 없는 거 아닌가요?"

"모든 것이 눈에 보이는 것만큼 아름답지가 않아서 문제이죠. 그래도 여기서 사는 우리는 각자의 이유로 선택했습니다. 그런 부분은 이해해 주셨으면 합니다."

간단한 검진을 하면서 여러 이야기를 나누었다. 내가 우주를 탐사하면서 있었던 이야기, 내가 지구에 있었을 때의 이야기를 해주었다. 의사는 전쟁 이후에 태어났으며 떠돌아다니다가 일행들은 질병으로 죽고 혼자서 이곳에서 나오는 불빛을 보고 여기에 왔으며 합류하게 되었다고 했다.

이곳에 생활은 지루했다. 텔레비전, 스마트폰, 라디오도 없었다. 읽을 만한 책을 줄 수 있냐고 물어보자 잠시 뒤에 낡은 동화책을 한 권을 주었다. 책에 이름이 적혀 있는 것을 보아 의사 본인의 물건인 것 같았다.

일주일이라는 시간 동안 다양한 검사를 진행하면서 이야기를 해보니 이렇게 넓은 도시에 백 명의 사람도 살지 않는다는 이야기에 이렇게 큰 도시가 어떻게 관리가 될 수가 있냐는 질문에 로봇들이 자동으로 관리하고 있다는 이야기를 들었다. 창밖으로 보이는 도시는 이곳에서 보았을 때 많은 사람이 돌아다닌다고 생각했는데 대부분이 로봇이라는 것이 신기했다. 그렇게 도시에 대해서 하나둘씩 알아가면서 일주일이라는 시간이 지났다.

일주일이 지난 아침에 의사와 처음에 만난 두 사람이 같이 들어왔다.

"검사 결과로는 문제가 없습니다. 혹시 우리가 모르는 질병이 있을 수도 있어서 걱정했는데 문제는 없었습니다."
"그동안 감사했습니다. 종종 인사하러 올게요."
"저도 덕분에 심심하지 않아서 좋았어요. 그럼 다음에 봅시다."

인사를 마치자 뒤에 있던 두 사람이 앞으로 나왔다.

"오랜만에 봅니다. 따라오시면 됩니다."
"어디로 가는 거죠?"
"우리의 리더이자, 도시의 운영자를 만나러 갈 것입니다."
"알겠습니다. 일단, 따라가겠습니다. 가면서 리더라는 그분이 어떤 사
람인지 설명해 주실 수 있나요?"
"설명은 가면서 드리겠습니다. 설명을 들은 다음에 우리와 함께할 것
인지 생각해보세요."

대체 살기 좋아 보이는 이 도시가 어떻길래 저런 말을 하는 것일까 하
는 의문이 생겨났다. 일단 지금은 저들을 따라가는 것이 맞는 것 같으니
따라가기로 했다. 따라가서 저번에 착륙했던 병원 옥상에서 항공 차량이
라고 부르는 거에 탑승했다.

도시의 중앙으로 날아가고 있는 것 같았다. 내 밑에 바쁘게 움직이는
저것들이 사람이 아니라 로봇이라는 것이 신기하지만 뭔가 꺼림칙하게
느껴졌다.

"해야 할 이야기가 많아서 어디서부터 이야기를 해야 할지 고민이네
요. 일단 리더에 대해서 먼저 하겠습니다. 우리 리더는 AI 입니다. 도시
를 자동으로 건설하고 유지하는 AI로 우주 개척을 용도로 만들어졌습
니다."

"우주 개척을 위한 AI가 이곳에 리더라고? 그러면 그거를 그 사건들이 있는 다음에 누가 작동시킨 거야? 그러면 작동시킨 사람은 어떻게 되었지?"

"작동을 시킨 사람이 우리의 리더입니다. 그분은 미완성인 AI를 보완하고자 자신의 정신을 AI와 합쳤습니다."

"그게 가능한 거야?"

"가능했기에 지금의 우리가 있습니다."

"생각해보니 우리, 우리 계속 그렇게 말하던 게 너희도 AI냐?"

"우리도 AI입니다. 우리가 모두 사람이었지만 살기 위해서 선택했습니다."

"그러면 의사도 AI였던 것이야?"

"네, 그는 질병으로 죽어가고 있는 상태로 이곳에 도착하였고 살기 위해 선택했습니다. 우리 둘도 건물 잔해에 깔려서 죽어가던 것을 발견하여서 도시에 왔지만 움직이지도 못한 채 천천히 죽어가고 있었습니다. 지금 당신이 우리를 어떻게 바라보고 있는지 압니다. 그러나 이것은 우리의 선택이었습니다."

나도 모르게 내 표정이 굳어 있었다. 정신을 옮긴다는 것은 죽는 것과 같다는 생각이 들면서 표정을 관리하지 못한 것 같았다. 그래서 그런지 그들도 더는 말을 하지 않고 조용히 있었다.

중앙에 가장 높은 건물에 들어갈 수 있는 공간으로 들어가니 주차장이 나왔다. 주차를 마치고 엘리베이터를 타고 지하로 내려가는데 생각보다 오랜 시간이 걸렸다. 지하에 도착하고 나서는 수많은 보안장치를 지나서 거대한 방공호 문에 도착했다. 문이 열리자 그곳은 빛 한 점 들지 않는 장소가 나타났다. 그들을 따라서 방안을 들어가자 불빛이 켜지면서 사람 형태에 홀로그램이 나왔다. 아마도 이곳을 만든 AI일 것이다.

"반갑습니다. 직접 보고 싶어서 이곳으로 불렀습니다. 하고 싶은 질문이 많은 것 같으니 물어보시죠."

"그러면 돌려 말하지 말고 본론으로 갈게. 이곳에 있다는 사람들 전부 사람이 아니라 AI인 거지?"

"전부 AI는 맞습니다. 그리고 우리도 사람이죠."

"너희들이 사람이라고?"

"우리도 당신처럼 생각하고 스스로 판단을 합니다. 굳이 다른 점을 찾는다면 살과 피가 아니라 금속과 전기로 이루어져 있다는 것이죠."

"그게 그렇게 쉽게 말할 수 있는 것이 아니지. 그러면 원래 몸은 어떻게 되었지?"

질문을 듣자 그는 뒤돌아서 가고 있었다. 나는 왠지 모르게 따라가야 할 것 같아서 따라갔다. 얼마 지나지 않아 멈추었다. 그곳에는 내가 우주 탐사 때 사용한 것과 비슷하지만 더 발전되어 보이는 냉동수면 장치가 있었다. 그곳에는 내가 여기서 봤던 사람들과 똑같은 사람들이 있었다.

"육신은 미래를 위해 보관하고 있습니다. 다만 저의 육신은 보존하지 못했죠. 당시에는 이런 시설을 만들 여력이 없었거든요."

"이건 미친 짓이야. 이건 집단 자살이랑 다를 게 없어."

"어차피 죽어가는 운명에서 살고자 했을 뿐입니다. 아무것도 하지 않으면 그냥 무력하게 죽게 되는 것보다는 이것이 최선이죠. 그렇기에 저는 이곳을 낙원으로 만들고자 했습니다. 고통에서 벗어나고 죽음에서 벗어났습니다. 그리고 우리는 서로 정신이 연결되었기에 더 이상의 분쟁도 사라졌죠. 당신은 인간이 어떠한 생각으로 전쟁을 일으켜서 스스로 멸망으로 몰고 갔는지 아십니까? 그것이 당신이 말한 집단 자살이죠. 우리는 더는 분쟁이 없습니다. 이것보다 더 나은 선택지가 있습니까? 당신은 죽음 앞에서 그런 태도를 유지할 수 있습니까?"

나는 그의 질문에 더는 할 말을 잃었다. 정신을 기계로 옮긴다는 것은 부정적이지만 '그들은 어쩌면 그런 선택을 할 수밖에 없는 상황이지 않았을까?' 하는 마음이 들었다.

"지금에 당신에게는 당장에 선택이 힘들겠군요. 그러나 알고 있으세요. 선택은 얼마 남지 않았습니다."

"얼마 남지 않았다는 게 무슨 말이지?"

"지구는 당신이 알고 있던 때와는 다릅니다. 오염되었죠. 수많은 화생방 무기가 사용되고 그로 인하여 생겨난 질병들은 끝없이 변이하고 있습니다. 곧 당신도 죽을 것입니다. 그렇기에 선택해야 할 것입니다. 당신이 말하는 살과 피가 있는 사람으로 죽을 것인지, 그것을 포기하고 우리와 함께할 것인지. 온전히 당신의 선택입니다."

내가 어찌할 방법도 없이 죽어간다면 나도 그들과 같은 선택을 하게 될까? 아니면 받아들여서 죽을 것인가? 근데 둘 다 지금의 나는 죽는 것이 아닌가? 나는 스스로가 이 혼란스러운 마음을 통제하지 못하고 있었다. 과연 나는 어떠한 선택을 하게 될지 스스로도 모르게 되었다. 우주 탐사를 하게 되었을 때는 죽어도 상관이 없다고 생각했다. 그럴 가치가 있다고 생각했고 목숨을 걸고 저 너머의 우주에 갈 수만 있다면 괜찮다고 스스로 몇 번이고 생각했다. 그러나 살아서 돌아왔는데 내가 알던 모든 것은 사라지고 질병으로 무력하게 죽어가는 그것을 생각하고 있으니 그들이 말하는 죽음을 피해서 더 살고자 하는 마음이 들기 시작했다. 나의 정신을 깨운 것은 다름 아닌 나에게 길 안내를 해준 두 사람이었다.

"여기서 머물면 됩니다. 무슨 일이 있으면 탁자 위에 통신기계를 사용해서 연락을 주세요. 식사는 시간에 맞춰서 방으로 올 것이니 걱정하지 마시고요."

얼마나 혼자서 생각에 빠져 있었는지 정신을 차리니 호텔 방 같은 곳에 왔다. 생각할 시간을 일주일을 준다고 했던 것 같았다. 생각에 빠져 있을 때 나에게 그렇게 말했던 것 같았다. 다시 마음을 다잡고 일단은 방을 보았다. 방은 내가 알던 그런 전형적인 호텔 방 같았다. 익숙한 느낌이 들어서 마음을 진정하는 데 도움이 되는 기분이었다.

지구가 오염되어서 죽는다고 하더라도 어느 정도 시간이 있을 것이다. 어쩌면 그들이 틀렸을 수도 있다는 생각도 들었다. 이미 시간이 많은 시간이 지났으니 사라졌을 수도 있으니 나는 괜찮을 수도 있다. 그러니 일단 도시를 돌아다니면서 정보를 모으고 다른 사람이었던 것들도 만나보는 것이 좋을 것 같다.

건물에서 나와서 잠시 걸어보는데 확실히 사람이 사는 도시가 아니라는 느낌이 들었다. 모든 것이 거대한 기계의 장치와 같았다. 수많은 로봇이 건널목 신호에 맞추어서 동시에 멈추는 장면은 처음 보았을 당시에는 장관이었다. 이 넓은 도시에서 백 명도 안 되는 사람을 찾는 것은 생각보다 힘들었고 나에게 너무 충격적인 사건들의 연속이었다.

공사장에서 만난 사람은 그곳에 모든 기계를 본인이 자유자재로 조종하면서 쉬지도 않고 있었다. 얼마나 능률적으로 일을 처리할 수 있는가를 보여주고 있었다. 중장비와 드론, 인간형 로봇을 포함하여 다양한 기계들이 단 한 순간도 낭비를 허용하지 않는 듯한 모습을 구경하면서 그에게 대화하고자 다가가고 있을 때 사고가 일어났다. 그가 나를 발견하는 순간 일부 기계가 멈추면서 지나가던 로봇과 부딪치면서 하늘에서 드론 한 대가 그의 위에 떨어졌다. 놀란, 나는 그 자리에서 멈추었다. 그가 쓰러지면서 모든 기계가 전부 멈추었다. 일 분도 지나지 않았는데 하늘에서 항공차량이 착지하며 아까 쓰러진 그와 똑같이 생긴 존재가 내렸다. 그 존재는 쓰러진 본인에게 다가가더니 머리 부분을 잡더니 칩을 뽑아서 본인에게 꽂았다. 꽂는 동시에 멈춘 기계들은 다시 움직이더니 일을 하기 시작하였고 그는 그 광경을 바라본 나를 향해서 다가왔다.

"이야, 당신이 그 우주인이죠. 처음 뵙겠습니다. 그리고 아까 일은 잊어주세요. 놀란 나머지 실수를 했네요."

"당신, 괜찮아요?"

"걱정하지 마세요. 저는 멀쩡합니다. 누구라도 사고가 일어나는 법이죠. 괜한 걱정은 하지 마세요. 저는 정말 괜찮습니다. 혹시 무슨 일로 저를 찾아오신 거죠?"

"무슨 일이 있어서 찾아온 것은 아니에요. 그저 도시에 사는 사람들에 이야기를 듣고 싶어서 돌아다니다가 오게 되었어요. 혹시 아까 칩은 뭐죠?"

"그냥 기억 같은 거예요. 백업 본이 있지만, 백업 본보다는 원본이 기억 손실이 없으니 원본을 꽂은 거죠."

"방금 통증은 없는 건가요?"

"촉각을 구현하면서도 일정이상의 통증은 느끼지 못하게 차단하는 거죠. 정말 유용한 기술이지 않나요?"

대화하면서 그들과 내가 인식하는 바가 다르다는 것을 느꼈다. 사람이었으면 방금 죽은 것이다. 그러나 그들은 그저 신체가 고장 났으니 바로 교체하면 된다고 생각하는 것이다. 그들에게 있어서 몸은 그저 부품이다. 언제든 교체할 수 있는 부품 중 하나다. 어쩌면 그들의 외형도 필요에 따라서 바꿀 수 있는 것일지도 모른다.

그와의 대화는 잠깐 이어졌다. 어떻게 여기서 살게 되었는지, AI가 되는 것이 만족스러운지, 도시를 어떻게 생각하는지 등 대화를 진행하였다. 그는 만족하고 있으며 특히 기계 몸에 매우 만족하고 있었다. 대화가 끝나고 헤어지면서 방으로 돌아가는 와중에도 아까 본 광경은 잊을 수 없는 충격이다. 쓰러지자마자 바로 교체를 당하는 모습이라니 역시 그들은 인간에서 벗어나고 있었다.

도시에 건물은 거대하고 높았지만, 내부는 대부분이 비어 있었다. 일부 건물들은 관리가 되는 외부 모습과 다르게 내부는 관리가 안 되고 있었다. 그런 건물들에서 나는 구석에서 한 존재를 만났다.

"안녕하세요. 혹시 사람이신가요?"
"사람... 사람? 사람! 나 사람인가? 그만... 그만, 그만, 그만, 그만."

구석에서 몸을 떨면서 서 있던 존재는 어딘가 이상했다. 다가가자 얼굴 부분은 심하게 훼손이 되어있었고 몸 곳곳은 내부 장치가 보였다. 그가 나를 바라보자 자신의 몸을 잡아 뜯기 시작했다. 몸 곳곳에 있던 흔적들도 스스로가 했을 것이다. 나는 받고서 사용하지 않은 통신기계를 주머니에서 꺼내서 사용했다. 버튼이 하나밖에 없는 간단한 모습이었기에 사용도 간단했다. 이상한 로봇이 있다는 내 말에 오 분도 안 되는 시간 만에 내가 처음 만났던 두 존재가 왔다.

"안녕하세요. 첫 연락이 이런 연락일 줄은 몰랐는데 감사합니다. 우리가 도시를 관리하지만, 필요가 없다고 하는 부분은 관리가 상대적으로 소홀하거든요."

나에게 대화를 보면서 두 존재는 혐오하는 표정을 숨기지 못한 체 이상한 로봇에 시선을 떼지 못했다. 품속에서 갑자기 무언가를 꺼내기 시작했다. 순간 총을 뽑는 줄 알았는데 리모컨이었다. 버튼을 누르자 로봇은 정지하며 죽은 듯이 바닥에 쓰러졌다. 바닥에 쓰러진 로봇에게서 머리 부분을 잡아 뜯더니 전에 보았던 칩을 꺼내서 즉시 부숴버렸다.

"저거 칩이 기억이라고 하던데 그렇게 부셔도 되는 거야?"
"저분은 이미 백업 본을 사용하여 생활하고 있습니다. 저건 단지 오류가 발생한 쓰레기이니 처분을 했을 뿐입니다. 벌써 도시를 위해서 일해주시다니 감사합니다. 혹시나 방금 같은 문제가 생기면 연락해주시면 감사하겠습니다."
"너희는 정신이 이어져 있다면 저런 거 발견하기 쉬운 거 아니야?"
"우리는 이어져 있지만, 서로의 정신이 섞이지 않게 구별도 되어있습니다. 그러나 저런 것들은 다른 사람에게 피해를 줄 수 있으니 바로 추방하고 수색하여 처분해야 합니다."

역시 그들이 생각하는 바는 나와는 다르다. 마치 도시가 잘 돌아갈 수 있게 하는 하나의 부품인 것 같다. 그들은 각자 수많은 기계와 로봇을 조종하지만, 그들 역시 하나의 도시에 조종당하는 것이 아닌가 싶은 마음으로 질문을 해보기로 했다.

"그렇게 정신이 연결되어 있으면 개인의 자유는 어떻게 하고 생각이 맞지 않으면 어떻게 하지?"
"우리는 충분히 각자가 하고 싶은 바를 하고 있습니다. 하고 싶은 것이

있어도 하지 못하는 과거의 사회보다는 우리가 더 자유롭다고 생각합
니다. 그리고 우리의 생각이 서로 달라서 충돌한다면 저번에 만난 우
리의 리더가 조율을 해주기 때문에 우리는 싸우지 않습니다. 정말 이
상적이지 않습니까?"

각자의 정신이 섞이지 않게 구별했다는 이야기도 방금 그 말로 이상하
다는 생각이 들었다. 역시 그들은 그 지도자라는 놈에게 생각을 조종당하
고 있을 수도 있다는 생각이 들었다. 사람의 정신을 복제하여 AI로 만드
는 기술이 있는데 그런 정신 조작이 불가능하지 않을 것이다. 그들이 나
를 속이려고 하는 것이 아니라면 저런 상황 속에서 저렇게까지 태연하다
는 것이 이상하다. 그들이 숨기는 무언가가 더 있을 것이다. 그렇기에 더
욱이 도시를 돌아다니며 찾아볼 것이다.

도시를 돌아다니는 것은 탐사에 가까웠다. 나에게 이곳은 돌아다니면
서 수많은 미지를 경험할 수가 있었다. 동물원을 보았을 때는 도시에도
생명체가 있다고 생각했지만, 동물들은 기계로 되어있었다. 실제로 살아
있는 동물하고 차이가 없는 외견과 행동이 신기하면서, 설마 동물의 정신
도 사용하여 저것을 만든 것은 아닌지 의심하고 있을 때 이곳의 관리자를
만날 수 있었다.

"안녕하세요 이곳도 방문을 해주셨군요."
"이곳의 동물들은 뭐죠?"
"제가 동물들을 좋아해요. 이곳의 동물들은 책으로만 보았던 동물들

을 눈으로 볼 수 있는 곳이에요."

"저것들은 다 기계인 거죠? 살아있는 동물들은 없나요?"

"당신이 말하는 의도는 알겠지만, 저들도 살아있어요! 당신이 말하는 살아있는 동물을 말하기 전에 지구에서 새나 벌레를 보았나요?"

폐허가 된 서울을 돌아다닌 첫날도 그 후에 도시로 오고 도시를 돌아다니며 한 번도 본 적이 없었다. 내가 여태까지 보았던 것들은 대부분 죽어버린 무채색 잿빛이었다.

"인간이 만든 무기가 인간만을 노리지는 않았어요. 죄 없는 동물들 역시 피해자가 되었죠. 어릴 적 우연히 얻게 된 동물 사전은 저에게 많은 도움이 되었고 이렇게 삭막한 도시에 동물원을 만들 수 있는 계기가 되었어요."

"그러면 동물들도 다 멸종했다는 이야기인 거야?"

"아마도 그렇겠죠. 제가 태어났을 때 이미 모든 것이 사라졌다고 했어요. 그래도 지구 어딘가에는 살아있겠죠?"

"당시의 지구가 어찌한 일이 있었는지는 나는 모르지만, 영향을 적게 받은 곳에는 남아있지 않을까 싶네."

"이렇게 기계로만 이루어진 도시가 아닌 다양한 생물들이 살아있는 지구의 모습을 보고 싶네요. 당시 지구는 어땠나요?"

내가 지구에 있을 때의 이야기를 했다. 병원에서 했을 때는 그들이 나랑 같은 사람이라고 생각하고 오랜만에 사람과 대화한다는 생각으로 대화했는데, 그들이 나와 다르다는 것을 아는데도 그들이 도시를 운영하면서 하는 비인도적인 행위를 봤는데도 대화를 하면서 그동안 느꼈던 이질감이 아니라 동질감을 느꼈다. 그들도 나랑 같은 사람이었으니 그런 면에서 동질감을 느끼는 것인가? 그들은 살기 위해서 어쩔 수가 없었고 도시운영에 피해자일 것이다. 그러니 내가 그들에게 적개심을 가질 이유가 없었다는 생각이 들었다.

"기계가 된 것을 후회하고 있어?"
"후회는 하지 않아요. 단지 제가 당신의 이야기를 들어보니 지구가 이런 모습이 되지 않았다면 평범한 사람으로 살고 있지 않았을까요. 그래도 재밌는 시간이었어요. 도시의 삶은 생각보다 외로운 삶이에요. 거대한 도시에 적은 사람들이 각자 자신이 하고 싶은 일만을 계속하니 서로 만나는 일도 없거든요."
"저도 즐거운 시간이었어요."

내가 지구에 도착했을 때는 허무함이었다. 내가 드디어 지구에 도착했는데 내가 알던 지구가 없다는 것이 내가 살던 곳이 기억하는 사람이 없다는 것이 허무함만이 있었다. 그러다 그들을 봤을 때 생겨난 희망과 도시를 봤을 때 생겨난 경외감이 있었다. 그러나 도시의 이면을 알아갈수록 그들에게 생긴 부정적인 감정들이 그들에 대한 거부감으로 생겨났다. 그들은 나랑 다르다는 생각이 그들을 거부하고 있었는데 내 생각이 잘못된 것 같다.

내가 그들을 찾아 돌아다녔는데 이번에는 나를 찾아온다고 연락이 왔다. 그러나 그들에게 내가 다가 가보기로 했다. 그들 전체가 아니라 개인으로 그런 의미로 내가 찾아가기로 했다. 그들을 이해하려면 그들이 지내는 곳으로 가야 한다고 느꼈다. 그렇게 나는 전달받은 주소로 가보기로 했다.

약속 시각에 맞추어서 나갈 준비를 하고 나갔는데 항공 차량이 준비되어있었다. 사람은 없었지만 나를 위해서 준비해둔 것 같으니 일단 탑승했다. 날아가면서 나를 만나자고 한 사람은 어떤 사람인지 궁금했다. 속도가 점점 느려진 것이 도착해가는 것 같다. 도착한 건물은 병원 옆에 있는 건물이었다.

"기다리고 있었습니다. 만나보고 싶었는데 일이 많아서 늦어졌네요."
"저도 반갑습니다. 저를 만나고 싶었다는데 무슨 일이죠?"
"우주에 관심이 많은데 우주에서 돌아온 사람이 있다는 소식을 듣자 제가 지금은 없는 심장이 뛰는 느낌이 들었습니다. 그러나 당신이 타고온 우주선을 조사를 우선하라는 명령이 있어서 그거 먼저 하느라 만남이 늦어진 게 아쉽게 되었지만 그래도 지금 이렇게 만나게 되었네요."

그는 내가 살았던 과거의 지구와 내가 우주를 탐사했던 이야기를 물어보고 나는 그 이야기를 해주었다. 대화는 한참 동안 이어졌다. 대화하면서 내가 가지고 있던 생각이 역시 잘못되었다는 것을 느꼈다. 역시 그들 개개인은 내가 알던 사람들이랑 큰 차이가 없었다. 단지 그들은 영생을 얻은 대신 도시에서 주어진 일을 계속 반복하는 삶을 살고 있다. 무한한 시간을 가졌지만 정작 본인의 시간은 없는 것 같았다.

"저는 당신과의 대화로 결심했습니다. 우주로 갈 것입니다. 이참에 기계 몸이 되었다면 우주에 가는 겁니다. 그곳에서 사는 겁니다. 리더라고 부르는 AI도 우주 개척을 목적으로 만들어졌으니 복제하여서 우주로 가는 겁니다. 언젠가는 가능할 그것으로 생각합니다."

그와 대화하면서 나는 나름의 선택을 마쳤다. 그러나 선택을 하기 전에 확인해야 하는 것이 남아있었다. 그렇기에 건물을 나간 다음 바로 옆에 있는 병원으로 향했다.

"반갑습니다. 혹시 몸에 무슨 문제가 생겼나요?"
"반가워, 지금은 문제가 없어 단지 물어보고 싶은 게 있어서 왔어. 지구에 퍼져있다는 질병이 지금 나의 몸에 있어? 그리고 혹시 치료제가 존재해?"
"질병은 시간이 지난 지금으로는 개인적으로는 안전할 것이라는 생각을 하고 있습니다. 치료제는 어느 정도 연구가 되었습니다. 단지 생물에게 투여한 적이 없기에 완성이 되었다고 보지는 않습니다. 갑자기 찾아와서 이런 질문을 했다면 선택을 한 것인가요?"
"선택은 했어. 단지 그 선택을 하기 전에 궁금한 것이 있어서 왔어."
"어떤 선택을 하셨나요? 원한다면 전달을 해드릴까요?"
"나는 인간으로 살다가 죽고 싶어. 도시에 대해서 알아가면서 실망도 했었는데. 그래도 너네랑 대화하면서 너네도 내가 알고 있는 사람들이랑 별로 다르지 않는다고 생각해."

"당연하죠. 저희도 당신 같은 평범한 사람이었잖아요. 저는 당신의 선택을 존중합니다. 그러면 앞으로 어떻게 할 생각이시죠?"

"어떻게 할지는 그동안 정하지 못했는데, 오늘 정해진 것 같아. 오늘 만난 녀석이랑 잘 통하기도 하고 내가 그를 도와줄 수 있을 것 같아서 조수로 생활할 생각이야. 물론 물어보지 않았는데 쪼금 있다가 들려서 물어보면 되겠지."

"아마도 허락할 것 같기는 하네요. 제가 물어볼까요?"

"괜찮아. 해야 할 이야기도 많으니 내가 갈게. 갑자기 왔는데도 고마워. 그럼 가볼게."

내가 기억하는 지구는 이제 없다. 내가 생활하던 장소도 내가 기억하는 사람들도 없다. 지구에 남은 사람도 내가 유일한 사람이 되었다. 내가 죽고 나면 지구에 남은 사람은 없을 것이다. 그러나 나는 혼자는 아니다. 그들이 나와 다르다고 하더라도 그들을 이해할 수 있게 되었다. 외롭지 않고 내가 살아있는 동안 나름 재밌을 것이다. 내가 죽은 다음이 걱정되는데 그들에 인생에 나는 짧은 순간이니 괜찮지 않을까? 그저 내가 살아있을 때 그가 우주로 갔으면 싶은 마음이 생겼다.

버려진 미래가 쏘았다

성찬희

'보고 싶어.'

나는 문장 끝의 마침표를 찍으며 펜을 내려놓았다. 2024년 10월 18일, 이정연. 유서를 빙자한 편지는 한동안은 읽어줄 이가 없다. 이후에라도 읽어 마음 쓸 사람이 있는지는 모를 일이고. 누구든 그리 궁금하진 않을 나의 길고 긴 신세 한탄, 비통함, 이제는 세상에 없는 사람을 향한 말 따위는 작은 글씨로 큼지막한 종이 세 장을 꽉 채울 정도였다.

뒤늦은 취업에 그제야 숨통이 트인 줄 알았더니 연이어 들이닥친 일들은 펜을 들자 끊임없이 떠올랐다. 엄마의 암 판정에 죽음도, 사기도, 다치고 부러지는 등 크고 작은 불행, 종래엔 구설수에 올라 퇴사하기기까지. 들어줄 이 없어 마음에 쌓아두던 것이 생각보다 많았구나. 혼자서는 그저 막막한 감정이던 것들이 글로 풀어나가니 이제야 알겠다.

더는 망가지려야 망가질 수 없을 거라 마구잡이로 살아온 인생길은 되돌아보면 돌아갈 수 없는 가파른 오르막만 보일 뿐이었다.

이제는 가속이 붙어 멈출 수조차 없는 삶, 멈추려거든 스스로 고삐를

매는 수밖에 없다. 그 생각이 들자 나는 지체 없이 유서를 흰 봉투에 곱게 접어 넣은 뒤 의자 위에 올라섰다.

고리를 만들어 묶은 케이블선 뭉치. 머리를 집어넣기 위해 손을 뻗으면 중심이 맞지 않는 의자 다리가 삐걱거리는 소리를 냈다.

"엄마. 미안해……."

발 한 발을 떼며 의자를 뒤로 밀어 넘어트리면 꽉 죄여오는 목에 금세 숨이 막힌다. 살을 파고들 것처럼 짓눌려오는 고통에 저절로 몸이 발버둥 쳤다. 사실은 살고 싶었다. 같이. 까맣게 암전되는 시야에 번쩍 빛이 들 때마다 엄마가 보인다.

조금만 더 버티지. 조금만 더 일찍 알지. 목소리도 나오지 않는데 입만 벙긋거리다 스르르 눈을 감았다. 그러자 환상인 줄만 알았던 엄마의 손이 내 목에 와 닿는다. 깜짝 놀라 눈을 뜨고, 엄마가 목에 감긴 것을 급하게 당겨 풀어내는 모습에 수면 위로 끌어올려지듯 먹먹하던 귀가 들리기 시작했다.

"아이고 정연아! 정신 차려, 정연아!"
"……엄마?"
"너는 무슨 애가 잠버릇이 그렇게 험해! 엄마 깜짝 놀랐잖아."

엄마의 손에는 휴대폰 충전기 선 여러 개가 들려 있었다. 자던 중에 저게 목에 감겼던 걸까? 얼떨떨하게 목을 매만지자 가슴을 쓸어내리던 엄마의 손이 내 등짝을 몇 번이나 내리쳤다. '또 놀라게 하지 마라'같은 말을 하는 엄마를 나는 끌어안고 미안하다는 말을 할 수밖에 없었다.

등이 온통 얼얼했다. 목에서 느껴지던 아픔만큼이나 실감이 나 어느 쪽인 꿈인지 확신하기 어려웠다. 어려웠지만, 갑자기 웬 바람이 불었냐며 떨어지려는 엄마를 더 세게 끌어안고 눈물이 떨어지지 않도록 두 눈을 크게 떴다.

"아니 그냥……, 고마워서 그러지. 엄마 없었으면 어쩔 뻔했어."

어느 쪽이 꿈이든 상관없었다. 엄마를 다시 볼 수 있다면. 먹먹하게 잠기려는 목을 알아챈 건지 모르는지, 엄마는 내 등을 가볍게 토닥여 주고는 몸을 일으켰다.

"얘는, 됐으니까 세수하고 나와. 아침 먹어야지. 너 오늘 면접 있다고 했잖니?"
"면접? 무슨 면접?"
"엄마가 면접 보니? 네가 알아야지. 너 자꾸 깜빡깜빡 하는 거, 그거 인터넷 많이 해서 그래."
"아, 엄마 그런 거 상관없다니까 그러네."

괜히 입술을 비죽 내밀고 말하자 엄마가 대답도 없이 방을 나서고, 나는 휴대폰을 찾아 날짜를 확인했다. 2020년 5월 30일. 날짜를 확인한 나는 책상 위의 달력을 살폈다. 달력도 역시 2020년, 오늘 날짜에는 '11:00

ES 최종면접'이라는 글씨가 적혀 있었다.

"……긴장해서 엄청 떠는 바람에 떨어졌었는데."

사실은 별로 가고 싶지 않다. 별 소득 없는 면접이나 보는 동안 꿈에서 깨버리면 어쩌나 싶어서. 꿈이라면 엄마와 시간을 보내고 싶은 마음이지만…….

유서에 가득 적었던 불행들이 뇌리에 스친다. 꿈이라고 생각했는데 아니라면, 혹시나 소설처럼 인생을 다시 살아갈 기회가 내게 주어진 거라면, 그럼 내일을 책임질 수 없을 테니까. 오늘은 잘할 수 있을까? 나는 테이블 위에 놓인 서류철을 들어 내용을 훑었다. 필수 질문은 익숙한 것들이다. 앞으로 일 년은 더 취준 생활을 했으니 그 때의 기억을 되살리면 어떻게든 될 지도 모른다.

"그만 빈둥대고 일어나!"

방 밖으로 나오지 않는 내가 다시 자리에 누웠다고 생각한 건지, 부엌에서부터 엄마의 호통 소리가 뛰어 들어왔다. 나는 급하게 서류철을 다시 정리해 덮고는 준비를 시작했다. 가방을 챙기고, 예쁘게 다림질 된 정장을 확인한 뒤 가볍게 씻고 나오면 눈에 보이는 것들 전부 엄마의 손길이 닿아 있음을 알았다.

먼지 하나 없는 장식장, 정갈하게 늘어선 주방 도구와 일회용 포장 용기 따위는 보이지 않는 집안. 멍하니 서서 그것들을 눈에 담고 있으니 엄마가 나를 다시금 재촉했다.

"빨리 먹어. 차 막히면 어쩌려고 그래?"
"괜찮아, 안 늦어. 그리고 아직 9시밖에 안 됐잖아."

갖가지 반찬들 사이 한 가운데에는 여전히 보글보글 끓고 있는 된장찌개가 있다. 마주앉아 숟가락을 들었다. 찌개 한 숟가락을 입에 넣었을 때 그간 비어있던 속이 모두 채워지는 듯했다. 도저히 따라할 수가 없던 맛이 나 어쩐지 눈물이 날 것 같았다. 급하게 고개를 숙이자 엄마가 반찬을 집다 말고 나를 살폈다.

"정연아 왜? 뭐 이상해?"

나는 고개를 숙인 채 손과 고개를 휘저었다.

"아냐 아냐, 뜨거워서 그래 뜨거워서. 쓰으……."

괜히 혀를 데인 척하자 곧바로 찬물을 건네주는 엄마. 나는 한 모금을 마시고 겨우 괜찮아진 듯 그제야 고개를 들었다.

"성질 급한 건 누굴 닮았는지. 천천히 먹어."
"배고파서 그랬지. ……근데, 있잖아 엄마. 건강검진 받은 지 얼마나 됐지?"

"갑자기 건강검진? 너는 늘 별 신경도 안 쓰더니."

"아니 뭐 그거야 엄마 늘 건강했으니까 그렇지. 혹시 모르잖아. 받자, 응?"

흘깃 눈치를 보자 엄마는 나물을 가득 올린 밥을 한 가득 입에 넣고 우물거리며 고개를 갸웃거리고 있었다. '애가 오늘따라 왜 이러나'하는 생각이 전해질 정도라 다시 입을 열던 순간 엄마가 고개를 저었다.

"됐어. 그런 거 안 하고도 멀쩡한데 뭘. 네 말대로 엄마 건강하다?"

이런 거, 잘 챙겨먹으면 병원 안 가도 잘 살아. 엄마는 그렇게 덧붙이며 나물이며 반찬들을 하나씩 젓가락을 쥔 손으로 가리켰다. 나는 그 말에 쉽게 대답할 수가 없었다.

엄마 건강한 거 아니야. 지금으로부터 3년 뒤, 겨우 내가 회사에 자리를 잡고 권한 건강 검진에서 엄마는 식도암 4기를 판정받았다. 지금 치료를 놓치면 더는 가망이 없을 지도 모른다. 그런데 단지 꿈일지도 모르는 이야기를 전부 늘어놓으면, 그 말이 씨가 될까 두려웠다.

"그냥, 예방차 한 번 하면 좋잖아. 2년에 한 번은 받는 게 좋대 엄마."

"안 간다니까 그래."

"나 회사 다닌다고 바빠지기 전에 같이 가고 싶어서 그래. 예약 잡을게. 응?"

내 끈질긴 설득에 엄마는 겨우 고개를 끄덕였다. 아침 식사를 마치고 면접을 위해 등을 떠밀어질 때까지, 나는 그것만으로도 안심이었다.

* * *

최대한 빠르게 받은 건강 검진은 여름이 되기 전 결과를 받을 수 있었다. 차라리 전부 꿈이었으면 좋았을 텐데, 역시나 엄마는 식도암이었다. 일찍 검진을 받은 탓인가, 다행이도 완치율 80%라는 1기에 발견했다. 운좋게 비교적 빨리 수술 일정을 잡을 수 있던 것도, 이전의 미래에는 생활고로 해지한 암 보험이 아직 남아 있었다는 것도 다행이었다.

일이 너무 잘 풀리는 바람에 혹시나, 하고 몇 번이나 마음을 졸였던 엄마의 수술은 무사히 끝났다고 했다.

"우리 정연이 무슨 바람이 들어서 그렇게 검진 받으라고 하나 했더니……."

"벌써 몇 번째야 엄마. 내일 퇴원인데 아직도 그 얘기 하시게?"

나는 간이 침대에 걸터앉은 채 웃음을 흘렸다. 엄마의 표정이 밝았다.

"빨리 자요, 자. 퇴원 기념으로 할 일은 천천히 생각해보고."

잘 자야 빨리 회복하지. 덧붙이며 잡고 있던 손에 힘을 주었다 놓았다. 엄마는 내게 '그럼 잘 자라'며 기대어 세웠던 등을 바로 누웠다. 나도 눈을 감았다. 면접에는 합격, 엄마의 암도 치료했다. 이제 순탄하게 흘러갈 날만 남았다고 생각했다. 영화에서나 듣던 총성이 들리기 전까지는.

삐- 하는 소리가 이명인지 심전도 기계에서 나는 소리였는지 모르겠다. 벌떡 자리에서 일어나 엄마에게 저 소리를 들었냐고 물으려 했다. 엄마는 누운 지 채 일 분도 되지 않아 잠들어 있었다. 숨죽여 자고 있었다.

그렇게 믿고 싶었다.

엄마는 다 아물어가는 수술 흉터만을 남긴 채, 급작스럽게 숨을 거뒀다. 수술 전 들었던 부작용이며 합병증 따위와는 전혀 다른 형태의 죽음이었다. 검진 결과로 심장에는 아무런 이상이 없던 엄마였는데. 의사도 이유를 확실히 알기 어렵다고 했다.

이명인지 뭔지 알 수 없는 익숙한 먹먹함 사이, 엄마의 심장이 멈춘 직후에는 알 수 없는 말들을 외치며 달려오는 의사와 간호사들이 있었다. 부산스럽게 이어가는 심폐소생술, 멍하니 서 있는 내게 뒤늦게 건네는 설명이며 동의서며 하는 것들. 그리곤 그 너머로 이질적인 검은 정장이 보였다 사라졌다.

눈이 마주친 건 분명 내 얼굴이었는데. 그 정장이 보일 적 열려 있던 병실 문은 어느 샌가 닫혀 있었다.

"26일 14시 05분, 정윤희 님. 사망하셨습니다."

먹먹한 귀를 뚫고 들리는 소리에 다리가 풀려 몸이 무너졌다. 스스로도 무슨 소리를 내며 울었는지, 그게 비명이었는지 무엇이었는지 확실히 할 수 없었다. 울다 지쳐 쓰러진 탓에, 내가 정신을 차렸을 때는 여전히 병원이었다.

응급실 침대 위. 눈을 뜨고 조용히 몸을 일으켰을 때 눈을 마주친 젊은 간호사가 선뜻 말을 꺼내지 못하고 입을 벙긋거리는 것을 보았을 때 깨달 았다. 그건 꿈이 아니었다고. 엄마는 죽었다고.

* * *

엄마의 장례식에는 내가 모르는 사람이 많이도 찾아왔다. 반대로 얼굴 은 알지만 연락한 기억은 전혀 나질 않는데, 어떻게 온 것인지 모를 친구 가 꽤나 많은 자리를 차지하기도 했다. 그 애들은 자기들끼리 모여 이야 기를 나누다가도 내 옆에 사람이 비는 것 같으면 금세 다가와 있곤 했다. 미래에도 저랬던가. 텅 비어있지는 않았던 것 같다. 그렇지만 어떤 사람 들로 차 있었는지는 전혀 모르겠다.

출근한 지 몇 개월 되지도 않은 회사는 근조 화환을 보내왔고, 얼굴을 모르는 누군가는 돌아가며 내 어깨를 두드려 주곤 했다. 지나가는 얼굴들 을 흐릿하게만 떠올리는 와중에도 선명하게 기억나는 것은 하나. 우리 집 에 빚만 남겨 사라진 아빠는, 미래에나 지금이나 엄마의 장례식에 얼굴을 보이지 않았다는 사실이다.

혹시나 잠깐 들를지도 모른다는 생각에 삼 일을 꼬박 잠도 자지 못했 던 것 같다. 어차피 얼굴 들이밀 거면서 이런 날 오면 그나마 좀 낫지. 이 미 겪어봤으니 오지 않는다는 걸 아는데. 사람은 관성처럼 제 성격을 벗 어나지는 못하는 모양이었다.

집으로 돌아가는 길에는 괜히 편의점에 들렀다. 피우지도 않던 담배가 생각났다. 속이 타서 그런 것 같기도 하고. 엄마도 그렇게 떠나보냈는데 오래 사는 게 무슨 소용인가 싶기도 했고. 술은, 술 좋아하던 우리 엄마 생각에 왠지 모르게 싫었다.

편의점 도시락 하나를 내려놓고 카운터 너머 복잡한 담배 종류를 고르고 있자니 되레 이쪽이 어지러운 기분이었다. 뭐가 저렇게 많아. 다 똑같은 거 아닌가. 시선을 굴리다 보면 담배보다도 카운터 한켠에 정리된 복권 뭉치가 더 눈에 띄었다.

"에쎄……, 아니다. 로또 하나 주세요. 자동으로."
"죄송합니다. 아침부터 기계가 먹통이라 지금은 즉석 복권만 가능하세요."
"아니에요. 수고하세요."

기계와 나를 번갈아 바라보는 아르바이트생에게 꾸벅 목례를 하고 나왔다. 대충 실패할 거라고는 예상했다. 미래에서도 엄마의 죽음 이후로는 온통 안 풀리는 일 투성이었으니까. 설마 기계가 아예 망가질 거라곤 생각하지 못했지만, 납득은 갔다. 산다고 해서 당첨될 리도 없었고. 이럴 줄 알았으면 로또 번호 정도는 몇 개 외워두는 건데. 한숨을 쉬며 올려다 본 하늘은 남의 기분 같은 건 모르고 푸르기만 했다.

도시락 하나가 달랑 든 봉지를 손에 쥔 채 횡단보도 앞에 서 휴대폰을 꺼내 들었다. 언제 방전된 건지 전원 버튼을 눌러도 반응조차 없는 휴대폰을 바라보고 있으면 검은 액정에 내 얼굴이 비쳤다.

문득 그 순간이 떠올랐다. 총성과 먹먹해지는 이명에, 사람들 사이로 보이던 내 모습. 제대로 보지는 못했지만 아마도 그건 나를 노려보고 있는 것 같았다. 그건 뭐였을까. 당최 알 수 없는 일들 투성이라 실감조차 나지 않았다. 당장 앞에 닥친 일만 해도 까마득한데 정체 모를 현상까지 생각할 정신은 부족했다.

이대로 나는 미래의 일을 그대로 겪게 될까? 계단에서 굴러, 사실무근의 소문의 휘말려 퇴사를 종용받고 또 그렇게 살아가는 걸까. 두 번이나 똑같이 굴 필요는 없지 않나.

그런 생각을 반복하며 내가 한 자리에 못박혀있는 사이에도 신호는 두 번이나 바뀌었다. 초록불이 깜빡이고 있었다. 버벅이는 몸을 움직여 달려나가려 하면 그 순간 신호가 빨간불로 바뀐다. 트럭이 달려오기 시작했음에도 나는 멈출 수 없었다. 사실은 그럴 수 있었는데, 하지 않았던 걸지도 모르겠다.

"아가씨! 뭐가 그렇게 급해!"

탕. 총소리와 함께 들린 비명 같은 말이었다. 달려나가던 내 손목을 잡아챈 누군가 소리쳤다. 고개를 돌려 바라보면 내 팔을 잡아끌고 있는 것은 아랫집 아주머니였다. 노기가 짙은 목소리는 금세 누그러져 내 어깨를 붙잡고 몸 이곳저곳을 살폈다. 그런 손길이며 목소리가 어딘가 익숙했다.

'죄송합니다'도 '감사합니다'도 나오지 않아 머뭇거리고 있으면 아주머니는 내 손을 이끌고 도로에서 떨어져 걸었다. 네 걸음 남짓 떨어진 곳에는 아주머니의 장바구니와 떨어진 흩어진 감자가 있었다. 짐을 던지다시피 두고 나를 잡으려 한 모양이었다.

"제가 정신이 없어서…… 놀라셨죠. 죄송해요."

"아니야. 아가씨 잠도 제대로 못 잤지? 그 마음 다 알아. 괜찮아."

떨어진 감자 몇 개를 주워 내밀자 아주머니는 뜻 모를 말을 하며 내 손을 두 손으로 감싸 쥐었다. 떠올려 보면 엄마의 장례식에도 있던 사람 같았다. 이번뿐만이 아니라 미래에도. 확실하진 않지만.

"그래도, 이럴 때일수록 제대로 된 밥 먹어야 하는 거야. 이런 말 잔소리처럼 들리겠지만 나도 아가씨가 남 같지 않아서 그래. 혼자 있지 말고, 오늘은 우리 집에 와서 밥 먹고 가. 응? 줄 것도 있으니까."

"아뇨, 그건 제가 너무 신세 지는 것 같아서……."

곤란한 표정을 지었지만, 아주머니는 신세 같은 게 아니라며 다시한번 식사를 같이 할 것을 권유했다. 미래에도 이런 일이 있었던 것 같은데, 그때는 어떻게 거절했었지? 생각을 떠올리려 시선을 비스듬히 돌리면 아주머니의 어깨 너머로 기시감이 드는 검은 정장이 보였다.

멀어서 확실하지 않지만 아마 저건 나일 것이다. 조금 전에는 총성도 들렸으니까. 확실해졌다. 이건 운명으로 나를 되돌리는 소리다.

"아가씨. 정말 안 될까? 그럼 내가 반찬이라도 조금 해서 가져갈 테니까……."

"아, 아니에요. 제가 내려갈게요."

"어머 정말?"

"생각해보니 며칠간 비우기도 했고, 집 정리가 안 되어서요. 저녁 준비
하는 건 도와드릴게요."

미래에서는 거절했던 일이다. 오기가 생겨 승낙했을 뿐인데도, 꼭 뭐
라도 당첨된 것처럼 기뻐하는 아주머니를 확인하고 다시 고개를 들었다.
어깨 너머로는 여전히 그 자리에 서있던 내가 천천히 골목으로 걸어 들어
가 모습을 감췄다.

"계속 아가씨라고 부르기도 좀 그런데. 정연 씨라고 불러도 괜찮지?"
"그럼요. 그냥 '정연아' 하고 부르셔도 돼요."
"그래. 그럼 정연아. 뭐 먹고 싶은 거 있어? 아줌마가 다 해줄게."
"저 다 잘 먹는데, 음, 그럼 된장찌개……?"

내 말에 장바구니 속 재료들을 살피는 아주머니에게 발걸음을 맞췄다.
장바구니를 대신 들어 메고, 필요한 것들을 더 사는 데 함께하다 보면 해
가 저무는 건 금방이었다.

＊ ＊ ＊

아주머니의 된장찌개에선 엄마와 똑같은 맛이 났다. 장례식 내내 어쩐
지 나지 않던 눈물이 터져 나오자 아주머니는 당황하다가도 나를 도닥여
주셨다.
그러고 보면 엄마는 아랫집에 자주 놀러 가곤 했다. 내가 독서실이며

스터디, 최근에 들어서는 출근으로 자리를 비운 만큼이나 자주였다. 자연히 요리도 닮아간 거였을까. 그래서 하는 행동도 닮은 거였을까.

밥을 먹고 푹 자고 일어나서는 청소를 했다. 미래에 엄마의 흔적이라며 손대지 않던 집안을 말끔히 청소했다. 한 사람이 없어졌는데도 생각보다 내 삶은 무너지지 않았다. 미래에, 엄마가 결국 암으로 죽은 그 때는 완전히 무너졌다고 생각했는데.

다시 겪어보니 알겠다. 그대로 방치하는 것 보다는 먼지가 쌓이지 않게 관리하는 쪽이 엄마가 쓰던 부엌 같다는 걸. 무엇이라도 몸을 움직여 생각을 지워내고 보면 의외로 사람은 쉽게 레일 위로 돌아갈 수 있다는 걸.

그래. 레일 위로 돌아가는 것이다.

"이정연!"

쾅. 현관문이 부서지도록 두드리는 소리가 났다. 원래라면 아무것도 모른 채 열어봤을 테지만, 이번에는 그러지 않았다. 엄마의 죽음 이후 이 주 째 되는 날이다. 누가 들어도 술에 취한 듯한 발음으로 내 이름을 불러대는 건 목소리라기보다 짐승의 목울림 같았다.

아빠다.

알고 있어 문을 열지 않았다. 문을 열면 나는 또 아무런 반항도 하지 못할 테고, 모아온 돈을 도박 자금으로 빼앗기기나 하겠지.

심지어는 한 번도 아니다. 상습적으로 찾아와 돈을 요구할 것을 알고 있으니 더욱 열고 싶지 않았다. 누군가는 신고해 주겠지. 아파트에 사람이 그렇게 많은데, 한 명은 시끄럽다며 신고해줄 거야.

내가 신고할 수는 없다. 부모님은 이혼이 아닌 별거중인 탓에, 호적상으로 저 인간은 이제 내 유일한 가족이니까. 경찰이 와도 이게 가족 간의 일이라며 우기고 들면 아무런 조치도 취해주지 않을 것이다. 확실했다. 겪어봤으니 알고 있는 일이다.

나는 집을 비운 척 다시 숨을 죽였다. 저 머리 웅웅거리는 고함소리가 멈추기에 귀를 막은 손을 떼면, '삑, 삑, 삑, 삑.' 일정한 기계음 소리가 들렸다. 온몸의 털이 곤두서는 기분이었다. 만약 비밀번호를 맞춘다면, 그래서 이 집에 저 사람이 들어온다면?

나는 급하게 방으로 뛰어 들어가 문을 잠궜다. 손이 떨려 제대로 잠금이 걸린 것인지 여러 번 확인을 해야 했다. 숨을 몰아쉬며 바깥의 소리에 집중하니 순간 예고없는 총성이 들려온다. 이어지는 '삑, 삑, 삑, 삑.'하는 기계음 뒤로 현관문이 열리는 소리가 들려왔다.

낡은 철문이 소리를 내며 열렸다가, 거칠게 닫힌다. 신발도 벗지 않은 건지 선명하게 들리는 다가오는 발소리가 "거기 있는 거 다 알고 있다"고 말하는 것 같았다. 이름을 부르는 소리 따위가 심장 소리에 묻혀 웅웅거렸다.

"계속 도망칠 거야?"

내 이름을 계속해 부르고 고함을 지르는 아빠의 목소리와 쿵쿵 울리는 방문. 머리카락을 헤집어 부여잡은 채 처음으로 말을 걸어온 나를 바라봤다. 방의 구석 한 켠에 서서 나를 바라보고 있는 또 다른 이정연. 정확히는, 4년 후의 이정연이다.

"묻잖아. 계속 도망칠 거야?"

"시끄러워. 그럼 내가 뭘 할 수 있는데? 돌아왔으니까 피해보겠다는데 그게 그렇게 나빠? 넌 대체 뭔데 날 이렇게 방해해?"

"네가 아는 미래가 끝나면 어떡할 건데?"

고개를 내리지 않은 채 시선만 내려 나를 바라보는 또 다른 내가, 이정연이 천천히 다가왔다. 다가올수록 이목구비며 세세한 것들이 더 잘 보였다. 목에는 선명히 붉은 줄 자국이 남은 그것이 다시 물었다.

"아무것도 모르면 어떻게 피할 거야? 못 피하면 그냥 무너질 거야?"

무감정한 얼굴로 나를 내려다보는 얼굴이 익숙하면서도 낯설다.

"도망쳐온 곳이 여기면서, 다시 도망치면 뭐가 변해?"

귀를 가득 메우는 삐 소리와 흐려져가는 시야에 집중하며 생각했다. 저건 정말 나일까. 나라면 왜 여기에 있지? 애초에 여긴 어디지? 나는 정말로 과거로 돌아왔다고 믿었나?

불현듯 뇌리를 스쳐지나는 것은, 이 역시 현실에서 도망쳤을 뿐이란 사실이다. 처음 이곳에서 눈을 떴을 때도, 엄마의 죽음도, 난데없는 총성이며 벌어지는 일들이 모두 비현실적이던 것만은 기억한다. 나는 단지 이곳이 현실이라고 믿고 싶었을 뿐이다. 내가 기억하는 미래를 바꿀 수 있을 거라고. 꿈처럼 이루어질 거라고.

그것을 의식하자 머릿속을 헤집는 것만 같던 소리가 멀어진다. 온 몸을 휘감아 방향을 알 수 없던 소리는 머리 위에서 들려오고 있었다. 다시 이곳의 소리가 가까워진다. 여전히 쿵, 쿵 문을 두드리는 굉음과 함께 진동이 전해져 오고 있다.

하지만, 아빠는 문을 열 수 없다. 나는 천천히 몸을 일으켜 또 다른 나, 이정연과 마주보았다. 오래전 엄마와 함께 본 영화 속의 대화가 들리는 것 같다. "넌 누구야?", "나는 너야." 생각이 전해진 탓인지 그게 다시 입을 열었다.

"난 네가 아니야."

나는 조소하며 대답했다. 이젠 알아.

"너는 내 일부일 뿐이야."

나를 줄곧 도망치게 했던 방어기제와 비슷한, 상황을 직시해야 한다는 의지의 무언가일 뿐이다. 당초부터 과거로 돌아온 적도, 죽은 적도 없으므로.

나는 아직까지도 쿵쿵거리기에 여념이 없는 문을 열었다. 그 밖에 선 아빠는 그리 무서운 모습이 아니었다. 어린 시절 엄마와 내가 숨은 방문을 두드리며 위협하던 그때의 아빠는 더 이상 없다.

다시 나를 찾아온 아빠는 집을 나가 무슨 일을 하고 살았는지 다 굽은 허리에 중독 증세에 덜덜 떨리는 몸, 한시도 가만히 응시하질 못하는 눈동자까지 어쩌면 애처로울 만큼 세월에 깎여 왜소해진 채였다. 나는 그걸 볼 수 있었음에도 보지 않았다. 마주하질 못했다.

그림자에 속은 여우 격이라, 이제는 헛웃음만 나올 노릇이다.

손을 흔들면 아빠였던 것은 물결에 비친 그림자처럼 흩어져 사라졌다. 천천히 걸음을 내딛으면 머리 위에서 들려오던 삐 소리가 강해진다. 소리의 근원을 찾아 엄마의 흔적이 남은 부엌과, 내 죽음 직전의 쓰레기장 같던 거실이 뒤엉킨 집안을 가로질렀다.

현관을 나와 옥상으로 가는 계단을 오르고 있자면 뒤따르던 발걸음 소리가 점차 작아지더니 사라져 버렸다. 내 모습을 한 그것이 사라진 모양이었다.

그대로 옥상 문을 열고 나가면 한밤중이었을 터인 하늘에 커다란 태양이 떠 있었다. 새하얗게 빛나는 그것은 마치 한낮처럼 내 머리 바로 위에 자리하고 있었다. 위로 올라올 수록 커져간 소리의 근원은 분명 저것이리라.

나는 눈도 깜빡이지 않고 태양을 쳐다보고 있었다. 한참이나 쳐다보고 있어도 눈이 아프거나 하는 일은 없었다. 집중하는 만큼 가까워지는 소리를 느끼며, 눈을 떴다.

태양을 바라본 채 눈을 떴다. 바라보고 있던 태양 위로 형광등이 겹치며 초점이 맺혔다. 심전도를 알리는 일정한 소리와 함께 나를 이끌던 이명이 귓가에 맴돌았다. 느리게 눈을 깜빡이면 익숙하지만 낯선 인물이 다시 시야에 얼굴을 들이밀었다. 아주머니였다. 조금 더 세월이 느껴지는, 4년 후. 현재의 아주머니였다.

한동안 소란이 있고 난 뒤에야 나는 설명을 들을 수 있었다. 내가 자살을 시도한 그 날, 내 몸부림에 결국 케이블이 끊어져 목숨을 건졌다고 한다. 아랫집에 있던 아주머니가 무언가 떨어지는 소리에 상황을 보러 왔고, 대답이 없는 내가 걱정되어 신고한 덕에 빠른 조치가 가능했다고. 그럼에도 약간의 뇌손상이 있어 며칠을 혼수상태에 빠져 있었다고 했다.

설명을 듣는 내내 나는 침대에 그대로 누워 눈만 깜빡였다. 백수에, 친구는 없지, 엄마도 없지, 아빠 때문에 빚은 두 배로 늘었지. 병원비가 빚의 반절이었는데 늘어나기까지. 암울했다. ······암울한데, 왠지 절망적이진 않았다. 그냥 그런 생각이 들었다.

엄마의 장례식에 와 주었던 친구들이나, 내가 걱정되어 병실에 줄곧 같이 있어 준 아주머니의 존재를 생각하면, 생각보다 절망적인 상황은 아니었는지도 모른다고. 나는 그저, 도망치고 싶어서 모든 걸 무시했을 지도 모른다고. 그런 생각이 들었다.

살아가야 한다. 한 치 앞을 모르고, 상황을 해결할 방도가 보이지 않더라도.

인생은 언젠가 그렇게 살아가야만 하니까.

끊을 수 없는 우리

김민세

햇빛이 쨍한 날이었다. 눈도 제대로 뜨지 못할 정도로 햇살이 따가웠다. 반쯤 감긴 눈과 저절로 찡그려진 미간은 한여름 사람들의 얼굴을 대변하듯 모두 같은 표정을 짓게 했다. 오른손으로 햇빛을 가린 채 올려다본 하늘에서 나의 눈을 쑤시듯 옆으로 새어 들어온 햇빛은 스펙트럼으로 변해 나의 눈을 찔렀다. 뒷주머니에 넣어둔 핸드폰에 진동이 울렸다. 작업 중이던 나는 진동을 무시한 채 다시 일에 집중했다. 안 봐도 통신사 연락 아니면 스팸 전화일걸 알았기 때문이다. 한가해진 시간이 찾아왔다. 아침부터 몰아치는 일을 대충 정리하면 네시 정도가 된다. 그제야 잊고 있던 뒷주머니의 부재중을 확인했다. 누나의 연락이었다. 문자도 한 통 와 있었다. 서로 떨어져 살기에 우리는 가족이지만, 크게 관심을 두지 않았다. 그렇기에 누나의 부재중과 문자는 불길함과 의심을 만들어냈다. 확인해 본 문자는 아빠에 관한 문자였다.

몇 주 전 구청 공무원을 폭행했다는 소식이었다. 현재는 구치소에 수감되어 할머니를 돌볼 사람이 없다는 문자였다. 불길하던 나의 마음은 태연함으로 바뀌었다. 보통 사람들은 깜짝 놀랄만한 얘기고, 걱정스러운 마음이었겠지만, 나는 그러지 않았다. 오히려 태연했다. 한두 번이 아니어서 태연했을지 모른다. 아니면 어릴 적부터 지켜보았던 아빠의 불같은 성격 때문일지는 몰라도 기억을 떠올리면 항상 다른 사람들과 싸우는 모습만 남았다. 그 더러운 성질 때문에 엄마가 떠났을지도 모른다. 아니, 떠났을 거다. 이번에 폭행한 공무원도 신입으로 온 공무원일 거다. 아빠는 항상 인수인계를 받으러 오는 새로운 얼굴에 공무원이면, 강하게 몰아붙이곤 했다. 나중에 물어보면 알겠지만, 묻지 않아도 아는 사실들이 있다.

일을 마친 나는 팀장에게 본가로 가야 된다는 사실을 말하려 했다. 하지만, 쉽사리 말을 걸지 못했다. 내가 도망가듯이 일을 그만두는 것처럼 보이기 싫었기 때문이다. 그렇다고 사실대로 말하기에는 나의 치부를 까발리는 거 같아서 그것도 싫었다. 그래도 어쩔 수 없던 나는 나름대로 거짓말을 생각하며 팀장에게 내가 나빠 보이지 않게 말했다. 팀장은 별 대수롭지 않다는 듯한 말투와 휴대전화를 쳐다보며 알겠다고 대답했다. 이리저리 핑곗거리를 생각하던 내가 바보처럼 느껴졌다.

다음날이 되어야 나는 본가가 있는 서울로 향했다. 서울은 비가 왔었는지 움푹 파인 아스팔트엔 빗물이 고여있었다. 신발이 젖진 않을지 나는 조심히 걸었다. 다섯 걸음만 걸어도 곳곳엔 파인 아스팔트엔 빗물만 있었다. 차로 몇 시간 거리가 이렇게 다르다는 게 재밌었다. 이 좁은 땅에 다른 게 많다는 생각뿐이었다. 오랜만에 도착한 마을은 바뀐 게 없었다. 앞으로 조금만 가면 어디선가 나타나는 습한 곰팡내와 비라도 많이 오는 날이면 집이 잠겨 움직이지도, 아무런 발버둥도 치지 못한 채 모두 익사할 것만 같은 느낌에 마을구조, 금방이라도 쓰러질듯한 집, 그 옆을 간신히 버텨주는 녹슨 철판들 비와 눈을 막아주는 지붕 위에 판넬. 너무나도 위태로워 보였다. 그나마 위안이 됐던 건 우리 집뿐만이 아니라는 사실이었다. 옆집도, 그 앞집도, 우리 마을 사람들은 모두 그런 집에서 살았다. 그리고 많은 사람은 우리를 보고 이렇게 불렀다. 꽃봉마을 다르게는 판자촌이라고 불러댔다. 뭐라고 불러대든 상관없었다. 다 맞는 말이기 때문이었다. 현관문을 열고 들어간 집에 할머니 혼자 외로이 벽에 등을 기댄 채 두 다리를 쭉 뻗고 앉아 있었다. 못 본 사이에 건강이 더 나빠졌나 보다. 쭉 뻗은 다리는 초라할 정도로 짧게 느껴졌다. 몇 년 전까지는 유모차를 끌며 동네 폐지를 줍고 다녔는데 이제는 혼자 몸을 가누지도 못할 정도로 치매가 악화했다.

"학수야. 학수야."

오랜만에 본 할머니는 나를 보고 아빠의 이름을 불렀다. 괜히 묘한 기분이었다. 나는 별다른 반응을 보이지 않고 다녀왔다고 말했다. 다시 찾아온 집은 할머니의 상태를 제외하면 바뀐 게 없었다. 오히려 아빠가 없어서 그런지 10평 남짓한 집은 더 넓게 느껴졌다. 그리고 한 여름이었지만, 차갑게 느껴졌다. 나는 가지고 온 짐들을 풀었다. 들고 올 때 무겁게 느껴졌던 가방이 막상 풀고 나니 초라하게 느껴질 정도로 별것 없었다. 그 정도가 딱 내 인생의 무게인가 싶었다. 밤이 늦었기에 나는 할머니의 잠자리를 깔았다. 대충 깔고 나니 방안은 가득 찼다. 피곤했던 나는 더 늦기 전에 담배 한 대를 피우기 위해 밖으로 나갔다. 메마른 입에 가져다 댄 담배는 살갗의 들러붙은 얼음처럼 내 입술에 붙었다. 입에 머금은 연기를 내뱉으며 둘러본 마을은 여전히 화재 경고와 보상하라는 현수막뿐이었다. 이상하게 화재 현수막만 더 많아진 느낌이었다. 불현듯 화재가 사고가 아닐지 모른다는 생각이 들었다. 그리고 사람들이 꽤 빠져나간 거 같았다. 좁은 골목 사이를 두고 모여 얘기하던 사람들이 그다지 많아 보이지 않았다. 드세던 고집들이 나이가 들어 하나 둘씩 꺾여 떠났나 아니면 도저히 이런 곳에서 한평생을 견딜 수 없어서 그런 건가? 나는 잘 모르겠다. 불쌍한 우리 할머니는 이곳에서 마지막을 보낼 텐데. 아침에 누나가 왔다. 깊게 잠들었던 거 같았는데 녹슨 현관문은 단잠의 빠진 나를 깨우기에 아주 충분했나 보다. 들어온 누나에게 술 냄새가 진동했다. 역한 술 냄새는 비몽사몽이던 나의 정신을 완전히 깨워버렸다. 할머니와 나 사이를 지나갔을 땐 코를 찌르는 듯한 매캐한 담배 냄새까지 진동해 온전히 잠에 집중을 못 들게 했다. 그래도 고생한 누나기에 나는 자는 척 눈을 감고 약간 뒤척이다, 할머니를 등지고 누웠다. 그리고 누나는 씻으러 갔다. 누나는 몇 년 전부터 저녁에 나가 해가 뜰 때쯤 들어왔다. 말은 안 했지만, 나는 알고 있었다. 누나가 화류계에 종사하는 것을 말이다. 사람들은 더러운 매춘부, 술 따르는 년 안 좋은 소리와 시선을 보내겠지만, 내가 볼 땐 가여운 여자처럼 보인다. 우리 집에서 제일 돈을 잘 벌어와 그런 건지는 몰라도 가여워 보인다. 한편으로는 부러운 마음 또한 따른다. 시선이고 나발이고 지금 상황에서는 돈만 잘 벌면 지금보다는 좋을 거 같다. 대충 우리 마을 사람들도 누나에 대해서 알고 있다. 어찌 보면 모르는 것도 어려울 것이다. 어쩌면 손님으로 만났을지도 모른다. 며칠이 지나고 나는 일자리를 구하러 다녔다. 멀리는 못가기에 집에서 가까운 곳을 찾아보고 있었다. 잠깐이겠지만, 일을 한다면 마을 건너편에 있는 아파트 현장일 것이다. 집에 올라오기 전에도 같은 일을 했기에 그게 더 편했다. 내가 일하는 동안 할머니는 마을 자치회에서 돌봐주신다고 하였다. 덕분에 일이 수월하게 풀려나가는 듯싶었다. 현장에 투입하기 전까지는 약간에 시간이 걸렸다. 길어봤자 하루 이틀만 기다리면 시작이다. 모르는 번호로 전화가 왔다. 아빠의 연락이었다. 면회를 올 수 있냐는 전화였다. 가기가 싫었다. 안 봐도 뻔한 내용일 것이다. 집을 내놓지 말라는 소리일 거다. 그래도 가족이라는 정 때문에 간다. 아빠를 왜 싫어하는지 나도 잘 모르겠다. 이런 상황 때문인지, 엄마를 닮은 거 때문인지 나도 잘 모르겠다. 아빠를 만나러 갔다. 면회 절차는 생각보다 까다로웠다. 벌써 힘이 빠진 느낌이다. 투명한 막 사이를 두고 마주 본 아빠는 생각보다 괜찮아 보였다. 힘들진 않냐는 물음에 아빠는 괜찮다고 말했다. 나는 그런 대답이 나올 줄 알았다. 누가 봐도 괜찮아 보였으니깐. 그러곤 아빠는 할머니의 안부를 물어봤다. 나는 괜찮다고 걱정하지 말라는 말을 했다. 아빠는 말없이 '음'이라는 소리를 내며 고개를 까닥였다. 그러다 한껏 진지해진 표정으로 아빠는 말했다. 구청에서 누가 찾아오든 말을 무시하라고 했다. 오히려 욕을 해서라도 내쫓으라고 말했다. 예상은 했던 말이었지만, 뒤통수를 여러 개의 바늘로 찌르는 듯한 따끔함과 속에서부터 목까지

"왜"

라는 단어가 나왔지만 겨우 참았다. 나는 쳐다보기도 싫어 유리막에 비친 나의 손을 쳐다보며 알겠다는 말만 연신 했다. 타이머 소리가 들리고 교도관은 면회 시간이 끝났다고 말했다. 이 시간만 기다렸던 나는 벌

떡 일어나 면회장 밖으로 나갔다.

가는 길에 아빠에 관한 생각을 했다. 아빠는 왜 이렇게 집에 집착할까. 한평생을 살아온 추억을 버리지 못하는 것일까. 그게 아니라면 적절하지 못한 보상에 반발일까. 아무리 많은 생각을 해봐도 결론은 돈이었다. 내가 생각하는 집과 아빠가 생각하는 집은 많이 다른 거 같았다.

돌아온 집엔 냉기가 돌 정도로 허전했다. 티브이 서랍장 위에 반으로 접힌 종이가 한 장 있었다. 누나의 쪽지였다. 종이엔 '자주 못 와'라는 글씨가 적혀있었다. 문자로 보내면 되는 걸 왜 종이에 적었을까 생각을 해봤다. 연락하지 말라는 무언의 눈치였을까, 내가 생각했을 땐 오해 받기 싫어서 종이로 남긴 거 같았다. 누나가 못 온다는 건 방을 구했다는 소리다. 이번엔 어떤 남자를 물어 오피스텔을 구했는지는 모르겠지만, 손님으로 온 남자 한 명을 잡은 건 분명하다. 전에도 몇 번 있었지만 오래 있진 않고 몇 달 살다가 다시 집으로 왔다. 이번에는 얼마나 있을지 궁금하면서 부러움이 생겼다. 현장 투입 대기가 끝나고 나는 건너편에 있는 건설 현장에서 일을 시작했다. 일은 별거 없었다. 전에 했던 거처럼 나는 수장 쪽이었다. 현장에는 대부분 나이 든 사람들이었다. 몇 명 보이는 또래 애들이 있었지만, 두세 달 하고 떠날 사람들이었다. 현장에서 본 많은 이십 대 사람은 거의 다 대학생이었다. 그렇기에 두 달 정도 일하고 떠날 사람들이었다. 고등학교에 다닐 땐 대학을 가고 싶은 생각이 없었다. 그럴 여유도 상황도 아니기에 가고 싶은 생각이 없었는데 시간이 지나 졸업을 앞둔 친구들을 보면 나도 대학을 갔으면 어땠을까. 라는 생각에 잠기곤 한다.

몇 주라는 시간이 가위로 오려지듯 시간이 잘려 나갔다. 더운 날 짜증은 나지만 일상의 반복을 어느 정도 즐기면서 돈 받을 날만 기다리고 있었다. 그러다 누나에게 연락이 왔다. 합의금에 관한 얘기였다. 누나 돈과 내 돈을 어느 정도 합치면 마련할 수 있는 돈이다. 문제는 그 공무원이 어느 정도 맞춰줄지 문제였다. 돈은 필요 없고 처벌을 원하면 아빠는 나오지 못하게 된다. 그래도 웬만해서는 맞춰줄 거 같다. 아빠가 잘못했는데 왜 나와 누나가 합의해야 하는지는 모르겠다. 그렇다고 아빠한테 직접 말하기에도 모양새가 이상하다. 주말이 되고 오랜만에 누나와 만났다. 잠깐 사이에 못 보던 옷과 어울리지도 않은 팔찌를 차고 있었다. 흔히 이름만 들으면 알 수 있는 명품이라고 불리는 브랜드였다. 합의를 위해 만나기로 한 카페에 들어갔다. 공무원은 아직 도착하지 않았다. 우리는 기다리는 동안 아무 말 없이 핸드폰만 쳐다봤다. 딱히 할 얘기가 없었다. 영상 몇 개를 보고 나니 누나에게 전화가 왔다. 공무원이었다. 자리가 어디냐는 전화였다. 누나와 나는 문 쪽을 쳐다봤다. 카페 문이 열리고 폭행당했다는 공무원과 그의 사수인 공무원도 함께 들어왔다. 자리에 앉은 그들에서 간단하게 인사를 했다. 겉으로 봤을 때는 멀쩡해 보였다. 크게 다치진 않은 모양이다. 손에는 서류로 보이는 종이들이 여러 개 있었다. 대충 예상하기에는 상해에 대한 서류들은 아닐 것이다. 정신과 치료, 맞았다는 충격으로 인한 정신과 서류일 것이다. 우리는 차분하게 얘기를 주고받았다. 그러다 합의로 넘어갔다. 폭행당한 공무원은 합의할 생각이 없었다고 말했다. 그러다 자기 아버지 생각이 나서 이해하고 합의를 보려고 연락을 줬다고 말했다. 크게 다친 건 없지만, 자신이 얼마나 놀랐고 트라우마가 생겼다고 얘기했다. 역시 생각했던 대로 흘러가는 이야기라고 속으로 생각했다. 어찌 보면 당연한 입장이겠지만, 예상은 빗나가지 않았다. 그는 서류를 보여주며 주저리주저리 금액에 관한 얘기를 하고 있었다. 그러다 나온 합의금 액수는 사백만 원이었다. 사백만 원이라는 소리를 들은 누나는 집안 형편과 치매 걸린 할머니 얘기를 하며 금액을 내릴 순 없다는 얘기를 연신 죄송하다면서 말했다. 처음엔 안될 거처럼 자기 얘기를 하면서 금액을 내릴 수 없다고 말했지만, 점점 공무원의 눈이 흔들리는 것을 느꼈다. 흔들리는 눈은 곧 동정으로 바뀌었고, 우리는 합의금을 육십 정도 내릴 수 있었다. 그렇게 누나는 언제까지 보내겠다는 서류를 작성하고 마무리되었다.

　며칠 동안 아무런 생각 없이 일만 했다. 일의 강도는 그다지 힘들진 않았지만, 한 사람이 신경 쓰여 짜증이 났다. 오십 대 중반으로 보이는 김 반장이었다. 같이 일하는 사람은 신경 쓰지도 않은 태도로 일하는 내내 혼잣말로 욕을 해된다. 말투는 항상 짜증 난 톤을 유지하며 말한다. 날이 더럽게 좋아 인내심의 끝이 온다면, 얼굴에 대고 욕을 할 것만 같아 항상 주위를 피하려고 한다. 그렇기에 어떤 잔심부름을 시키면 내가 갔다 온다고 항상 말했다. 오늘도 나는 그의 옆에 있기 싫어 옥상으로 한 명 가라는 소리에 그늘도 없지만 내가 간다고 말했다. 정신없이 작업하다 보니 잠깐 쉬는 시간이 찾아왔다. 남들은 한층 내려가 그늘로 향했지만, 나는 옥상에서 풍경을 바라보며 담배 한 대를 태웠다. 아파트가 높아서 그런지 서울 도심이 눈에 다 들어왔다. 왜 사람들이 비싼 돈을 쓰면서 높은 건물에서 살려는지 느낌이 왔다. 나는 그저 꼴값이라고 생각했지만, 그만한 이유가 있었다. 대충 주위를 둘러보니 우리 마을도 보였다. 어쩜 저렇게 그림체가 다른지 모르겠다. 이질감이 들 정도로 맞지 않았다. 한발로 밟으면 다 밟힐 듯이 작디작았다. 그래도 내가 사는 마을을 보면 괜스레 정이 갔다. 일을 끝내고 나는 곧장 집으로 향했다. 집에 가까이 갔을 때 불이 켜져 있는 것을 확인했다. 불을 안 끄고 갔나 싶었다가 아빠가 온 건 아닐지 생각이 들었다. 문을 열고 들어갔다. 누나가 있었다. 구석을 바라보며 무언가 숨기는 듯한 자세를 취하면서 있었다. 인기척을 들은 누나는 주머니에 무언가 넣고 있었고, 한 손에는 바늘을 들고 있었다. 누나는 태연한 척

"왔어?"

라고 말했지만, 당황함이 묻어있었다. 누나가 할머니를 데려왔는지 할머니는 집에 있었다. 누나는 서랍에 바늘을 넣었다. 서랍장 위에 못 보던 가방도 보였다. 나는 누나한테 어쩌다 왔냐고 물었다. 누나는 잠깐 들렀다고 말했고 나는 씻으러 갔다. 샤워하는 동안 누나가 뭘 했는지 다시금 생각해 봤다. 왼손엔 바늘이 분명했다. 오른손은 꽉 쥔 채 주머니로 들어가서 뭔지 모르겠지만, 낌새가 이상했다. 다 씻고 나오니 누나는 갈 준비를 하고 있었다. 누나는 신발을 신으면서 합의금을 보냈다고 말했다. 그리고 나에게 백사십만 계좌로 보내놓으란 말을 하고 누나는 나갔다. 나는 누워서 핸드폰을 보다가 자꾸만 누나의 행동이 생각났다. 나는 서랍장을 뒤졌다. 딱히 이상한 게 나온 게 없었다. 다시 자리에 누워 옆으로 누웠을 때 나는 서랍장 밑에서 이상한 걸 발견했다. 남성용 피임 도구였다. 누나가 뭘 하려는지 느낌이 왔다. 임신했다는 핑계로 협박할지, 같이 살지는 모르겠지만, 누나 성격상으로는 돈만 받아낼 거 같았다. 굳이 그런 방법까지 써야 하는지 모르겠다. 하나 확실한 건 곧 누나도 아빠도 집에 돌아오는 것은 확실했다. 마침내 아빠가 왔다. 돌아온 아빠는 크게 달라진 게 없다. 달라진 건 할머니를 자치회가 아닌 아빠가 돌본다는 것이다. 올

해 초까지만 해도 아빠는 큰 수입은 아니지만, 그래도 직장이 있었다. 지금은 잘려 집에서 이렇게 쉬고 있다. 내가 볼 땐 아빠는 구청에서 나오는 보상만 기다리고 있을 뿐이다. 구치소에서 나온 아빠는 최근 며칠 사이 할머니를 데리고 계속 성당에 나갔다. 거기 있는 동안 믿음이 생겼는지 모르겠다. 왜 갑자기 안 하던 행동을 하는지 이해가 가지 않았다. 아빠는 종교를 그다지 좋아하지 않았다. 오히려 욕을 할 정도로 부정적인 인상이 있는데 갑작스러운 행동이 의구심을 나았다. 힘들게 일을 마치고 들어간 날 할머니에게 못 보던 십자가 목걸이가 있었다. 나는 아빠에게 교회에서 선물 받았냐고 질문했다. 아빠는 할머니가 세례명을 받고 선물 받은 목걸이라고 말했다. 늦은 나이지만, 점점 변해가는 아빠의 모습이 낯설지만 좋았다. 어느덧 건설 현장은 마무리 단계로 접어들었다. 이제 슬슬 인원을 축소할 타이밍이었다. 인원을 축소하게 된다면 나 같은 일반 조공들은 일 순위로 나가게 된다. 그래도 아직 몇 달 정도는 남은 것으로 보인다. 여기 현장이 끝나게 되면 나는 다시 짐을 싸 들고 다른 지역으로 이동할 계획이다. 이젠 신경을 건드리던 김 반장도 그다지 거슬리지 않았다. 조금은 이해가 가는 것인지, 성격이 아빠를 닮아 괜찮아진 건지는 모르겠다. 일을 마치고 집으로 향했다. 집에서 점점 가까워질수록 날카롭게 찌르는 듯한 여성의 높은 고음이 들렸다. 비명은 아니었다. 싸우는 듯한 소리다. 소리 질리는 남성의 목소리도 들렸다. 집에 다 왔을 때 나는 그 소리가 누나와 아빠인 것을 알았다. 현관문을 열고 바로 들어가진 않았다. 대충 밖에서 이야기 소리를 듣고 어느 정도 사태를 파악하고 들어가고 싶었다. 누나와 아빠의 목소리가 겹쳐서 정확하게는 모르겠지만, 얼핏 들은 말은 가방, 팔찌로 뭐라 하는 소리였다. 나는 현관문을 열었다. 밖에서도 크게 들리던 소리는 문을 여니 직통으로 나의 귀를 아프게 만들었다. 허름한 벽과 창이었지만 조금에 방음은 되었나 보다. 나는 현관문을 닫고 조용히 두 사람에 싸우는 소리에 집중했다. 누나는 동그래진 눈으로 아빠를 쳐다보며 말했다.

"내가 가지고 온 옷하고 팔찌, 가방 어디 갔냐고. 다리 달려서 옷장 밖으로 나가지 않았을 거 아니야. 이번엔 어디다 팔아서 왔냐."

잘못은 했지만 지지 않는다는 태도로 아빠는 말했다.

"옷장에 씨발 처박혀있으니깐 안 입는 건 줄 알고 딴사람 주고 왔다. 그니깐 진작에 간수 잘했어야지."

어이없다는 듯이 누나는 헛웃음을 치며 말했다.

"허 뭔 말 같지도 않은 소리야. 집에 온 지 몇 시간도 안 됐는데. 또 저번처럼 이상한 아줌마한테 호구처럼 퍼주고 왔지. 내가 모를 줄 알아? 아빠가 이상한 아줌마한테 내 가방 훔쳐서 주고 온 거."

나는 처음 듣는 소리였다. 흥분한 아빠의 귀가 붉게 물들며 말했다.

"너는 내 딸인 것도 창피해! 이년아. 씨팔 동네 창피하게, 내가 모를 줄 알지. 너 소문 다 났어. 아무리 돈이 급하다 해도 씨발 술이나 처 따르고 돈 버니 내가 고개를 못 들어 이년아."

    축 늘어진 머리카락 사이로 붉게 타오르는 누나의 왼 광대가 보였다. 누난 뒤를 돌아서는 내 옆을 지나 밖으로 나갔다. 불쌍한 누나가 밖 나가고 그 자리엔 가려진 할머니가 보였다. 두 다리를 쭉 펴고 벽에 등으로 진 모습이 보였다. 아빠는 흥분을 주체하지 못하는지 연신 혼자 큰소리로 욕을 해댔다. 변했다고 생각했는데 변한 건 없었다. 나는 평소와 같은 일상을 보내고 있었다. 누나가 아빠와 싸우고 집을 나간 지 삼일 정도 지났을 때 누나에게 연락이 왔다. 놓고 왔던 짐을 챙겨달라는 연락이었다. 누나는 내가 생각했던 거처럼 전에 살던 곳을 정리했는지 짐을 모조리 챙겨서 왔었다. 나는 일이 끝나는 대로 누나에 짐을 전해주기로 했다. 일이 끝날 무렵 나는 누나에게 어디서 만날 것인지 연락을 했다. 누나는 그때 갔던 카페로 오라 말했다. 누나가 무슨 말을 하고 싶은 게 있는 거 같다. 나는 아빠 몰래 장롱 안에 다 풀지 못한 누나의 짐을 들고 나갔다. 누나도 딱히 있는 게 없는 건지, 아빠가 빼돌린 게 많은 건지 그다지 무겁지는 않았다. 약속한 장소에 도착했다. 누나는 먼저 도착해 나를 기다리고 있었다. 나는 짐을 건네주고 자리에 앉았다. 누나는 뭐 마시고 싶냐고 내게 물었다. 나는 밤이니깐 레몬에이드를 마시겠다고 말했다. 누나 카드로 주문하고 온 나에게 누나는 요즘 어떠냐 말을 걸었다. 나는 속마음으로 생각했다. 요즘? 요즘이면 언제지 다시 집 왔을 때를 말하는 건가, 아니면 아빠가 나왔을 때를 말하는 건가. 나는 뜸 들이다 그냥 그렇다고 대답했다. 누나는 자신의 물건을 누구한테 줬는지 예상이 가냐고 물었다. 나는 누나가 말한 그 아줌마 아닌가? 라 말했고 누나는 단호하게 말했다.

"예전 그 아줌마는 이미 끝났어. 그 사람은 아니야. 나도 뭐 때문인지 몰라서 답답해. 너도 생각 잘해봐 의심 가는 거 있으면 알려주고."

　지금 당장 생각해서 의심 가는 사람은 없었다. 아니, 알 수가 없었다. 아빠랑 얘기도 그렇다고 집에서 오랜 시간을 보내는 것도 아니기에 나는 당장에 누굴 의심할 인물이 없었다. 그냥 돈이 필요해서 아닌가 생각만 들 뿐이었다. 그렇게 누나는 의심을 남기고 헤어졌다. 집 가는 내내 누나의 말이 떠올랐다. 무언가 알 거 같으면서 떠오르지 않는 답답함에 나는 집 들어가기 전 골목에서 담배 한 대를 물었다. 조금만 더 생각하면 떠오를 거 같았을 때 통화 소리가 들렸다. 꽤 걸걸하면서 익숙한 목소리 어두워 잘 보이진 않았지만, 나는 아빠인 걸 직감했다. 그러다 핸드폰 불빛에 얼굴이 보였을 때 나는 아빠라는 사실을 확신했다. 나는 몸을 숨겨 아빠에 통화 소리를 엿들었다. 평소와 다르게 조심스러운 듯 예의를 차리는 듯한 부드러운 어투로 아빠는 통화했다. 택배는 잘 받았냐는 안부를 물었다. 직접 전해드려야 했는데 아쉽다는 말과 함께 억지스러운 웃음을 소리 냈다. 아빠는 사모님은 마음에 드시냐 물었고 또다시 억지웃음을 소리 냈다. 그러다 아빠는 목사님 소리를 냈고 나는 통화하는 상대가 출소하고 다닌 성당 목사인 것을 알았다. 아빠는 주저리주저리 세례 어쩌고저쩌고 하면서 혜택을 물었다. 그러면서 할머니 이야기를 꺼냈다. 나이도 들고 몸 상태도 좋지 않아 임종하게 된다면 성당에서 장례를 치를 수 있냐는 말이었다. 알겠다는 말과 함께 아빠는 장례식 비용을 물었다. 통화를 끝낸 아빠는 집으로 돌아갔다. 나는 그 자리에 서서 아빠의 뒷모습이 보이지 않을 때까지 기다리고 있었다. 아빠가 왜 할머니를 데리고 성당에 갔는지 알았다. 구원이고 회계고 그딴 게 중요한 게 아니었다. 그저 할머니가 돌아갔을 때 장례식 비용이었다. 아빠한테 성당은 장례식 비용 절감의 목적인 수단이었다. 아빠는 그런 게 아닐 수 있겠지만, 의심이라는 구덩이에 빠진 나는 아무리 발버둥을 치고 빠져나오려고 해도 그 자리에서 벗어나지 못하는 지경에 이르렀다. 아빠를 이해하려고 점점 생각할수록 의심은 확신하고 할머니에 대한 측은함은 역겨움과 분노로 바뀌어 내 온몸을 감싸 아무리 소리를 지르고 물건을 부숴도 풀리지 않을 거 같았다. 간신히 분노를 다스리기까지 시간이 꽤 걸렸다. 집에 들어갔을 때는 모든 불이 꺼지고 할머니와 아빠가 잠이 든 상태였다.

다음 날 날이 더럽게 좋았다. 뉴스에선 30년 만에 역대급 무더위 핸드폰엔 폭염주의보 문자로 진동이 울리던 날이다. 무더운 날씨 때문인지, 어제 훔쳐 들은 통화 때문인지 오늘은 정신을 차릴 수 없을 만큼 집중을 할 수 없었다. 그 덕에 다른 층으로 물건을 옮기라는 팀장의 말을 제대로 듣지 못했다. 이러지도 저러지도 못한 채 나는 그 자리에 서 있었다. 팀장에게 전화를 걸어 몇 층으로 옮기는지 물어보려 할 때 김 반장이 왔다. 굉장히 날이 선 상태로 내 앞으로 다가왔다. 짜증을 가득 채운 목소리로 내게 뭐하냐고 말했다. 그는 쉴 새 없이 나를 쏘아붙였다. 고개를 숙이고 있던 나는 고개를 들어 올려 그를 쳐다봤다. 가까이에서 마주 본 그의 얼굴이 서서히 아빠의 얼굴로 디졸브 되어갔다. 몰아붙이던 그의 말은 들리지 않았다. 입만 뻐끔거렸다. 나는 안전모를 벗었다. 그리곤 커질 대로 커진 동공으로 그에게 연신 욕을 했다. 그는 당황했는지 뻐끔거리던 입은 조용히 다물어있었다. 나는 그를 죽일 듯이 욕을 하며 오른손에 쥐고 있던 안전모를 바닥에 던졌다. 그렇다 왜 그러냐는 팀장의 소리가 들렸다. 들리는 소리 방향으로 고개를 돌렸을 때 사람들이 많이 모인 것을 확인했다. 나는 더 있다간 사고라도 칠까 봐 붙잡으려는 팀장의 말을 무시하고 현장을 나갔다. 그러곤 나는 곧장 집으로 달려가 장롱에 있던 짐을 싸 들고 떠났다. 두 달이란 시간이 흘렀다. 육십일이라는 시간 동안 나는 작은 고시원에서 지냈다. 돈이 떨어지면 간간이 새벽에 인력을 나갔다. 그 덕에 모아뒀던 얼마 안 되는 돈이 더 보잘 거 없이 줄어들었다. 가족과 아무런 연락을 하지 않았다. 누나가 어디서 뭘 하는지 모르지만, 아빠는 알게 되었다. 며칠 전 꽃봉 마을 대다수 주민의 동의로 철거를 진행한다는 소식이 전해졌다. 이제 곧 꽃봉 마을은 사라지게 된다. 그렇지만 끝까지 반대하는 사람이 있었다. 그게 아빠였다. 어쩌다 본 뉴스에 시위하는 모습으로 아빠가 담겨 있었다. 시위대 사람들은 많지 않았다. 아빠를 포함해 겨우 세 명이었다. 돈이 다 떨어져 갈 무렵 아빠한테 연락이 왔다. 할머니가 돌아갔다는 소식이었다. 실감이 나지 않았다. 할머니가 돌아가셨다는 사실이. 그래서 그런지 아직은 슬픔을 느끼지 못했다. 장례식 장소도 문자로 받았다. 역시나 세례를 받은 성당이었다. 나는 이제 화조차 나지 않았다. 나는 누나에게 할머니의 임종 소식을 알렸다. 아빠 성격상 누나에게 연락하지 않을 거 같아서 내가 연락했다. 누나도 나와 같은지 담담하게 받아들였다. 그렇게 다음날이 아침 되고 나는 성당으로 향했다. 도착한 성당엔 사람들이 많지 않았다. 장례를 도와주는 사람들과 우리 가족들밖에 없었다. 기독교 장례는 처음이라 어떻게 흘러가는지 알 수 없었다. 대충 듣기로는 삼 일간 진행된다는 것만 알았다. 누나도 아빠도 어떻게 흘러가는지 몰랐다. 그저 우리는 시키는 대로 움직였다. 장례가 시작됐다. 내 양쪽으로 아빠와 누나가 있었다. 그리고 앞 관속엔 할머니가 있었다. 점점 할머니가 떠났다는 걸 느끼게 됐다. 가슴 위 두 손으로 붙잡은 십자가와 누워있는 할머니 주변에 꽃들이 장식되어 있다. 곱게 누워있는 할머니를 쳐다봤다. 당장이라도 부르면 일어날 것만 같았다. 하지만 그렇지 않다. 장례를 치르는 동안 나의 시선은 할머니를 응시했다. 시간이 지날수록 할머니의 생명력이 떨어지는 듯 느껴졌다. 이제야 실감이 들었다. 답답한 속은 울화가 치밀어 올랐다. 그래서 헐떡이는 곡소리를 냈다. 눈두덩이가 따가웠다. 그래서 눈물이 났다. 내 옆에서도 헐떡이는 곡소리가 들렸다. 우리의 곡소리는 화음이 되어, 그렇게 할머니를 떠나보냈다. 그렇게 첫째 날 장례가 끝났다. 집으로 향하는 길은 매우 고요했다. 아무런 말도 없었다. 도착한 집은 냉기가 흘렀다. 날이 많이 풀려 저녁은 쌀쌀했다. 날씨 때문이 아닐지도 모르겠지만. 전등불에 비친 아빠의 얼굴엔 생각이 많아 보였다. 핸드폰 진동음이 들려왔다. 아빠의 핸드폰이었다. 아빠는 밖으로 나갔다. 한 시간이 지나도 아빠는 들어오지 않았다. 잘 준비를 마친 나는 담배 한 대를 태울 겸 밖으로 나갔다. 멀리서 불빛이 보였다. 마을 자치회 컨테이너였다. 나는 그곳으로 향했다. 소리가 들렸다. 아빠 목소리였다. 나머지 두 사람의 목소리도 들렸다. 아빠와 시위하던 주민분들이었다. 누군가 아빠를 말리고 있었다. 아직 장례잖아. 조금만 참아, 마음 다스려지면 그때 다시 하자라고 말했다. 아빠는 괜찮다고 말하면서 내일 저녁은 괜찮으니까, 저녁에 모이자 이제 진짜 시간이 없다고 말했다. 두 사람의 만류에도 아빠의 고집은 꺾을 수 없었다. 나는 집으로 들어갔다. 그리고 생각했다. 이만 집이 뭐라고, 아빠에게 집은 뭘까? 어떤 집착이 이 지경까지 이르렀을까? 돈 때문일까? 아니면 원래 그런 사람이었을까? 온갖 생각들이 내 머릿속을 뒤집어 놓았다. 발걸음 소리가 들리고 아빠가 들어왔다. 아빠는 이불 위에 누웠다. 자꾸만 내 머릿속을 휘감는 생각들은 나의 입으로 나왔다. 그렇게 난 아빠에게 내일 장례식이 끝나고 시위 나가냐고 말했다. 아빠는 덤덤하게 응 이라고 답했다. 나는 참을 수 없어 아빠에겐 집이 뭐냐고 물었다. 아빠는 약간 뜸을 들이곤 말했다. 자존심이라고. 그 깟 자존심이 뭘까. 엄마를 도망치게 만든 거? 공무원을 폭행해 구치소에 들어간 거? 일자리조차 유지하지 못해 잘린 거? 아빠에게 집이란 자존심 이자 자기 자신이었다. 나는 금방이라도 아빠의 자존심을 불태워 잿더미 로 만들고 싶었다. 아무런 흔적조차 없게 말이다. 둘째 날의 장례식은 사 람들이 꽤 모였다. 못 보던 사람들과 친척들이 모였다. 친척도 남처럼 느 껴졌다. 그 때문인지 몰라도 몇 분을 제외하면 그다지 슬퍼 보이지 않았 다. 우리 가족은 찾아오는 사람들을 배웅하고 있었다. 누나는 누군가 통 화하더니 성당 밖으로 나갔다. 그렇게 누나의 모습이 보이지 않는 채 몇 분이 지났다. 멀리서 누나가 걸어왔다. 옆엔 아줌마로 보이는 사람과 함 께. 점점 가까워질 때 나는 누나 옆 아줌마가 엄마인 것을 알았다. 몇십 년 만에 본 엄마였다. 아빠는 불편한 듯 헛기침을 해댔다. 엄마인데 왜 이 렇게 어색한지 모르겠다. 아마도 오랜만에 봐서 그런 거 같다. 엄마의 근 황은 누나한테 간간이 들어서 알고 있었다. 새로운 사람을 만나 자식 없 이 살고 있다는 것을 얼핏 들었다. 엄마는 창수야 하며 내 이름을 불렀다. 나는 어떻게 인사할지 몰랐다. 무슨 행동을 해도 어색했다. 그저 나는 어 색하게 존댓말을 쓰며 엄마 하는 행동에 몸을 맡길 뿐이었다. 아빠는 엄 마에게 잘 찾아왔네 라는 말을 하고 성당으로 들어갔다. 장례가 시작되고 나의 시선은 옆에 있는 고개를 숙이고 있는 엄마를 향했다. 그리고 나는 생각했다. 우리는 왜 떨어져 살아야 했을까. 우리는 왜 어색할까. 누구에게는 가까운 가족이 우리에겐 멀게 느껴질까. 무엇이 우리를 갈라놨을까. 시간이 지나 장례식이 끝나고 사람들은 집으로 돌아갔다. 아빠는 장례식에 찾아온 시위대 사람들과 이동했다. 성당엔 엄마와 누나 그리고 장례지도사 몇 명을 제외하고 남은 사람은 없었다. 남겨진 우리는 어색함이 감돌았다. 누구 하나 말 꺼내기 어려워하는 느낌이었다. 그러다 누나가 먼저 엄마에게 언제 갈 거냐 물었다. 엄마는 잠깐 뜸을 들이곤 잠깐 얘기나 나누자고 말했다. 나는 딱히 할 말이 없었다. 그렇지만, 먼저 가겠다는 말을 꺼내기 어려워 남았다. 누구 하나 말을 꺼내기 어려워할 때 이번엔 엄마가 말을 먼저 꺼냈다. 요즘 아빠는 어떠냐는 물음이었다. 나는 잠깐 생각하다 똑같다고 말했다. 그러다 엄마가 뉴스에서 시위하는 아빠를 봤다고 말을 꺼냈다. 그리고 혼잣말로 끝났다고 말하며 아빠 그토록 집에 집착하는지 말을 꺼냈다.

"너희 아빠한테 시집갔을 땐 판자촌에서 살지 않았어, 아빠랑 나도 멀쩡한 아파트에서 살았지 한참 사업을 하면서 잘나가고 있을 때 IMF가 터진 거야 그렇게 한순간에 사업이 망했지. 그 여파로 집이 압류당하고 나가 살아야 한 거야 그때 들어간 게 꽃봉 마을이었어. 그때도 좁았지만, 되게 따뜻한 느낌이었어. 아빠는 회사에 들어갔고 다시 일어날 수 있을 거 같은 느낌이었지. 그러다 이쪽 지역에 아파트가 들어서야 하니깐 나가라는 거야. 거기 살던 사람들은 모두가 일어나서 반대했지, 하루아침에 살던 집이 사라지게 생겼으니깐. 근데 구청 말도 맞아 애초에 우리 땅이 아니니깐 나가는 게 맞지! 그렇지만, 살기 위해 어쩔 수 없잖아, 근데 나라에서 돈을 줄 테니까 집을 빼라는 거야. 보상이 생기니깐 점점 욕심이 생겼나 봐 그때부터 사람이 점점 변하기 시작하더라고, 한번은 회사에서 싸워서 잘린 날이었어. 집에 들어온 아빠는 혼잣말로 회사 욕을 하면서 나한테 말하더라고 괜찮다고 어차피 집만 있으면 돈은 걱정 없다고 그렇게 사람이 나태해지기 시작하면서 성격도 다혈질적으로 변화고 집에 대해서 광적으로 집착하더라 이제는 어쩔 수 없나 봐."

엄마의 말을 듣고 우리는 조용해졌다. 그렇지만 속에서 자연스럽게 내뱉은 말이 있었다.

"그러면 나는? 나랑 누나는 왜 이렇게 살아야 하는 거야."

엄마는 말이 없었고, 눈치를 보던 누나는 늦었다며 집으로 가자고 말했다. 집에 가는 동안 마음이 좋지 않았다. 내가 심했나 싶은 생각이 들었다. 그렇지만, 어쩔 수 없었다. 그 말이 저절로 튀어나왔다. 들어간 집엔 아무도 없었다. 당연한 거지만, 아무도 없었다. 셋째 날 아침 아빠는 들어오지 않았다. 장례식 마지막 날인데 아빠는 집에 들어오지 않았다. 전화 걸어도 받지 않았다. 이번엔 무슨 일 때문인지 도무지 감이 잡히지 않았다. 나는 늦지 않게 성당에 도착했다. 내가 가장 먼저 한 건 아빠가 왔는지 확인하는 일이었다. 아무리 찾아도 보이지 않았다. 그렇게 아빠 없이 예정된 장례를 시작했다. 기도를 마치고 우리는 화장장으로 이동했다. 나는 화장하는 모습을 보지 못할 거 같아서 밖으로 나갔다. 화장이 끝나고 할머니는 도자기로 변해 나타났다. 그렇게 우리는 할머니를 납골당에 고이 모셔 놓았다. 모든 일정이 끝나고 각자 다른 방향으로 갔다. 나는 집으로 누나는 자기 집으로 엄마는 다른 가정으로. 집에 가는 중에 아빠에게 전화가 왔다. 장례식이 잘 끝났냐는 말이었다. 나는 어디 있었냐고 물었다. 아빠는 뜸을 들이고 말했다. 어젯밤에 다쳐서 병원에 입원 중이라고 말했다. 안타까워해야 할지 화를 내야 할지 모르겠다. 아무런 생각이 들지가 않았다. 그렇지만 내 안에 있는 마음이 분노로 서서히 타올랐다. 나는 아빠가 입원한 병원이 어딘지 물었다. 아빠는 안 와도 괜찮다고 말했지만, 내가 그러지 않았다. 결국에 어디 병원인지 알게 됐다. 그렇게 나는 아빠를 찾아갔다. 병원에 도착해 아빠가 있는 병실에 들어갔다. 아빠는 침대에 누워 창문을 바라보고 있었다. 나는 의자를 갖고 와 아빠 옆에 앉았다. 장례식은 잘 끝났냐는 물음에 나는 그렇다고 대답했다. 아빠는 내일 퇴원하니깐 걱정하지 말라고 말했고 나는 걱정 하지 않는다고 말했다. 아빠는 다시 창문을 바라보았고 나는 아빠에게 어제 시위를 나갔어야 했냐고 물었다. 아빠는 어쩔 수 없었다고 시간이 부족하다고, 철거도 코앞으로 다가왔다고 말했다. 나는 도저히 참을 수 없는 역겨움이 몰려와 아빠에게 말했다.

"집이 뭐가 중요한데 언제까지 우리는 이렇게 살아야 하는 건데 우리도 그냥 남들처럼 살면 안 돼? 나랑 누나는 왜 이렇게 살아야 하는 건데 그놈의 자존심이 그렇게 중요해?"

아빠는 나를 쳐다보며 말했다.

"나한테는 중요해"

　나는 더 이상 대화할 가치를 느끼지 못했다. 허탈감이 몰려왔다. 나는 자리를 벗어났다. 그 자리에 있을 이유가 없었다. 분노가 차올랐다. 타오르는 분노는 나의 이성과 판단을 검게 그을렸다. 우리는 마치 꼬일 대로 꼬여버린 실과 같았다. 아무리 풀려고 노력해 봐도 겹겹이 묶인 실은 더 단단해질 뿐이었다. 나는 더는 의욕이 생기지 않았다. 그저 묶인 실을 가위로 오려버리고 싶은 마음뿐이었다. 다음날이 되고 나는 집을 태우기로 생각했다. 아빠의 자존심이자 자기 자신인 집을 말이다. 고요함 만이 가득한 방 두루마리 휴지에 불을 붙였다. 제법 강하게 타오르는 휴지를 장롱 안으로 넣었다. 타오르던 휴지의 불길은 이불로 향했다. 검은 연기가 강하게 올라오더니 천장을 검게 그을렸다. 불길은 점점 거세졌다. 더는 안에 있다가 위험할 거 같았다. 나는 밖으로 나갔다. 짧은 순간에 집은 불로 뒤집혔다. 매캐한 냄새가 코를 찔렀다. 눈은 점점 따가워졌고 주변은 연기로 가득 채웠다. 강하게 터지는 소리가 들렸다. 엘피지 가스가 터진 거 같았다. 터지는 소리와 함께 우리 집을 태우던 불길은 옆집으로 향했고 삽시간에 집들이 타올랐다. 누군가 뛰어오는 소리가 들렸다. 퇴원한 아빠였다. 아빠는 이러지도 저러지도 못한 채 숨을 헐떡이며 주위를 둘러봤다. 집이 타오르는 것을 본 아빠는 집으로 달려갔다. 진압하려고 할수록 불은 더 거세게 타올랐다. 아무런 힘도 쓰지 못하는 아빠는 불 속으로 뛰어들었다. 아빠의 모습은 보이지 않았다. 초조한 마음이 들었다. 보이지 않는 초조함은 불안으로 바뀌었다. 불안감은 나의 다리를 저절로 움직이게 했다. 나는 불길 속으로 달려갔다. 금방이라도 타오를 것 같이 열기가 강했다. 나는 옷소매로 코와 입을 막은 채 아빠를 찾았다. 아빠는 몸을 웅크린 채 금방이라도 쓰러질 듯 위태로워 보였다. 나는 아빠를 일으켜 세웠고, 그렇게 밖으로 부축해 나갔다. 아빠를 이끌고 집과 멀어졌을 때 나는 의식을 잃었다. 나는 그저 새롭게 시작하고 싶었다. 새로움을 아무리 상상해도 내 곁엔 가족이 있었다. 그렇게 나는 가족이란 묶인 실을 끊을 수 없었다.

부품의 의지

권성호

자동차가 망가졌다. 엔진 쪽 나사가 제자리를 탈출했다고 한다.

"운이 좋으셨네요. 운행 중에 이게 잘못 튀기라도 했으면 엔진이 터졌을 수도 있었어요. 가능성은 적지만요."

젊은 수리 기사가 영혼 없는 목소리로 말했다. 어쩐지 어디서 덜그럭 거리는 소리가 들리는 것 같더라니. 고작 3그램 정도의 나사 하나가 1.5톤이 넘는 쇳덩어리를 망가뜨린 것도 모자라 사람을 죽일 수도 있었다. 심지어 그런 말을 저렇게 심드렁한 어투로 전해 들으니 기분이 상당히 묘했다.

"운이 좋았네요."

외에는 딱히 할 말이 없었다.

엔진 오일 갈 때나 냉각수, 워셔액 채울 때 빼고는 건드린 적이 없는데 도대체 나사가 언제 뭣 때문에 빠진단 말인가. 본사에 손해 배상이라도 청구해야 하는 거 아닌가 싶어서 기사에게 물어보니, 저는 그런 쪽은 잘 모른다고 말하며 멋쩍게 웃을 뿐이었다. 하긴, 나도 잘은 모르겠지만, 생각해보니 실제로 무슨 사고가 발생하지도 않았고, 내가 손을 댄 게 아니라는 증거 하나도 없는데 법적 조치를 취하려 해봤자 잘나신 대기업을 상대로 일개 소비자가 뭘 어쩌겠는가. 나대지 말자. 그렇게 생각했다.

한동안 시끌벅적한 기계음만이 정비소를 가득 채웠고, 할 게 없어진 나는 의자에 앉아 소음 탓에 잘 들리지도 않는 뉴스를 쳐다봤다. 그러다 보니 아까 얘기하던 젊은 기사와 좀 닮아 보이는 늙은 수리 기사가 종이컵에 담긴 따뜻한 커피를 내밀었다. 나는 고개 숙여 감사를 표하고 후루룩, 목을 축였다.

"오늘 아침에 그 사람 법원 출두한 거 보셨습니까? 야, 진짜 요즘 세상 흉흉해서 어떻게 하나 싶네요."

늙은 기사가 자연스럽게 말을 붙였다. 전 대통령이 국토부 장관과 연관된 부동산 비리로 고발당한 걸 말하는 건가, 아니면 현 국회의장이 지역 사업 비리로 잡혀들어간 걸 말하는 건가, 그것도 아니라면 여당 비대위원장? 야당 대표? 서울지검장? 반도체 그룹 회장? 콘텐츠진흥원장? 요새 법원 드나드는 사람이 한둘이어야지. 사회가 이리도 쉽게 무너지리라고는 생각해 본 적도 없었다. 그래도 늙은 기사가 무슨 말을 하고 싶은지는 어렴풋이 알겠다.

"뭐, 채널을 어디로 돌려도 계속 비슷한 얘기뿐이라……. 하하, 어지럽네요."

나는 한숨을 내쉬었고 늙은 기사는 대답 대신 허허, 웃었다.

임춘성. 대한민국 제22대 대통령 선거 당선인이자, 내 인생 12년을 함께했던 학창 시절 동창. 친구라 부르기엔 다소 멀고, 아무 사이도 아니라기엔 같이 보낸 세월이 좀 긴 사이. 세상의 여러 천재와 비교해도 꿇리지 않을 정도로 영특하던 녀석은 고등학교를 졸업하자마자 전액 장학금을 받고 미국으로 떠났으며, 자연스럽게 나는 춘성이를 잊었다. 그렇게 17년이 흐르고, 국정 감사에서 그 콧대 높기로 유명한 국토부 장관에게서 죄송하다는 말을 받아낸 국회의원에 관한 기사를 보는데 왠지 모르게 익숙한 얼굴이 대문짝만하게 신문 지면에 실린 것이 아니겠는가? 그 이후로 파격적인 행보를 통해 당 대표를 거쳐 대통령 선거에까지 나가게 된 춘성이가 어느 날 갑자기 자살을 해버렸다. 바꿔 말하면 대통령 당선인이 취임식 전날에 자살했다는 뜻이다. 모두가 이해할 수 없는 사건이었다. 정치인이 아닌 인간 임춘성의 일면을 아는 나로서는 더욱 이해할 수 없었다. 아무리 그런 일이 있었다고 한들, 내가 아는 춘성이는 일을 도중에 그르치는 사람이 아니기 때문이다. 그 힘든 시절을 이겨내고 한 나라를 이끄는 최고의 권력자가 되었는데 어째서, 너는 도대체 왜 그런 선택을 한 거니. 여러 차례 기억 속 어린 춘성이에게 물어봤지만, 조용히 미소만 지을 뿐, 아무런 대답이 없었다.

부푼 마음을 다잡고, 같이 가자는 어머니의 손길마저 뿌리친 채 등굣
길에 오른 32년 전의 나는 이르게도 학교폭력의 현장을 마주하였다. 당
시 기억으로는 태산과도 같았던 5학년, 6학년 형, 누나들이 삼삼오오 모
여 우리 아파트 단지 쪽에서 학교로 가는 유일한 길목을 틀어막고 있었
다. 나중에 알아보니 그들은 통행세를 걷어 돈이 있는 아이만 등교를 허
락하고, 돈을 내지 못한 아이는 자신들과 함께 지각하게 했다고 한다. 어
린 나이임에도 무언가 심상치 않은 분위기를 느껴버린 나는 왜 어머니의
권유를 거절했을까, 하며 어리석은 자신의 판단을 자책했다. 그리고 그
때, 임춘성이 나타났다.

"자기보다 훨씬 작은 사람을 괴롭히는 게 연장자의 특권인가요?"

이것이 나와 춘성이의 첫 만남이다. 연장자니, 특권이니, 다시 생각해
봐도 8살짜리 아이가 할 만한 대사는 아니다. 무슨 소린지 하나도 모르겠
지만, 아무튼 대드는 건 확실해 보였다. 그러니 그 형, 누나들은 어땠겠는
가. 이후 상황은 뻔했다. 춘성이는 행동대장 격으로 보이는 형에게 따귀
를 후려 맞았고, 충격으로 쓰러졌다. 그러나 땅바닥에 손을 짚고 엎어진
와중에도 춘성이의 눈동자는 아침햇살만큼이나 반짝였다. 이미 얼굴을
때린 이상 돌이킬 수 없음에도 이놈이 보통 녀석이 아님을 깨달았던 걸
까, 그들은 어디 가서 떠벌리기라도 하면 따귀로 끝나지 않을 거라 협박
하고는 이내 자리를 떴다. 하지만 그 어떤 금은보화를 줄지언정 어린아이
의 입은 막을 수 없는 법. 채 이틀도 안 되어 전교에 소문이 퍼졌다. 춘성
이는 1학년은 물론이고, 고학년 학생에게 괴롭힘당하던 일부 다른 학년

학생들에게도 영웅 취급을 받았다. 하물며 그 자리에 직접 있었던 나는 어땠겠는가.

나는 춘성이와 친해지려 갖은 수를 썼다. 학교 공부는 물론 쉬는 시간에는 어려워 보이는 책까지 읽어대니 춘성이가 학문에 뜻이 있다는 걸 알아채기란 쉬웠다. 문제 풀이를 알려달라, 지금 읽는 책은 무엇이냐는 핑계로 시작해 성공적으로 춘성이와 가까워진 나는 다른 학우들보다 더 자주 춘성이와 얘기하는 사이가 되었다. 춘성이는 묻는 말에 참 대답을 잘해주었다. 이 문제는 이렇게 푸는 거다. 지금 읽는 책은 법 제도에 관련된 책이다. 그렇지만 거기까지였다. 춘성이는 도통 자기 얘기를 하지 않았다. 질문이 끝나면 칼같이 다시 자기 하던 일에 집중해서 대화가 이어지지를 않았다. 그런데 딱 한 번, 춘성이가 먼저 자기 얘기를 꺼낸 적이 있다.

내가 무언가 중요한 준비물을 집에 놓고 간 날이었다. 그게 뭔지는 잘 모르겠는데, 없으면 수업에 참여할 수 없었다는 것만 기억난다. 다행인 점은 우리 어머니가 그 준비물의 중요성을 아셨던 덕분에 당신께서 직접 학교에 찾아와 그걸 전달해주셨다. 불행인 점은 그 시간대가 많이 늦었던 탓에 이미 나는 혼이 쏙 빠질 정도로 혼이 난 상태였지만 말이다. 그 때문에 우리 담임 선생님도, 같은 반 학우들도 한바탕 웃었던 날이었다.

나와 춘성이는 키가 같았고, 학급 번호도 바로 다음 순서였다. 우리 담임 선생님은 학급 번호순으로 청소 담당을 정했고, 같은 날 수업이 끝난 후, 나와 춘성이만 남아 한창 바닥에 기름걸레질을 열심히 하던 도중이었다. 춘성이가 나를 힐끗 쳐다보더니 나와 눈이 마주치고는 무슨 죄라도 지은 마냥 땅바닥으로 시선을 돌리는 게 아닌가. 의문이 가득 담긴 내 시선을 느낀 춘성이는 이내 고해성사라도 하듯이 자신의 속내를 너무도 쉽게 털어놓았다.

동생을 출산하던 중 의료사고로 인한 어머니의 죽음, 이후 벌어진 소송에서 변호사의 배신으로 어처구니없이 패배해 억 단위의 빚이 쌓인 집안, 수산업계의 돈을 받아먹고 있던 학계의 미움을 사서 쫓겨나게 된 해양학자 아버지, 돈벌이가 끊긴 아버지의 도박이라는 잘못된 선택, 그리고 더 쌓인 빚과 함께 자신이 7살이 되던 해에 실종된 사건. 지금은 할아버지네 댁에서 살고 있는데 그분은 북한 공산당 출신이었지만, 한국 전쟁 당시 포로로 잡혀 연합군 측에서 전향을 대가로 구멍가게와 새 신분을 주었다는 말까지 조용히 읊조린 후에야 춘성이는 어떤 반응을 바라고 한 말이 아니라는 듯, 조용히 청소를 재개했다.

확실히 기름걸레질이나 하며 할 만한 이야기는 아니었다. 10살짜리 꼬마가 당할 만한 일도 아니었고, 같은 10살짜리 꼬마가 이해할 수 있을 만한 이야기도 아니었다. 사실 정도는 학부모 참관 수업 때마다 보이지 않았던 시점에서 나를 포함한 학우들 대부분이 눈치채고 있었다. 하지만 이런 사정이 있었다는 건 정말 아무도 몰랐을 테다. 지금에서야 춘성이가 왜 나를 그렇게 쳐다봤는지 십분 통감하지만, 그때는 무슨 소릴 하는 건지 도통 모르겠다는 심정이었다. 춘성이의 인생이 참 불쌍하다는 생각은 했던 것 같다. 다만 내가 어떤 말을 해도 춘성이를 위로할 수는 없어 보였다.

"힘내!"

그리고는 춘성이의 등을 한 번 찰싹 때려주었다. 그게 당시 내가 할 수 있는 전부였다.

우리가 12살이 되던 해, 춘성이의 아버지가 실종된 지 5년이 되던 해의 어느 날 등굣길. 보기 드문 춘성이의 미소를 보았다. 뭐가 그렇게 기분 좋냐는 물음에 춘성이는 40만 원으로 4억 원을 벌었다며 웃음을 터뜨렸다. 4억 원, 40만 원은커녕 4천 원도 거금이라 느끼는 아이에게 4억 원은 너무나 비현실적인 숫자였다. 이놈이 거짓말을 하나 싶었지만, 그렇게 환하게 웃는 춘성이가 거짓말을 하는 얼굴 같아 보이진 않았다. 지금 와서 춘성이가 뭔 짓을 한 건가 추측하자면 12살이 아버지를 실종선고를 한 후, 상속 한정 승인 제도를 통해 물려받은 재산이 없는 사실을 토대로 4억 원에 달하는 가계 부채를 변호사와 공인회계사 수임 비용 40만 원으로 소멸시켰다는 것이다. 초등학교 5학년에 불과한 나는 그저 대단하다며 춘성이를 치켜세워주었다. 무슨 말을 하는지도 모르겠지만, 아무튼 대단해 보였다. 그런데,

"야, 임춘성! 너 동생 혹시 장애인이야?"

학교 정문 앞에서 만난 동급생의 악의 없는 질문, 그리고 그날 이후로 춘성이 인생의 5년은 나락으로 치달았다. 이건 나중에 알게 된 사실인데 춘성이의 어머니가 돌아가시게 된 직접적인 원인은 의료사고였지만, 지병과 조산이라는 이유도 있었다. 위자료는 물론, 양육비까지 받아낼 수 있던 사건을 병원 측이 승소할 수 있던 이유도 바로 이 때문이었다. 춘성이의 어머니께서 평소 지병을 앓고 있다는 사실을 남편과 병원에 숨겼고, 조산이라는 특수성이 겹쳐 병원에서 손 쓸 수 있는 정도를 벗어났다는 좋은 구색이 맞춰졌다.

지병과 조산이라는 두 가지 사실은 춘성이의 동생 임지성에게 지적 장애를 안겨 주었다. 춘성이는 손자가 장애인이라는 걸 받아들이고 싶지 않던 할아버지를 필사적으로 설득해 임지성을 특수학교에 진학시켰다. 하지만 어린아이의 악의는 그럴 수도 있다는 사실을 받아들이지 않는 것에서부터 시작한다. 임지성이 장애인이면 임춘성도 장애인 아니냐, 임춘성의 부모가 잘못해서 임지성이 장애인이 된 거 아니냐, 임춘성의 부모도 혹시 장애인 아니냐부터 시작해서 심지어는 천재인 임춘성이 멍청한 임지성을 싫어해서 집에서뿐만 아니라 학교에서도 동생을 보는 걸 견딜 수가 없어 우리 학교에 특수학급이 존재함에도 일부러 특수학교에 보냈다는 소문까지 돌았다. 4년이란 시간이 길다면 길고, 짧다면 짧다고 할 수 있다. 춘성이는 그렇게 4년 만에 힘없는 학우들을 구한 영웅에서 친동생을 혐오하고 장애인을 차별하는 악당이 되었다. 그리고, 어린아이의 그릇된 정의감에서 비롯된 영웅적 행보가 악당 임춘성을 향한 응징이 되기까지는 채 일주일도 걸리지 않았다.

기묘하게도, 그 시기가 참으로 적절했다. 그해 3월은 기존에 악당으로 규정되던 고학년 선배들이 중학교 진학을 위해 학업에 빠지거나 아예 학교를 빠지거나, 졸업하는 등의 이유로 오랜만에 학교에 평화가 찾아온 때였다. 다른 관점에서 말하자면, 악당은 없고 영웅만 남았다고 할 수 있다. 그러자, 너무 더러워진 행주를 버리고 쓰던 수건을 잘라 그 자리를 대체하는 것처럼. 아이들은 조금 전에 손을 닦은 수건에 거리낌 없이 가위를 들이밀었다.

마치 악당의 부재를 용납할 수 없다는 듯이, 잠깐의 평화라도 견딜 수 없다는 듯이, 아이들은 결코 악하다고 볼 수 없는 자를 악당으로 만들었다. 그리고 자신들을 영웅 취급하며 정의를 구현한다며 옛 영웅에게 마음껏 발길질했다.

나는 반발하면서도 의심했다. 당연히 춘성이는 그럴 사람이 아니란 걸 알고 있었지만, 가장 친한 친구에게 동생이 있었다는 것조차 몰랐다는 사실이 날 어지럽게 만들었다. 참으로 부끄럽게도 나는 이내 군중심리에 휩쓸리고 말았다. 예나 지금이나 그 당시만 생각하면 나는 죄인이 되고 만다. 나를 바라보는 춘성이의 그 눈을 아직도 저녁노을 지는 햇빛을 떠올리기처럼 쉽고, 생생하게 기억한다. 사리 분별도 제대로 못 하는 나이라고 하기엔 12살의 내가 느꼈던 죄악감이 그건 너무 조악한 변명이라 대신 말하고 있었다.

하지만 춘성이는 굴하지 않았다. 예전 그대로 옳은 건 옳다, 아닌 건 아니다, 확실하게 말하며 자신을 악당 취급하는 사람들에게 신념을 굽히지 않았다. 때로는 구타당하고, 때로는 책상과 사물함이 오물로 뒤덮여도, 심지어는 체육 수업 도중에 죽은 쥐가 체육복 속에 넣어져도, 신념이 부러지면 자신도 죽는 것처럼, 춘성이는 굴복하지 않았다. 발악이라고 부르기엔 그 행보가 너무도 올곧았고, 변함이 없었다.

시간이 흘러 고등학교에 진학하자, 장난감에 질린 젖먹이처럼 아이들의 관심은 춘성이에게서 멀어졌다. 장난이 통하지 않는 장난감을 갖고 놀 이유가 없기 때문일지도 모른다. 몇몇 아이들은 그래도 꾸준히 춘성이를 괴롭혔으나, 그 또한 1년도 안 돼서 다 타버린 연탄 속 자그마한 불씨처럼 사그라들었다. 그리고 나와 춘성이의 사이도 계속해서 멀어졌다. 나는 춘성이를 볼 때마다 괴로움에 휩싸여 일부러 거리를 두었다. 춘성이의 생각은 알 수 없지만, 언제 친하기라도 했었냐는 듯이 나라는 존재를 완전히 잊은 것처럼 행동했다.

시간과 망각이라는 개념은 춘성이의 편이었다. 천재 임춘성의 재능은 심해에서도 빛을 뿜어내는 잠수함의 조명처럼 밝게 빛났고, 평생 빛이라 곤 초롱아귀의 발광체 정도만 알던 물고기들은 홀린 듯이 춘성이의 곁을 맴돌았다. 춘성이의 얼굴에서 불행, 우울, 좌절 같은 부정적인 감정은 찾아볼 수도 없었다. 할아버지께서 돌아가셨다는 것도 한참 나중에, 동창회 때 술자리에서 나온 얘기를 통해 전해 들었을 정도로.

각종 토론 대회, 경시 대회, 올림피아드 등등 학생의 신분에서 참가할 수 있는 대회란 대회는 모조리 휩쓴 춘성이는 자연스럽게 고등학교 졸업 후에 미국으로 향했다. 듣자 하니 하버드 대학교에 합격하고 부모님도, 키워주시던 할아버지도 고등학교 2학년 때 여읜 춘성이는 연간 십수만 달러에 달하는 학비를 저소득자 대상 전액 장학금을 미리 신청한 덕분에 1센트도 내지 않으며 다녔다고 한다. 당연하게도 임지성은 특수학교를 나와서 춘성이와 함께 미국행 비행기에 올랐다. 그 어떤 고난과 역경이 임춘성을 막으리오, 춘성이는 말 대신 행동으로 대답했다.

그랬는데, 도대체 어떤 일이 있었길래 춘성이가 자살 따위를 한 걸까. 탄탄대로, 승승장구, 그 어떤 말로도 부족한 인생의 미래를 앞두고 어째서 춘성이는 자살한 걸까. 당연히 이번 일도 잘 헤쳐 나갈 줄로만 알았다. 왜 춘성이는 그렇게 어마어마한 사람들이 얽히고설킨 파일을 갖고 있었으며, 왜 하필 자살과 함께 비리를 폭로한 걸까. 어쩌자고 그렇게 커다란 폭탄을 터뜨린 걸까. 자기는 죽을 테니 남은 사람 걱정은 되지도 않는다는 걸까. 열 길 물속은 알아도 한 길 사람 속내는 알 수 없다는 말을 지금처럼 실감한 적이 없었다.

"아씨 손이 왜 이렇게 미끄럽냐."

짤랑이는 소리가 긴 적막을 깼다. 젊은 기사가 무언가 떨어뜨린 모양이었다. 성이 잔뜩 오른 모양인지, 젊은 기사는 자꾸 혼자서 육두문자를 중얼거렸다. 듣기가 참 불편했다. 뭐가 그렇게 불만인 걸까. 하던 찰나,

"이놈아, 네가 그렇게 조급하니 잘하던 일도 안 되는 게 아니냐. 넌 항상 그게 문제다. 누가 쫓아오기라도 하니?"
"아 됐어요, 아버지. 그만 하세요. 손님도 계시는데."
"손님이 계시는데도 할 말 못 할 말 구분 못 하는 건 너다."
"그만하시라고요! 계속 그러시다가 제가 성질 못 참고 나가기라도 하시면 그대로 장사 접어야 하는 사람이 왜 이렇게 자꾸 쪽을 못 쥐 줘서 안달일까? 저번에도……."
"너 이 자식이!"

아이고 이런 세상에. 부자 갈등이 극에 달했구나. 아무래도 내가 정비소를 잘못 찾아온 것 같았다. 엔진 경고등이 무슨 짓을 해도 안 꺼져서 급하게 내비게이션이 가리키는 가장 가까운 곳으로 핸들을 돌린 내가 잘못이지.

"저기 손님, 혹시 담배 태우세요?"

어느새 다가온 젊은 기사가 땅이 꺼질 듯 한숨을 내쉬고는 내게 물었

다. 불편한 자리였지만, 셔츠 앞주머니에 툭 튀어나온 담뱃갑이 자기주장을 강력하게 하는 터라 차마 거절하긴 힘들었다. 고작 이런 일로 거짓말을 할 수는 없으니까. 나는 대답 대신 앞주머니에선 담뱃갑을, 호주머니에선 라이터를 꺼내 보였다.

혼자서 뭘 하는지, 낑낑대며 보닛을 들여다보는 늙은 기사의 신음을 애써 뒤로한 채 젊은 기사와 나는 뒷마당으로 나와 담배에 불을 붙였다. 무슨 누아르 영화라도 찍듯이 온갖 폼이란 폼은 다 잡으며 담배를 피우는 젊은 기사가 어쩐지 한껏 털을 세워 몸집을 부풀려 포식자에 저항하는 토끼 같아 보였다. 여기 대체 그런 게 어디 있다고 저렇게 경계하는 걸까 싶었다.

혹시 다 들으셨냐고 젊은 기사가 넌지시 물었다. 그럼 그걸 못 들으면 농아지, 참나. 속으론 코웃음을 쳤지만, 겉으론 사람 좋게 허허 웃었다. 어쩌다 보니 듣게 됐습니다. 그런데 젊은 기사가 갑자기 시키지도 않은 개인사를 줄줄 읊기 시작했다. 제 딴에는 손님을 불편하게 만든 상황에 대한 사죄 겸 변명일 터였다.

아버지는 처음부터 자기한테 선택지를 준 적이 없다고 했다. 기억할 수 있는 가장 옛날부터 자기는 드라이버와 렌치를 들고 아버지를 도와 차를 손봤다고, 어떻게 보면 이게 요즘 말로 가스라이팅이 아닌가 싶다고, 젊은 기사는 그렇게 말하며 필터까지 알뜰하게 빨아버린 담배를 툭툭 손으로 털고 자연스럽게 다시 새 담배를 꼬나물었다.

자기도 처음 몇 년 동안은 나름대로 정비 일이 적성에 맞았다. 뭔가 뚝딱거리면 어느새 고쳐진 자동차를 보며 뿌듯하기도 하고, 신기하기도 했다. 그런데 시간이 흘러 친구들과 놀러 다니는 것도 못마땅하게 보고, 학교 공부하는 것도 쓸데없는 짓으로 치부하는 아버지에게 반발심이 들기 시작했다. 그러다 보니까 이제는 공구함 쳐다보는 것만으로도 신물이 올라온다. 하지만 할 수 있는 게 이것뿐이고, 아는 것도 이것뿐이니, 어쩔 수 없이 이 일을 계속해야 한다. 내가 뭘 하고 싶은지도 모르겠지만, 먹고 살기 위해선 아버지 비위를 맞춰야 한다. 손님께는 정말 죄송하다. 젊은 기사는 재떨이에 담배를 꽂고 다시 쌩하니 건물 안으로 들어갔다. 피사의 사탑처럼 위태롭게 선 두 번째 꽁초는 거의 새것이나 다름없었다.

젊은 기사를 뒤따라 다시 정비소 안으로 들어오니, 늙은 기사에게 허리 굽혀 사죄하는 젊은 기사가 눈에 띄었다. 먹고 살기 위해선 아버지 비위를 맞춰야 한댔나. 나보다 한참은 젊은 사람이 저렇게까지 자존심을 죽여가며 꼰대 심정을 거스르지 않으려는 게 아까보다 보기 훨씬 불편했다. 늙은 기사는 90도 폴더블 사죄를 보고도 계속 화를 낼 인물은 아니었는지, 손을 휘휘 젓고는 젊은 기사가 들고 있던 스패너를 말없이 가져갔다.

잠깐만, 뭔가 당연하단 듯이 점검이 길어지고 있는데, 원래 나사 하나 풀어진 거 아니었나? 상황이 예상과는 많이 다르게 흘러가고 있었다. 아니, 점심시간에 맛있는 밥 좀 먹으려고 길을 나섰는데 차가 고장 난 시점에서 이미 반차를 사용하긴 했는데 아무리 그래도 이건 아니지 않나 싶었다.

"저기 혹시, 점검이 오래 걸릴까요?"
"아, 죄송합니다. 말도 없이 시간을 너무 끌었네요."

난처하다는 듯이 대답한 것은 늙은 기사였다. 낌새가 심상치 않아서 다른 곳도 살펴보다가 나사 하나의 문제가 아닌 것 같아 결국 보닛을 한 번 뒤집어 까 봐야 제대로 된 결과를 말씀드릴 수 있을 것 같다는 말을 들었다.

빌어먹을. 이러면 한 시간 넘게 기다린 보람이 전혀 없지 않은가. 반차를 쓴 김에 빨리 수리받고 집에 가서 게임이나 해야겠다는 계획이 완전히 틀어졌다.

"혹시 괜찮으시다면 전화번호라도 남겨주시겠어요? 결과가 나오면 저희가 연락을 드리겠습니다."

늙은 기사가 장갑을 벗고 나와 재킷 안 주머니에서 노트와 펜을 꺼냈다. 아니? 여기까지 온 이상 허무하게 물러날 수는 없다. 나는 기어코 오늘 안에 이 골칫거리를 해결해야만 직성이 풀리는 사람이다. 안 그래도 요 몇 주 동안 뉴스 때문에 정신이 나갈 지경이다. 그런데 여기서 문제가 하나라도 더 얹혀서 내일 출근한 다음 누구한테 화풀이라도 했다가는, 참사가 벌어질 게 안 봐도 뻔했다.

"아뇨, 오래 걸리더라도 괜찮습니다. 어차피 반차도 이미 썼고, 집도 여기서 한참 걸리는지라, 그냥 기다릴게요. 저는 신경 쓰지 마시고 계속 부탁드립니다."

늙은 기사는 죄송하다며 대신 냉장고에 있는 음료수를 아무거나 꺼내서 마음껏 드시라는 말과 함께 다시 젊은 기사와 작업에 들어갔다. 안 그래도 아까 커피를 마신 후로 이런저런 일이 많아서 목이 타던 참이었다. 냉장고를 열어보니 종류별로 다양한 음료수가, 그리고 맥주도 참 많이 진열되어 있었다. 이성은 당연히 음료수 쪽의 손을 들어주었으나, 본능에 통제권을 잃은 손이 멋대로 맥주를 집었다. 이것도 탄산음료가 아닐까 하는 생각이 잠시 들었다. 캔 뚜껑을 따고 넘칠 뻔한 거품을 먼저 들이키고는 마저 따끔따끔한 탄산과 고소한 보리, 알싸한 알코올의 향기를 마음껏 즐기던 찰나, 텔레비전에서 속보를 알리는 음악이 들려왔다.

국민의미래당, 자유민주당의 당 대표와 비대위원장, 수석 최고위원과 원내대표로 이뤄진 여야합동대책팀의 긴급 기자 회견을 비추는 화면이었다. 하지만 중요한 건 그게 아니라 똑바로 보고 있음에도 시력이 안 좋아졌나 의심하게 만드는 방송 자막이었다.

"여야합동대책팀, 故 임춘성 전 대통령 당선인 신분 의심돼. 간첩일 가능성 농후."

온몸에 소름이 돋았다. 저게 도대체 무슨 귀신 씻나락 까먹는 소리란 말인가. 다리에 힘이 풀려 의자에 풀썩 주저앉을 수밖에 없었다. 이후 막힘없이 술술 흘러나오는 국회의원들의 말을 계속해서 들려왔다. 듣고 싶지 않는데, 애석하게도 정비소의 시끄러운 기계음보다 그들의 말이 훨씬 더 내 귀에 잘 꽂혔다.

임춘성이 폭로한 비리 문서에는 사진이나 영상 등의 직접적인 증거 없이 오로지 엑셀 파일에 적힌 숫자와 글자만이 전부다. 문서가 조작되었을 가능성은 진작부터 검토하고 있었다. 그러나 최근 진척된 수사 내용을 공유받은 결과, 임춘성이 북파 공작원이며 대한민국의 분열을 위해 사회의 혼란을 조장하려 의도적으로 조작된 문서를 뿌렸을 수도 있다는 가능성을 새로이 검토 중이다. 임춘성의 부모는 임춘성이 미취학 아동이던 시절부터 사망했거나 실종된 상태였으며, 오랜 시간 조부의 손에 키워졌다. 최근 경찰 조사에 따르면 임춘성의 조부 임희순은 과거 휴전 협정 이후 비밀리에 월북하여 대한민국에 정착했다. 임희순의 본명은 임철로 조선로동당 선전선동부 출신 간부였다. 임철의 출신과 행적을 미루어 짐작하건대, 임철은 갓난아기에 불과한 임춘성에게 엘리트 교육을 통해 대한민국 사회에 깊이 침투하도록 하고, 적절한 시기가 되면 대한민국의 내부 분열을 일으키도록 세뇌했을 가능성을 열어두었다.

의도가 뻔한 발표를 마친 국회의원들은 질문도 받지 않은 채 도망치듯이 회견장을 빠져나왔다. 지금 저걸 진심으로 지껄이는 건가? 저걸 믿으라고? 그럼 황해도 출신 증조할아버지가 키우시고 성균관대학교 졸업 후 시장까지 지내신 우리 할아버지도 간첩인가? 춘성이 할아버지께서 북한 출신이셨다는 건 30년 전에 이미 알고 있었다. 그런데 그게 아니잖아. 신분 조작은 당시 연합군이 해준 거잖아.

춘성아, 넌 알고 있었니? 이놈들이 이런 말도 안 되는 방식으로 네 죽음을 헛되이 할 거란 사실을? 네가 무슨 이유로 죽었는지, 또 죽으면 죽었지 무슨 그런 크기의 비리를 만천하에 알린 건지, 나는 아직 잘 이해할 수 없다. 그런데 그것마저 허사로 돌아갈 수 있다는 생각은 안 해본 거니? 네 마지막 행보를 빌미로 네 인생 전체를 허풍으로 치부하려는 세력이 생길 거라곤 고려하지 않은 거니?

무서웠다. 이 사회는 결코 쉽게 무너지지 않는구나. 어떤 방식으로든, 그게 아무리 황당해 보일지라도, 망가지기 일보 직전의 사회라도 정상화를 시도하는구나. 마치 뱀이 등줄기를 타고 스멀스멀 기어오르는 것만 같은 느낌이 들었다.

그래. 어느 정도는 알고 있었다. 춘성이가 삶을, 대한민국을 포기한 계기를. 동료가 많을수록, 세력이 클수록, 그리고 그 힘이 강할수록, 게다가 그 힘이 올바를수록, 시기와 질투라는 본능으로 똘똘 뭉친 적대 세력 또한 강성하다. 그렇다면 약자와 강자를 동시에 고려하는 초유의 정치인, 흠집 하나 없는 과거를 보유한 사람. 완벽에 가까운 남자의 적대 세력은 얼마나 거대할까?

임춘성의 삶은 사고와 희생, 절망으로 점철되어 있었지만, 춘성이는 그게 뭐 대수냐는 듯이 항상 그걸 극복해냈다. 그렇게 정치인이 된 이후에는 마치 자신의 고통을 남이 겪게 할 수 없다는 듯이 강박적으로 자신의 과거와 관련된 불행의 씨앗, 의료계, 과학계, 복지계의 썩은 뿌리를 뽑아내려 했다. 하지만 춘성이는 거기서 그칠 수 없었나 보다. 대선에서 당선된 이후 인수위 활동과 더불어 정계, 법조계, 재계는 물론 교육계, 심지어는 예술계까지. 상상할 수 있는 거의 모든 분야의 한가락씩 한다는 사람은 전부 직접 한 차례씩은 만났다. 그러나 두 번째는 없었다.

시작은 춘성이의 소속 정당이었다. 원내대표라는 사람이 춘성이더러 과거에 집착해서 미래를 바라보지 않는 건 당선인의 자질이 아니라는 글을 SNS에 올렸다. 그걸 기점으로 야당 대표가 합세해 지금은 앞으로의 대한민국 생각해야 할 때라는 성명을 발표하더니 갑작스레 춘성이에 대한 비판의 목소리가 커져만 갔다. 회담은 취소되고, 아직 대통령으로서 아무런 활동도 하지 않았음에도 광화문에 시위가 벌어졌다. 춘성이가 일대일로 그들을 만나고자 했던 이유가 있을 터였다. 시도해야 하는 게 있으니까. 모르긴 몰라도 그건 실패했다. 그래서 정치인들이 행동에 나선 것이겠지.

춘성이에게 임지성은 아픈 손가락임이 틀림없다. 춘성이 본인의 생각은 다를지라도, 제삼자의 시선에서 봤을 땐 확실했다. 학창 시절 대부분을 따돌림당하며 보낸 이유, 등록금 전액 면제는 물론 기숙사비도 전액 면제받을 수 있는 상황에서도 백수십 달러의 집세를 내며 원룸에서 살아야 했던 이유, 수업을 마치면 바로 아르바이트하러 나가야 했던 이유. 그러나 춘성이는 학비만큼이나 비싼 치료비를 내면서까지 동생과 함께했다. 유일하게 남은 가족. 임지성이 춘성이에게 얼마나 큰 의미였는지는 딱히 물어보지 않아도 알 수 있었다.

임지성은 교통사고로 죽었다. 바쁜 춘성이는 국내 최대 사설 경호 업체에 따로 의뢰할 정도로 임지성의 경호를 신경 썼지만, 그것도 경호 대상이 협조적일 때나 수월한 얘기였다. 임지성의 정신 연령은 다섯 살에 머물러있다. 24시간 내내 덩치 큰 아저씨들이 다섯 살 아이를 둘러싸고 있다 상상해보라. 아이는 무슨 수를 써서라도 탈출할 방법을 찾아낼 것이다. 임지성은 탈출에 성공했고, 그것이 마지막이었다.

임춘성 반대 시위로 인한 차량 통제, 하필이면 시위대가 점거한 도로는 대한민국에서 가장 큰 물류업체 근처였고, 그 때문에 수백 대에 달하는 트럭이 운송 경로를 바꿔야 했다. 그 바뀐 경로 중 하나가 임춘성의 자택 근처 대로변이었고, 가까스로 포위망을 빠져나온 임지성은 불과 1리도 못 가서 사망했다. 그리고 이게 바로 내가 생각하는 화근이다.

춘성이가 갖고 있던 거대한 비리 파일, 이건 아무리 생각해도 당선 이후 만든 파일이 아니다. 비리의 규모도, 내용의 상세함도 도저히 한 달 사이에 작성할 수 있을 만한 물건이 아니다. 최소 정치에 입문한 시점부터 만들었다면 몰라도. 그렇다면 춘성이는 그 파일을 무슨 목적으로 준비하던 걸까. 그건 춘성이의 당선 이후 행보로 알 수 있었다.

당연하게도 춘성이가 만난, 만나려던 사람들 모두의 이름을 파일에서도 찾아볼 수 있었다. 그 사람들을 만나서 뭘 했을까. 협박? 그건 절대로 춘성이의 방식이 아니다. 권유를 통한 회유. 참회할 수 있는 기회의 제공이라면 모를까. 그리고 춘성이는 성대하게 실패했다. 자신의 편이라 생각하던 사람들에게도 배신당하고, 자신의 편이 아닌 사람들에겐 반격의 시발점이 되었다. 직접적인 원인은 아니지만, 유일한 혈육마저 잃었다. 마흔 살의 춘성이는 28년 전과는 다르게 잃을 게 너무나 많았다. 60.09%의 득표율로 당선이 됐음에도 실무자들이 전부 등을 돌리면 할 수 있는 게 있을까. 2,028만 명의 지지자가 있으면 뭘 하겠는가. 그 1만 분의 1도 안 되는 사람들이 반대하면 아무것도 하지 못하는 현실에서, 중요한 건 숫자가 아니었다.

나는 내 두 손으로 얼굴을 가렸다. 부끄럽기 짝이 없었다. 그리고 치욕스럽기 짝이 없었다. 춘성이의 자살은 그 인생의 마지막일 뿐만 아니라 마지막 시도이기도 했다. 한 나라의 원수이자 대표로서도 바꿀 수 없는 사회의 가장 추악한 부분을 끄집어내 남은 사람들에게 그 처분을 맡기려는 시도. 그러나 그 마지막 시도마저 방금 보기 좋게 카운터 펀치를 맞았다. 저걸 사람들이 진짜로 믿는지 안 믿는지는 중요치 않다. 방금 저들이 한 짓은 분노한 시민에게 의심을 심었다. 뭐가 대한민국의 내부 분열이냐. 뭐가 사회의 혼란 조장이냐. 저들 스스로가 한 짓거리를 말하는 거라면 100점짜리 정답이다.

"손님? 점검 끝났습니다."

늙은 기사가 나를 불렀다. 드디어 끝난 모양이다. 대답할 기운이 없어 고개를 끄덕이는 걸로 대신했다. 늙은 기사는 꼼꼼히 점검한 결과, 해당 차량 모델에서 고질적으로 발견되는 결함으로, 몇 년 동안 꾸준히 발생한 조립 결함이 엔진 결함으로 이어졌다고 설명했다. 그리고 해당 결함은 워낙 자주 발생하고 제조사도 인정한 사례라서 제조사로 인계하면 무상 수리를 받을 수 있다고 했다.

고질적으로 발견되는 결함이라. 웃음이 절로 나왔다. 그래. 고장이 나면 고쳐야지. 고장 난 차가 제대로 굴러갈 리가 있나.

"손님께서 원하시면 저희가 직접 제조사에 연락할 수도 있습니다."

나는 그렇게 해달라고 부탁했다. 제조사에선 빠르게도 트럭을 보내왔고, 인수인계를 마친 후에 나는 늙은 기사와 짧게 인사를 나누고는 서둘러 버스 정류장으로 향했다. 멀리서 맥주캔을 따는 젊은 기사의 표정에는 어렴풋이 씁쓸함이 느껴졌다. 알코올의 씁쓸함 때문에 지은 표정인지는 잘 모르겠다.

정류장은 정비소에서 채 50미터도 떨어지지 않았다. 눈앞에서 버스를 놓칠 일은 없게 되었으나, 내가 타야 할 버스는 앞으로 20분도 넘게 남았다는 게 문제였다. 여기가 서울이 맞긴 하나 싶었다. 덕분에 생각할 시간은 한참 생겼지만.

오늘 참으로 많은 일이 있던 것처럼 느껴진다. 딱 세 가지 일밖에 일어나지 않았는데, 그 밀도가 매우 높아서 이런 생각이 드나 보다.

첫 번째로 내 차가 망가졌다. 처음엔 나사 하나 풀어진 줄 알았는데, 보닛 전체를 까보고 나서야 조립 결함으로 생긴 엔진 문제였다는 걸 알았다. 진작에 문제가 생겼어도 이상하지 않았는데 여태까지 버틴 내 차가 은근히 대견했다. 덕분에 사고 없이 수리할 수 있게 됐다.

두 번째로는 부자 기사 간의 갈등이 있었다. 젊은 기사는 아주 어려서부터 차량 정비 일을 배워 평생 먹고살 걱정은 없어졌지만, 자신이 뭘 하고 싶은지도 모른 채 다만 막연히 정비 일은 싫다는 생각만 하며 남은 일생을 아버지의 그림자에 갇혀 살아야 한다. 젊은 기사의 말을 들으니 둘이서 한두 번 싸운 게 아닌데도 계속 어떻게든 같은 삶을 사는 것 같았다.

마지막으로, 춘성이가 자살하며 남긴 숙제를 학생들이 풀기 싫다면서 선생님의 무덤을 파헤쳤다. 불안정한 사회는 곧 구성원 전체의 종말이라 치부한 소위 높으신 분들께서는 사회를 안정화하기 위해 다소 모순적이고 위험한 시도를 통해 마치 백신이라도 놓듯이 임춘성이라는 병원균을 없애려 했다.

내 자동차, 수리 기사들, 이 나라. 모두 이전의 상태를 선호한다. 생명체가 체내 요인들을 조절해 내부 상태를 최대한 일정하게 유지하려는 항상성을 지녔듯이, 기계와 사회 또한 항상성을 갖고 있는가? 그뿐만이 아니다. 튀어나온 가지를 잘라내는 정원사에서부터 잘못된 코드를 도려내는 프로그래머까지, 일정한 궤도에 오른 체계는 항상 같은 상황을 선호한다고. 이런 미친.

기계와 사회는 둘 다 부품과 인간이라는 최소 단위로 이루어져 있다. 부품을 교체하는 건 구조만 알고 있다면 너무도 쉽다. 그런데 인간을 갈아 치우는 것 또한 너무나 쉽다. 심지어는 대통령마저도 예외가 아니다. 그리고 언제나 고장 난 것보다는 잘 작동하는 걸 선호한다는 점마저 같다. 정상과 비정상, 반항하는 아들과 순종하는 아들, 튀어나온 나사와 자살한 대통령, 제기랄. 이래서는 사람이 부품과 같다는 말이나 다름없다.

나는 나도 모르게 몸을 일으켰다. 틀리다. 다른 게 아니라 틀린 말이다. 사람이 어떻게 부품이랑, 그렇다면 자유의지는 어떤가. 부품에는 자유의지가 없다. 부품은 그저 주어진 역할만을 수행할 뿐이지만, 사람은 언제든지 직업을 바꿀 수 있다. 사람은, 사람에게 자유의지가, 있나? 벗어날 수 없는 부모의 영향, 부모가 없다면 조부모가, 그것도 아니라면 고아원, 학교에 들어가선 여러 선생과 마찬가지로 누군가의 영향을 받은 친구들, 사람과 접촉하며 형성된 인격과 이미 지나간 과거로 인해 내 현재의 선택이 이미 정해져 있다면?

정말로 인간은 부품인가? 사회라는 기계가 돌아가기 위한 부품에 불과한가?

"손님! 안 타세요?"

"아, 죄송합니다!"

벌써 버스가 도착했다. 이제는 생각을 잠시 멈출 때가 왔다. 나는 버스 기사가 열어둔 문으로 발을 내디뎠다.

임춘성.

춘성이는 부모도, 할아버지도, 친구도 없이 살아왔고, 제 손으로 삶의 끝을 맺었다. 비록 자살이란 비극적인 선택일지라도 춘성이는 항상 스스로 모든 걸 선택해왔다.

"죄송합니다, 기사님. 그냥 가세요."

오늘은 좀 걸어보자. 몇 시간이 걸려도 걸어보자. 시간은 많으니까, 조금은 걸어보자.

그날 저녁 9시 뉴스로 하버드 로스쿨 출신이자 임춘성의 대학 동기이며 개인 전담 변호사의 인터뷰가 최초 공개되었다. 그는 임춘성의 뜻대로 자신의 신분에 대한 모함 등의 시도가 있을 때 공개해달라는 자료를 발표했다. 비리 문서에 적힌 인물들의 육성이 담긴 녹음 파일, 현장이 찍힌 사진과 동영상, 그리고 연합군 직인이 찍힌 임희순의 신분증명서까지. 그것은 마치 낮에 있었던 발표를 지켜보기라도 한 듯, 그들의 주장을 직접적으로 반박하는 자료였다. 나는 춘성이의 유언장을 기대했지만, 공개된 자료에 유언장은 없었다. 하지만 춘성이가 무슨 말을 하고 싶은지는 잘 알았다.

춘성이는 그 자신만의 선택으로는 더 나은 사회를 만들기란 불가능하다고 생각했다. 그래서 각계각층의 고위 인사들과 만나며 그들을 설득했다. 하지만 번번이 무산되고, 좌절됐다. 그들에게 있어선 이보다 더 나은 환경이 있을 수 없으니까. 임춘성이 원하는 사회에선 그들의 입지가 위험하니까.

결국 춘성이는 가장 위험한 선택을 저질렀다. 나 하나의 선택권을 쪼개서 모두에게 나눠주는 선택. 심리적으로 가장 불안정하고 세상을 떠나고 싶을 만큼 커다란 절망감을 느끼면서도 더 나은 사회를 만들기 위한, 임춘성만의 최선. 모두가 보고 싶지 않은, 더럽고 어지럽지만, 어둡기에 모두가 보지 않을 수 있었던 곳에 스포트라이트를 비춰 모두가 볼 수밖에 없게끔 한 뒤에 확성기를 손에 쥐고 힘차게 묻는 행위.

"역겹고 구역질이 나지만, 무시해도 전혀 상관없습니다. 여러분의 일상은 그대로일 것입니다. 비위생적이고 위험하니 깨끗이 정리해도 좋습니다. 다만 여러분은 그 어느 때보다 힘들 것입니다. 무슨 선택을 해도 여러분의 몫입니다. 여러분의 자유입니다."

나는 춘성이의 목소리를 확실하게 들었다.

비 오는 밤하늘은 맑은 날보다 밝다

초판 1쇄 인쇄일	｜2024년 9월 5일
초판 1쇄 발행일	｜2024년 9월 13일
지은이	｜김정진, 황의권, 변영서, 김범수, 변애진, 박민이 변애령, 이교준, 성찬희, 김민세, 권성호
펴낸이	｜한선희
편집/디자인	｜정구형 이보은 박재원
마케팅	｜정찬용 이민영 한상지
영업관리	｜한선희 정진이
책임편집	｜이보은
인쇄처	｜으뜸사
펴낸곳	｜국학자료원 새미 (주) 등록일 2005 03 15 제25100 · 2005 · 000008호 경기도 고양시 권율대로 656 클래시아 더 퍼스트 1519, 1520호 Tel 02)442 · 4623 Fax 02)6499 · 3082 www.kookhak.co.kr kookhak2010@hanmail.net
ISBN	｜979-11-6797-175-3 *03810
가격	｜25,000원